La passion en héritage

Du même auteur
aux Éditions J'ai lu

LE DRAGON MAUDIT
N° 7805
LE BIJOU CONVOITÉ
N° 7977
L'HONNEUR DES LOCKHART
N° 8052
Le club des débutantes :
1 - LA CHASSE AU DUC
N° 8787

JULIA

LONDON

LE CLUB DES DÉBUTANTES - 2

La passion en héritage

ROMAN

Traduit de l'américain
par Béatrice de Saint-Hippolyte

J'AI LU

Titre original
THE PERILS OF PURSUING A PRINCE

Éditeur original
Pocket Star Books published by Pocket Books,
a division of Simon & Schuster, Inc., New York

Pour Klo, Nagno et Sanman.
Je n'aurais pu inventer meilleurs enfants que vous.

Wrth gicio a brathu, mae cariad yn magu.
Proverbe gallois
(« Pendant qu'on se donne des coups de pied
et qu'on se mord, l'amour s'installe et croît. »)

1

Llanmair, pays de Galles, 1820

Curieusement, la première chose qui vint à l'esprit de Greta Fairchild lorsque trois hommes – des bandits, très certainement – arrêtèrent sa voiture, fut que la mort de Mme Smithington était non seulement tragique mais extrêmement fâcheuse.

Après avoir cahoté tout l'après-midi sur une route défoncée, M. Percy et elle approchaient enfin du château de Llanmair dont les trois étages de pierre grise et les quatre tours dominaient une forêt dense et des collines escarpées.

— Restez là, dit M. Percy, l'air grave, tandis que la voiture s'arrêtait en gémissant. Je vais leur parler.

Il descendit, referma la portière bruyamment et marcha vers les trois individus qui osaient s'interposer entre Greta et le châtelain qui détenait son héritage.

— C'en est trop ! marmonna-t-elle.

Après l'année effroyable qu'elle venait d'endurer, la mort de sa tante, puis les heures passées en compagnie de Mme Smithington dans des voitures publiques avec des gens qui ne concevaient pas de voyager sans leurs volailles et leurs chiens, et enfin ce dernier après-midi de soubresauts sur des nids-de-poule dans une forêt si touffue qu'aucune lumière n'y pénétrait, être arrêtée à moins de cinq cents mètres du portail de sa destination finale était insupportable.

Odieux. Exaspérant. Offensant.

Greta passa la tête par la portière. Jambes écartées et poings sur les hanches, M. Percy faisait face aux trois hommes. Lâchant un soupir, elle appuya la nuque sur le dossier déchiré de la banquette. En d'autres circonstances, elle aurait eu peur de ces individus, mais l'épuisement et le dégoût de porter depuis trois jours la même robe, car c'était la plus chaude, effaçaient tout autre sentiment.

— Tout cela est incroyablement inopportun, dit-elle à voix haute. À croire qu'on m'en veut.

Greta aurait préféré arriver au pays de Galles en été, lorsque le soleil rend plaisante la contrée la plus sinistre. Pas maintenant, à la fin de l'automne, alors qu'il faisait froid et humide. Et les routes étant sèches, elle aurait atteint Llanmair, le repaire du prince des voleurs – ainsi qu'elle l'appelait en son for intérieur – en moitié moins de temps.

Mais voilà, le jour même où Greta découvrait le domaine dévasté de son oncle, la pauvre Mme Smithington s'était allongée pour faire la sieste et ne s'était pas réveillée. Greta avait versé quelques larmes de compassion car, même si Mme Smithington l'avait souvent agacée par ses radotages, mourir ainsi, loin de son unique parent, un neveu qui habitait Londres, lui paraissait un châtiment excessif.

Sans ce bon M. Percy, elle aurait renoncé à son objectif et regagné Londres en rapportant les affaires de Mme Smithington. Mais M. Percy l'avait exhortée à reprendre courage et à poursuivre son voyage.

Celui-ci avait commencé près d'un an plus tôt, lorsque sa tante Cassandra, qui était aussi sa tutrice légale, était morte subitement. Son second mari, lord Downey, n'ayant aucun désir d'entretenir Greta et ses cousines, Ava et Phoebe, avait affirmé qu'il les donnerait à qui demanderait leur main, sans se soucier de leurs souhaits ou du statut social et de la fortune des prétendants.

Greta n'avait ni famille ni fortune pour attirer un soupirant décent et, de son passé, elle ne possédait qu'une vieille lettre, quelques objets sans valeur qui avaient appartenu à sa mère, et des bribes de souvenirs concernant un oncle éloigné et un père décédé plusieurs années auparavant sans avoir eu d'autres enfants.

Déterminée à éviter, pour elle et ses cousines, le destin auquel lord Downey voulait les condamner, elle s'était embarquée dans ce malheureux voyage pour retrouver son oncle et réclamer un héritage hypothétique. Son père avait-il eu de la fortune ? Elle l'ignorait mais, si c'était le cas, il en restait forcément quelque chose et ce quelque chose, son frère avait dû le recueillir.

Espoir fragile, mais espoir quand même.

Voyager seule étant hors de question, elle avait dû accepter d'accompagner Mme Smithington, une dame d'un certain âge qui désirait voir « les espaces encore sauvages du Royaume-Uni », et ce sans cesser de se plaindre.

Après des mois de pérégrinations et de jérémiades, Greta était enfin arrivée à Bredwardine, un village anglais situé à la frontière du pays de Galles, où elle avait trouvé le domaine de son oncle dans un état de délabrement choquant. Le souvenir qu'elle avait gardé d'une vaste demeure, de pelouses verdoyantes et de bassins avec fontaines relevait donc du rêve. Il n'y avait pas de château, mais une grosse bâtisse ; aucune pelouse ne l'entourait, mais une petite cour dans laquelle déambulaient un cochon et trois poules.

Les seuls habitants étaient deux vieillards, le gardien et son épouse. Les meubles avaient disparu et il n'y avait nul endroit où se reposer, à l'exception de deux chambres à l'étage qui abritaient des lits défoncés aux matelas douteux. Comme Greta se demandait ce qu'elle allait faire à présent, Mme Smithington avait commencé à se plaindre d'être très fatiguée.

Greta n'en avait pas tiré de conclusion particulière, car Mme Smithington n'avait cessé de gémir depuis leur départ de Londres. Elles avaient à peine quitté les faubourgs de la ville qu'elle s'était plainte du temps, de l'état des routes et du peu de choses dignes d'intérêt dès que l'on se retrouvait en pleine campagne – trop d'arbres, trop de vert, pas assez de maisons et, mon Dieu, où étaient les gens ?

Après avoir trouvé ce gémissement continuel plutôt comique, Greta s'en était lassée, d'autant plus que l'exiguïté des diligences l'obligeait à maintenir sur ses genoux le surplus de leurs bagages, carton à chapeau ou coffret de toilette.

Puis, à Ledbury, M. Percy était monté dans leur voiture et s'était mis à complimenter Mme Smithington sur son sourire de jeune femme, affirmant ne pas croire à l'âge qu'elle prétendait avoir. Ce grand et bel homme aux boucles brunes savamment arrangées et aux grands yeux noisette aurait pu faire perdre la tête à Mme Smithington, s'il l'avait voulu.

Le temps qu'ils atteignent le Herefordshire, Mme Smithington avait persuadé M. Percy de les accompagner jusqu'au pays de Galles, sous le prétexte que « la présence d'un gentleman dissuaderait les fâcheux de s'en prendre à deux pauvres femmes seules dans la vie ».

Greta pensait, quant à elle, que les plaintes incessantes de Mme Smithington feraient fuir le plus dépravé des malfaiteurs. En tout cas, l'attention que M. Percy portait à la vieille dame l'avait soulagée. En plus d'être charmant, il prenait très au sérieux sa tâche et veillait à satisfaire tous leurs besoins.

Et ce fut grâce à lui que Greta avait appris ce qui était arrivé à son oncle. Parfois, lorsque Mme Smithington se retirait de bonne heure, M. Percy et elle restaient à discuter devant le feu de l'auberge où ils s'étaient arrêtés. Il profitait de l'absence de la vieille dame pour complimenter la jeune – sur ses yeux aussi bleus que la mer, ses cheveux aussi noirs que l'encre de Chine, sa peau blanche comme de la crème. Compliments charmants mais, blasée par deux saisons à Londres, Greta n'y voyait pas de quoi perdre la tête.

Finalement, il s'était senti assez à l'aise pour expliquer comment il se faisait qu'un gentleman aussi distingué que lui en soit réduit à utiliser les voitures publiques. S'il regagnait le pays de Galles, c'était pour récupérer l'héritage dont l'avait dépouillé un parent, en punition du crime d'avoir eu un père anglais. L'histoire avait scandalisé Greta, tout en suscitant son admiration pour le stoïcisme avec lequel M. Percy en parlait.

Elle-même avait raconté qu'elle cherchait son oncle paternel, lequel était originaire de Bredwardine. Quand elle avait mentionné son nom, M. Percy avait sursauté.

— Randolph Vaughan ? avait-il répété avec incrédulité.

Il avait pris la main de Greta et l'avait regardée avec un air compatissant.

— Mademoiselle Fairchild, j'ai le triste devoir de vous informer que M. Randolph Vaughan est… mort.

— Mort ?

— Du coup de sabot d'un cheval qu'il était en train de châtrer. Le pauvre homme a traîné pendant quelques jours, mais ne s'en est pas remis.

— Oh… flûte, avait lâché Greta, désemparée.

— Ah, mais vous ne devez pas vous tracasser, avait dit M. Percy en lui pressant les doigts. Je sais que vous avez d'autres parents au pays de Galles.

— D'autres parents ? Je croyais que mon oncle Randolph Vaughan était le seul.

— Je parle de parents par alliance.

Intriguée, Greta avait réfléchi une seconde avant de demander :

— Si je puis me permettre, monsieur… comment se fait-il que vous en sachiez autant sur la famille Vaughan ?

— Oh, c'est très simple, avait-il répondu avec le sourire charmeur qui, dès le premier jour, avait mis Mme Smithington et Greta à l'aise. Le pays de Galles est comme un petit village : les Gallois se connaissent tous entre eux…

Greta regarda de nouveau ce qui se passait dehors et vit l'un des trois hommes sauter à terre et porter la main à sa ceinture, ce qui découvrit son pistolet. Elle retint son souffle. M. Percy ôta son chapeau et passa une main dans ses épais cheveux bruns. Quel courage ! se dit-elle. La vue du pistolet n'avait même pas semblé l'émouvoir.

Mais il était vrai que M. Percy n'était pas du genre à s'émouvoir facilement. Lorsque Greta avait découvert Mme Smithington froide et rigide sur l'un des lits défoncés de Bredwardine, elle avait cédé au désespoir. Après le choc de la découverte macabre, elle s'était aperçue qu'il lui restait peu d'argent, qu'elle était loin de toute civilisation et qu'en fait d'héritage, elle n'avait pas fait de progrès depuis le jour de son départ. M. Percy l'avait aussitôt rassurée et aidée à prendre les décisions nécessaires.

Une fois Mme Smithington enterrée dans le cimetière de la paroisse et ses affaires confiées à un service de messagerie qui les rapporterait à Londres, M. Percy avait demandé :

— Vous continuez votre voyage, n'est-ce pas ?

— Continuer ? Où irais-je ? Ma compagne est morte, mon oncle est mort et son domaine est en ruine. Je n'ai nul endroit où aller, à part Londres, et il me reste tout juste l'argent nécessaire pour cela.

— Je vous escorterai quelle que soit la destination que vous aurez choisie, avait dit M. Percy. Je suis à votre service, mademoiselle Fairchild.

— Je ne peux vous imposer cela.

Ni prendre le risque de déclencher un scandale en voyageant avec un homme qui n'était pas de sa famille.

De nouveau, M. Percy s'était montré très persuasif.

— Vous ne m'imposez rien, je vous assure ! Je n'ai pas de programme fixé. En outre, je connais le notaire qui s'est occupé des affaires de votre oncle... Votre oncle est mort et visiblement il n'était pas riche, mais vous avez peut-être quand même droit à quelque chose, ajouta-t-il devant le regard intrigué de Greta.

La jeune fille hésitant, il avait déclaré avec une grande assurance :

— Voyons, mademoiselle Fairchild ! Vous avez déjà fait un long voyage. Vous ne pouvez pas renoncer sans au moins aller voir le notaire. S'il n'a rien à vous dire, je vous ferai monter dans la première voiture pour Londres. Ça ne coûte pas grand-chose d'essayer.

Elle n'avait rien eu à y opposer.

Le notaire, maître Davies, était un homme d'un certain âge dont le bureau était situé dans un très vieux bâtiment aux planchers affaissés. Après que M. Percy lui eut galamment épousseté une chaise, Greta avait expliqué sa situation : à savoir qu'elle pensait être l'unique héritière de son père, mais n'en était pas certaine, car elle en avait été séparée dès sa petite enfance.

M. Davies l'avait laissée parler sans l'interrompre. Quand elle s'était tue, il avait chaussé ses lunettes, passé les mains dans ses épais cheveux gris puis fouillé dans une pile chancelante de papiers, de cahiers et de registres. Il avait fini par en extraire un gros cahier à reliure de cuir d'où il avait tiré une liasse de papiers. Sans se presser, il les avait étalés sur son bureau et avait entrepris de les examiner tandis que Greta contenait difficilement son impatience. Debout derrière elle, M. Percy avait posé les mains sur ses épaules comme pour l'empêcher de se sauver.

Au bout d'un très long moment, le notaire avait ôté ses lunettes.

— Oui, vous êtes l'unique héritière vivante de votre père, avait-il lâché.

Greta avait émis un petit cri de surprise et de joie.

— Malheureusement, comme aucune provision n'avait été faite pour vous retrouver et que vos coordonnées étaient inconnues, les biens de votre père, M. Yorath Vaughan, sont passés à son frère, M. Randolph Vaughan, feu votre oncle. M. Randolph Vaughan n'ayant pas d'héritier, la totalité de ses biens – dont ceux hérités de votre père – a été transmise au mari de la sœur décédée de son épouse défunte, lord Rhodrick Glendower.

Un peu perdue, Greta avait écarquillé les yeux.

— On le connaît en Angleterre, c'est-à-dire à Bredwardine, sous le nom de comte de Radnor. Mais, à moins de six kilomètres d'ici, au pays de Galles, on le connaît sous un autre nom.

— Excusez-moi, intervint M. Percy dont les mains s'étaient mises à pétrir les épaules de Greta, vous ne voulez pas dire…

— Si, je le dis, monsieur Percy ! avait clamé le notaire avec une visible jubilation. L'héritage de Mlle Fairchild – s'il existe réellement – est entre les mains du prince de Powys !

— Qui ça ? avait demandé Greta comme les mains de M. Percy glissaient de ses épaules.

— Le prince de Powys, avait articulé Davies. Au pays de Galles, madame, on l'appelle tout simplement « le prince ». Car, autant que vous le sachiez, ce n'est pas un homme que l'on peut traiter avec désinvolture.

Franchement, il pouvait être le roi en personne, elle s'en moquait éperdument : cet homme détenait son héritage.

— Comment puis-je le trouver ?

M. Davies avait refermé le cahier en cuir d'où s'était élevé un nuage de poussière si épais que Greta avait dû agiter la main pour l'écarter.

— À Llanmair, bien sûr, où tous les princes de Powys ont résidé avant lui et continueront à résider jusqu'à la fin des temps.

— Et où se trouve, précisément, Llanmair ? avait-elle insisté.

Pointant le doigt sur la fenêtre crasseuse, le notaire avait émis un petit gloussement narquois.

— À l'ouest. Au pied des monts Cambriens, en plein milieu d'une forêt dense et giboyeuse.

Greta s'était levée en sortant une couronne de son sac.

— Merci, monsieur. Vous m'avez rendu grand service.

M. Davies lui avait quasiment arraché la pièce de la main.

— Bonne chance, mademoiselle Fairchild, avait-il dit avec un ricanement peu rassurant.

Là-dessus, M. Percy avait persuadé Greta de louer une voiture particulière. Ses fonds diminuant, elle aurait préféré se contenter de la diligence mais, selon son nouvel ami, s'enfoncer profondément dans le pays de Galles exigeait un certain confort.

— Il reste quelque chose de la fortune de votre père, mademoiselle Fairchild, exactement comme vous l'espériez ! Bien sûr que vous devez poursuivre ! Mais c'est un voyage difficile, et dans l'intimité d'une voiture particulière vous donnerez moins prise aux spéculations.

M. Percy avait raison, s'était-elle dit finalement. Elle avait fait un grand voyage, autant aller jusqu'au bout. Aussi, malgré ses réticences, son sens de la décence et toutes les leçons de tante Cassandra, Greta prit avec M. Percy la direction de Llanmair.

Dans une voiture particulière.

Qu'elle avait louée de ses deniers.

Ce n'est que lorsqu'ils furent loin de tout signe de civilisation que M. Percy lui apprit que le prince de Powys n'était autre que le cousin de son père, c'est-à-dire le misérable qui l'avait dépouillé.

— Ce n'est pas possible ! s'était écriée Greta, choquée.

— Cela ne devrait pas vous surprendre. Cet homme a une énorme influence dans la région. Comment, sinon, aurait-il pu…

Il s'était interrompu, avait serré les dents et regardé par la fenêtre.

— Comment aurait-il pu quoi ?

— Je ne peux le dire, mademoiselle Fairchild. Vous êtes trop… trop pure pour entendre parler des crimes de cet homme.

Greta avait lâché un petit soupir d'agacement. Maintenant qu'elle traversait le pays de Galles en compagnie d'un homme qui n'était ni son mari ni son parent, elle s'estimait apte à tout comprendre.

— J'ai pris ma décision et je suis tout à fait déterminée, monsieur. Vous devez me dire ce que vous savez de cet homme, puisqu'il détient mon héritage en plus du vôtre.

— Oui, vous avez raison, et je vous félicite de votre courage, mademoiselle Fairchild.

En vérité, elle ne se sentait pas du tout courageuse, mais désespérée.

— Alors, je vous en prie, dites-moi ce que je dois savoir.

Avec un soupir, il avait baissé les yeux sur ses mains.

— En plus de s'emparer de mes terres, ce monstre a compromis la fille d'un notaire de Rhayader et a ensuite refusé de faire ce que commandait l'honneur.

Greta avait froncé les sourcils. Elle ne s'était pas attendue à ce drame d'un nouveau genre. Se penchant en avant, M. Percy avait posé une main sur son genou.

— Mais ce n'est pas le pire. Peu après avoir été abandonnée, la jeune femme a disparu. Tout le comté s'est mis à sa recherche… sans succès.

— Ô mon Dieu ! s'exclama Greta en songeant à toutes les horribles choses qui pouvaient arriver à une femme dans un pays aussi éloigné de toute civilisation que le pays de Galles.

— Puis, comme par miracle, le prince de Powys l'a retrouvée au milieu d'une vaste forêt de milliers d'hectares… Elle était morte, bien sûr. Le cou brisé, avait achevé M. Percy en se redressant.

— Mon Dieu, non !

— C'est lui qui a mené les autorités auprès du corps, à des kilomètres de Llanmair.

— Quelle tragédie !

Fronçant les sourcils, M. Percy s'était de nouveau penché vers elle.

— Je pense que vous n'avez pas bien saisi ce que je voulais dire, mademoiselle Fairchild. Douze mille hectares de forêt entourent Llanmair. Il est impossible d'en explorer la totalité. Et cependant, le prince de Powys a localisé le corps de la jeune fille au fond d'un ravin auquel ne mène aucune piste.

Comprenant enfin, Greta ouvrit grands les yeux.

— Vous parlez d'un… meurtre ? murmura-t-elle.

M. Percy haussa les épaules.

— Nombreux sont les gens qui le croient. Il n'y a pas de fin à la perversité de cet individu. De cet ogre.

À présent, plusieurs jours plus tard, comme Greta regardait la masse menaçante du château et les trois hommes qui leur en interdisaient l'accès, un frisson la parcourut. Éprouvant soudain le besoin d'être auprès de M. Percy, elle ouvrit la portière et descendit. C'est alors qu'elle vit un cavalier qui approchait à vive allure.

M. Percy dut l'entendre, car il se retourna et leva la main.

— Remontez dans la voiture, mademoiselle Fairchild, je vous en prie !

Mais Greta ne put bouger, clouée sur place par la vue du cavalier qui fonçait droit sur eux.

Sa cape voletait derrière lui comme les ailes d'un énorme oiseau. Il s'inclinait sur l'encolure d'un grand coursier noir dont les sabots projetaient d'épaisses mottes de terre. À croire que cet homme avait l'intention de pourfendre leur petit groupe. Poussant un cri, Greta courut se cacher derrière M. Percy. Au même instant, le cavalier tira sur ses rênes et son cheval se cabra. Les jambes énormes battirent l'air une fraction de seconde avant de redescendre.

Retenant sa monture, le cavalier jeta sur M. Percy et Greta un regard glacial.

L'effroi la saisit.

L'homme avait au moins dix ans de plus qu'elle. Une cicatrice lui barrait le visage, de la tempe jusqu'au milieu de la joue. Dépassant de son chapeau, elle reconnut les cheveux noirs des Gallois, que striaient quelques mèches grises. Ce n'était pas un bel homme, loin de là. Et son expression était celle d'un sauvage.

D'un sauvage en colère.

M. Percy prit la parole en gallois. Le cavalier fit se déplacer son cheval de façon à pouvoir fixer Greta de ses yeux verts.

Au même instant, une goutte de pluie s'écrasa sur le bonnet de la jeune fille. Elle fut suivie d'une autre, puis de plusieurs.

— S'il vous plaît, dit Greta, laissez-nous passer. Nous voulons atteindre...

M. Percy saisit son bras et reprit la parole en gallois. Sans quitter Greta des yeux, le cavalier ne daigna pas répondre, ni en anglais ni en gallois.

— Je crois que nous devrions lui expliquer qui nous sommes et ce que nous voulons, chuchota la jeune fille à l'oreille de M. Percy.

— Que croyez-vous que je fais depuis cinq minutes ? rétorqua-t-il sèchement. Taisez-vous donc et laissez-moi faire.

— Mais il commence à pleuvoir ! J'ai emporté peu de vêtements, je ne voudrais pas être prise par l'averse... Monsieur, s'il vous plaît, laissez-nous passer !

L'homme gardant le silence, Greta fit un pas en avant.

— Nous avons d'importantes affaires à régler avec le comte de Radnor... le... le prince... Aussi, je vous en prie, laissez-nous passer.

Sa supplique se heurta de nouveau à un mur de silence. Greta jeta un regard anxieux à M. Percy.

— Croyez-vous qu'il comprenne l'anglais ? murmura-t-elle.

— Oui, oui, assura M. Percy.

L'homme n'en donnait aucun signe, et la peur de Greta commença à se muer en colère devant tant de grossièreté. Elle redressa le menton et fixa sa figure de brute.

Ce qui eut pour résultat qu'il dise quelques mots de gallois aux trois hommes qui leur barraient le chemin. Puis, tirant sur ses rênes, il s'écarta et repartit aussi vite qu'il était arrivé.

— Qu'est-ce qu'il a dit ? demanda Greta, surprise de ce départ abrupt.

— Il nous a autorisés à passer, marmonna M. Percy en lui prenant le bras pour l'aider à remonter dans la voiture. Allez-y, aboya-t-il au cocher avant de rejoindre Greta à l'intérieur.

La voiture s'ébranlant, Greta brossa ses vêtements mouillés.

— Sa Seigneurie est peut-être un meurtrier, mais j'ai bien l'intention de lui faire savoir que cet homme a été incroyablement grossier.

M. Percy lâcha un soupir agacé.

— Mademoiselle Fairchild, cet homme que vous avez trouvé incroyablement grossier était le prince de Powys en personne !

Oh. Doux Jésus…

2

Les trois cavaliers escortèrent Greta et M. Percy jusqu'au château. Une fois le portail franchi, ils se retrouvèrent dans une vaste cour capable d'accueillir plus d'une douzaine de voitures à la fois.

Llanmair était un édifice gigantesque, un palais plutôt qu'un château. Une belle pelouse bordée d'arbres vénérables entourait l'édifice et la cour. Le spectacle était incongru. Après avoir traversé des forêts épaisses sans âme qui vive, Greta s'était attendue à tomber sur quelque masure délabrée, des paysans vêtus de guenilles et des animaux de ferme déambulant de-ci de-là. Comme elle descendait de voiture, elle leva les yeux et aperçut des petits trous dans les murs et des nids dans divers recoins. D'énormes oiseaux y étaient perchés, certains noirs, d'autres rouges.

Elle se souvint des vers de *Macbeth* :

Le corbeau salue d'un croassement
L'entrée fatale de Duncan.

Deux valets vêtus d'une livrée noire dévalèrent le perron, suivis d'un homme plus âgé, en uniforme noir et gris de majordome. Il s'inclina et dit en français :

— Bonjour, madame. Bonjour, monsieur.

— Bonjour, monsieur, répliqua Greta dans la même langue, tandis que Percy le saluait en gallois.

Le majordome lui répondit et Percy, hochant la tête, offrit son bras à Greta.

— Il nous prie d'entrer.

Un pressentiment lui suggéra de s'abstenir – ne pas comprendre la langue dans laquelle tous s'exprimaient la mettait mal à l'aise, et entrer dans la maison d'un meurtrier, sur les murs de laquelle nichaient des oiseaux prédateurs, n'arrangeait rien. Percy la rassura d'une pression de la main et, une fois de plus, emporta la décision.

À peine la porte franchie, Greta eut l'impression d'avoir changé de siècle. L'entrée était sombre et étriquée, et les murs de pierre suintaient d'humidité. De là, ils passèrent dans un vaste vestibule dont les murs étaient décorés d'un assortiment de sabres et d'armures, de quoi équiper tout un régiment. Des bannières et des étendards portant des inscriptions en gallois et le dessin d'un dragon rouge, dont Greta avait gardé de son enfance un vague souvenir, pendaient des poutres du plafond élevé. Un énorme miroir reflétait le peu de lumière que dispensaient des appliques murales.

Précédant Greta et Percy, le majordome suivit un corridor, traversa l'une des tours et suivit un autre couloir aux murs ornés d'armes et de portraits.

Parvenu à l'extrémité de ce passage, il ouvrit une porte à deux battants et leur fit signe d'entrer.

La pièce aurait été superbe si elle avait été correctement meublée. Les murs étaient peints d'une teinte chaude de jaune, les rideaux étaient en chintz fleuri et sur le plafond une fresque représentait une femme qu'emportaient deux anges. Quelques fauteuils faisaient face à une immense cheminée en marbre, près d'une console. C'était tout. Il n'y avait ni divan ni commode.

Greta rejeta la tête en arrière pour contempler le plafond tandis que Percy échangeait quelques mots en gallois avec le majordome.

— L'artiste, c'est sir Thomas Lawrence, expliqua Percy lorsqu'ils furent seuls. Il a peint plusieurs des portraits qui se trouvent ici.

Sir Thomas Lawrence ! Greta aimait beaucoup la peinture et, son chapeau à la main, elle tourna sur place afin d'admirer les détails de la fresque. L'œuvre était magnifique, plus impressionnante que tout ce qu'elle avait eu l'occasion d'admirer à Londres.

Elle rejoignit M. Percy devant l'une des fenêtres. La vue des jardins lui arracha un petit cri de ravissement. Malgré le crépuscule, on distinguait les buis de formes diverses qui entouraient des massifs de roses, des tonnelles et des bassins avec fontaines, et les terrasses qui s'échelonnaient jusqu'à l'orée de la forêt, offrant un contraste enchanteur avec l'entrée austère du château.

— J'ai rarement vu une telle beauté, commenta Greta.

— Le prince est célèbre pour ses jardins, dit Percy. Ce qui est plutôt étonnant, vu son caractère, non ?

Effectivement, on comprenait mal comment un voleur et meurtrier pouvait s'intéresser aux fleurs. Elle l'aurait plutôt imaginé occupant ses loisirs à torturer des animaux et effrayer les enfants.

Percy dut percevoir son appréhension, car il lui sourit.

— Ne vous inquiétez pas, mademoiselle Fairchild. Sur mon honneur, je vous protégerai. Il ne vous fera aucun mal, comptez sur moi.

— Merci, répondit-elle avec reconnaissance.

Redoutant la conversation qu'il lui faudrait bien avoir avec l'ogre de Powys, elle ne chercha pas à savoir comment Percy le neutraliserait.

— Mais plus vite nous réclamerons ce qui nous appartient, plus vite nous pourrons repartir, ajouta-t-elle.

— Oui, oui, fit-il, l'air songeur.

Il se retourna vers elle.

— Si je puis me permettre, dit-il en prenant ses mains dans les siennes, j'ai réfléchi à notre situation exceptionnelle et je voudrais vous...

La porte s'ouvrit si brutalement que Percy lâcha les mains de Greta. L'ogre surgit, toujours vêtu de sa cape et escorté de deux énormes chiens-loups. Ses cheveux noirs striés de gris descendaient jusqu'aux épaules. Il entra avec une très légère claudication, et s'arrêta en plein milieu de la pièce. Les chiens s'assirent de part et d'autre. Fixant de ses yeux verts les deux jeunes gens, il s'adressa à Percy d'une voix grave.

Il lui était inutile de crier, constata Greta. Il était parfaitement capable d'effrayer les gens en parlant d'un ton parfaitement calme.

Quoi qu'il ait dit, cela fit rougir légèrement M. Percy, qui tendit la main à Greta, laquelle, ne sachant que faire d'autre, la prit.

— Puis-je vous présenter Mlle Greta Fairchild ? dit-il en anglais.

Cédant à un réflexe, Greta plia les genoux dans une révérence.

L'homme examina la jeune fille, du sommet de son crâne à l'extrémité de ses bottes, avant de remonter froidement.

Clouée sur place par ce regard d'entomologiste, elle songea qu'elle faisait face à un être si puissant que personne n'osait remettre en question ses volontés. Et lorsqu'elle se rappela que c'était à lui qu'elle devait réclamer son héritage, ses genoux flageolèrent.

Mais elle devait le faire ! Elle ne pouvait céder à la lâcheté alors qu'elle était si près du but. Plus vite elle réglerait cette affaire, plus vite elle pourrait fuir cet endroit sinistre.

— Votre Altesse...

Il haussa un sourcil.

— Je suis comte, mademoiselle Fairchild. Pas roi.

Elle avala sa salive, cligna des yeux et tenta de rassembler ce qu'il restait de son audace habituelle.

— Monsieur, veuillez pardonner notre intrusion... mais il était nécessaire que nous venions ici.

Hochant la tête, il se détourna – comme un chat se détourne d'une proie négligeable – et se dirigea vers la console. Il prit l'une des carafes en cristal et se servit un verre.

— Whisky ? demanda-t-il à Percy.

— Oui, merci.

Radnor, ou Powys, quels que soient son nom et son titre, désigna l'assortiment de carafes et de bouteilles alignées sur la console et s'écarta, laissant Percy se servir seul.

Quelle grossièreté ! Quel était le but d'une telle conduite, à part humilier le jeune homme ?

À présent, le malotru revenait à Greta, l'épluchant du regard tout en buvant.

— Vous êtes galloise, dit-il en reposant son verre.

Était-ce une question ou une affirmation ?

— Oui, répondit-elle en serrant les mains anxieusement dans son dos. Mes parents étaient gallois mais habitaient le village anglais de Bredwardine. Ils s'appelaient Vaughan.

— Alors, comment se fait-il qu'on vous affuble du nom très anglais de Fairchild ?

Elle se souvint des souffrances qu'avait endurées Percy du seul fait qu'il était à moitié anglais.

— Ma mère est morte alors que j'étais très jeune. Mon père, Yorath Vaughan, ne s'est pas senti capable d'élever sa fille tout seul, aussi m'a-t-il confiée à la demi-sœur de ma mère qui avait épousé un Anglais, lord Bingley. Quand mon père est mort, lord Bingley m'a donné son patronyme de Fairchild.

Le prince hocha la tête pensivement sans cesser de l'observer, tout en grattant la nuque de l'un de ses chiens.

— Et quelle affaire avez-vous à traiter avec moi ?

Qu'arriva-t-il à cet instant à Greta ? Elle aurait été incapable de le dire. Peut-être était-ce dû à l'épuisement du voyage, ou bien à la façon méprisante dont il s'était adressé à elle. En tout cas, sa peur disparut et l'indignation l'emporta.

— C'est une affaire très simple, riposta-t-elle d'une voix forte. Vous détenez ce qui m'appartient.

Percy prononça quelques mots de gallois, auxquels l'ogre ne parut pas prêter attention.

— Que pourrais-je bien détenir qui soit vôtre ?

Percy intervint de nouveau, mais le prince des voleurs leva une main pour le faire taire.

— Vous avez… commença Greta.

— Mademoiselle Fairchild !

Surprise par le ton comminatoire de Percy, elle se tut et le laissa s'exprimer, toujours en gallois. Propos qui déclenchèrent un souverain mépris, Greta le comprit au ton de la réplique.

S'ensuivit un échange de ce qui devait être des insultes. La voix de Percy s'élevait peu à peu tandis que celle du prince devenait plus froide.

Tout s'interrompit sur une dernière apostrophe de Percy. Le prince se tourna vers Greta et la fusilla du regard.

Elle recula d'un pas.

— Il est trop tard pour que vous puissiez gagner Rhayader en toute sécurité. Nous allons vous héberger.

— Ici ? répéta-t-elle en jetant un regard anxieux à Percy. Nous pouvons sûrement rentrer à Rhayader. Il ne fait pas encore nuit et la pluie…

— C'est impossible, décréta abruptement le prince. Quant à votre… affaire… nous en reparlerons demain.

Il claqua des doigts. Les deux chiens se redressèrent immédiatement et sortirent à sa suite.

— Que… s'est-il passé ? souffla Greta.

— Je lui ai dit que nous sommes venus réclamer nos héritages. Ne vous attendez pas qu'il cède sans résister.

Greta gémit. Après avoir fait tout ce voyage, elle aurait aimé exposer sa requête elle-même, avec ses propres mots.

— Monsieur Percy, je dois insister…

— Mademoiselle Fairchild… Greta, l'interrompit-il. Vous ne le connaissez pas. Moi, si. C'est un homme dépourvu de scrupules. La pitié, il ne connaît pas. Et encore moins à l'égard d'une jeune femme sans défense.

Devant le regard sceptique de Greta, il se rapprocha d'elle et lui prit les mains.

— Je désire vivement vous aider, vous protéger. Mademoiselle Fairchild… Greta… ce que je vais dire va vous sembler brutal, je le crains, mais… mais cela fait quelque temps que j'y réfléchis.

Son ton pressant réveilla l'intuition féminine de Greta. Devinant ce qu'il s'apprêtait à dire, elle paniqua. Était-ce vraiment le moment ? Oh, les hommes !

— Monsieur Percy ! s'écria-t-elle en tentant de dégager ses mains. Je vous en prie, ne…

— Vous avez sûrement compris que je vous estime beaucoup, poursuivit-il sans se soucier de ses protestations. J'aurais préféré faire une cour en bonne et due forme – vous la méritez – mais, comme le destin nous a réunis, je ne peux plus repousser la déclaration de mes sentiments. D'autant que nous serons plus efficaces ensemble que séparés.

Bien sûr, elle avait remarqué ses manières attentionnées, mais sans y soupçonner quelque chose de profond. Et, tout en le trouvant charmant et en appréciant les services rendus durant le voyage, elle n'avait jamais vu en lui un éventuel mari.

En tout cas, il n'aurait pu choisir pire moment pour demander sa main ! C'était si absurde que cela avait l'air d'un rêve – se retrouver dans un château médiéval du pays de Galles, l'invitée forcée d'un voleur et meurtrier, et recevoir une demande en mariage qu'elle n'avait ni souhaitée ni prévue.

— Monsieur Percy, je ne pourrais…

— Ne répondez pas tout de suite, l'interrompit-il en embrassant sa main. Mais faites-moi l'honneur d'y réfléchir. Et, surtout, soyez sûre de la profondeur de l'estime que je vous porte. Vous m'avez littéralement ensorcelé, Greta, et je prie le Ciel que vous consentiez à devenir ma femme.

— Monsieur Percy, de grâce ! cria-t-elle en libérant sa main. C'est une proposition très malvenue !

— Je sais que cela en a l'air mais, vu la nature du prince, c'est au contraire le meilleur des moments. Pensez-y, Greta ! Ensemble, avec nos deux héritages, nous pourrions mener une vie agréable, dans un manoir à la campagne, en élevant nos enfants et…

— Vous êtes bien présomptueux, monsieur !

Il sourit gentiment et lui effleura la tempe du bout des doigts.

— Réfléchissez… c'est tout ce que je demande.

Dieu, c'en était trop. Si seulement Ava et Phoebe étaient là ! L'une ou l'autre aurait deviné les intentions de Percy et l'aurait prévenue, alors qu'elle-même n'avait rien vu venir. Elle avait été trop obsédée par son désir de réclamer son héritage et rentrer vite à Londres pour seulement imaginer…

— Je vois que je vous ai perturbée, déclara Percy. Pourtant, vous aviez sûrement remarqué que…

La porte s'ouvrit derrière lui. Il se retourna comme un vilain garçon surpris en train de soulever les jupes de sa maîtresse.

C'était le majordome, qui dit quelques mots à Percy.

— Il veut vous conduire à la chambre qu'on vous a préparée, expliqua le jeune homme. Promettez-moi que vous réfléchirez à ce que je vous ai dit.

— J'y réfléchirai, assura-t-elle, heureuse d'échapper au nouveau problème qu'on lui jetait dans les pieds.

3

Au bout d'un couloir obscur, le majordome poussa la porte d'une petite chambre austère dont le mobilier se limitait à un lit, une table et une chaise. L'unique fenêtre donnait sur des enclos de moutons. Un repas lui serait apporté, lui signala le serviteur en français.

— Merci, répondit-elle dans la même langue.

Puis, doutant de l'étendue de ses compétences linguistiques, elle questionna :

— Il n'y a donc personne ici qui parle anglais ?

— Je parle anglais, répondit-il d'un ton solennel.

Décidément, que ce pays était étrange ! songea-t-elle sans oser demander pourquoi il s'était abstenu d'utiliser leur langue commune.

— Merci, dit-elle. Pourrais-je avoir du feu ?

— Un valet va venir s'en occuper.

Il s'inclina et quitta la pièce.

Avec un soupir, Greta jeta son chapeau sur le lit, s'approcha de la fenêtre et regarda les enclos boueux et les moutons qui, en dépit du temps froid et humide, semblaient satisfaits de leur sort. Elle aurait aimé connaître la même béatitude, n'avoir pour seul souci que de savoir quand on l'emmènerait paître à nouveau. Malheureusement, son souci actuel était d'un autre ordre car, elle en était douloureusement consciente, elle s'était fourrée dans un vrai pétrin.

Greta était toujours plantée devant la fenêtre, lorsqu'un coup sur la porte la sortit de ses réflexions. C'était le valet venu allumer le feu. Comme il installait les bûches, elle demanda :

— Excusez-moi, M. Percy est-il installé à proximité ?

Le valet lui jeta un regard étrange.

— Pas comprendre, marmonna-t-il.

— Ah bon... fit-elle en revenant à la fenêtre.

Sa tâche accomplie, le garçon s'en alla.

La nuit tombait et le vent se levait, éveillant d'étranges gémissements dans le château. Cela la rendit nerveuse. Elle s'attendait presque à voir les sorcières de *Macbeth* jaillir de derrière le rideau et psalmodier :

Quand nous reverrons-nous ?
Dans l'orage ou sous la pluie ?
Quand le tumulte se sera apaisé
Et que la bataille sera perdue ou gagnée.

S'écartant de la fenêtre, elle s'approcha de la cheminée en espérant que le crépitement des flammes étoufferait les gémissements du vent.

Elle pensa à Ava et Phoebe, à leur maison de Londres, aux bals auxquels elles s'étaient rendues depuis leur sortie dans le monde, à leurs vies insouciantes dont l'unique objectif était de plaire à un jeune homme beau, titré et fortuné à la fois. Ses deux cousines lui manquaient terriblement. Elle souffrait de ne pouvoir se confier à elles et leur demander conseil. Elle pensa aussi à sa tante Cassandra, si gaie et si optimiste, qui, parée de ses plus beaux atours, montait embrasser les fillettes avant d'aller au bal. Une reine aux yeux de Greta.

— Je veux y aller, moi aussi ! s'était écriée un jour Phoebe.

— Pas ce soir, chérie, mais plus tard tu iras à tous les bals, avait expliqué tante Cassandra en prenant la main de Phoebe et celle de Greta, et en faisant signe à Ava de prendre celles des deux fillettes afin de former un cercle. Vous vous rappelez le quadrille que je vous ai montré ? Un jour, vous danserez autant de quadrilles et de menuets que vous voudrez.

— Où ? avait demandé Phoebe d'un ton suspicieux.

— Où ! s'était esclaffée tante Cassandra. Chez Ava, bien sûr, car Ava sera la maîtresse d'une splendide maison où elle donnera des bals et des dîners auxquels tout le monde voudra être invité.

— Qui j'épouserai, maman, pour avoir tout ça ? avait demandé Ava qui avait un an de plus que Greta.

— Un lord très beau et très fortuné qui t'adorera.

— Et moi ? s'était inquiétée Phoebe, la plus jeune des trois.

— Toi, tu es mon enfant très spéciale, avait dit tante Cassandra avec un sourire tendre tandis qu'elles tournoyaient lentement. Quand tu seras grande, ta beauté sera telle que tous les hommes d'Angleterre te voudront pour femme. Mais tu seras prudente dans le choix de ton époux, car tu détiendras un secret important. Et seul un homme très spécial sera capable de le découvrir et de comprendre l'importance que tu lui accordes.

— Quel secret ? s'était écriée Phoebe, enchantée d'être pour une fois celle qui avait un secret.

— Comment pourrais-je le savoir, chérie ? C'est ton secret. Tu ne le confieras qu'à l'homme qui t'aimera plus que tout au monde.

— Et Greta ? avait lancé Ava.

— Greta ! Notre Greta est intelligente et spirituelle. Tout le monde l'invitera car elle saura animer les réceptions. Les messieurs la tiendront en grande estime, mais notre Greta préférera jouer avec eux comme s'ils étaient des souris et elle le chat.

— Je ne me marierai pas ? s'était inquiétée Greta.

— Bien sûr que si, chérie ! Mais tu n'épouseras pas n'importe quel homme : il devra être aussi intelligent que toi, et reconnaître instantanément quel joyau tu es.

— Je ne veux pas me marier, avait dit Phoebe. Je veux rester avec Ava et Greta.

Tante Cassandra avait embrassé la tête blonde de Phoebe en riant.

— Les hommes entreront dans vos vies, mes chéries, mais vous resterez très unies, tels des chevaliers toujours prêts à accourir au secours des autres. Vous vous confierez vos chagrins et vos espoirs, vous partagerez vos joies et vos chagrins, et vous élèverez ensemble vos enfants. N'oubliez jamais que, tout en aimant tendrement vos maris et vos enfants, nul ne vous sera plus proche que vos sœurs.

— Greta n'est pas notre sœur, maman. C'est notre cousine, avait rectifié Phoebe.

— Merci, chérie. Je sais qu'elle est votre cousine par le sang, mais elle est votre sœur par le cœur.

Après les avoir embrassées toutes les trois, elle était sortie dans un grand bruissement de soie.

Greta n'avait jamais oublié ce soir-là. Tante Cassandra avait eu raison sur plusieurs points – elle allait dans de nombreuses réceptions, on l'invitait à danser, à jouer aux cartes, à souper. Les messieurs semblaient apprécier sa compagnie, mais elle n'en avait toujours pas rencontré un qui retienne son intérêt au-delà de quelques instants. Cela l'attristait, car elle désirait mener la vie que lui avait décrite sa tante. Elle voulait vivre à Londres, aller aux bals et élever ses enfants avec ceux de ses cousines. Pour cela, il lui fallait épouser un homme qui soit intelligent et gentil, et qui ne prenne pas peur de la voir s'intéresser à ce qui passait au Parlement.

Dieu, que sa tante Cassandra lui manquait en cet instant ! Elle aurait su quoi faire – au sujet de l'héritage, au sujet de Percy, au sujet de cet affreux château et de l'ogre qui en était le maître.

Enfin, Greta pensa à sa mère, dont le visage était fixé pour toujours sur une miniature dont elle ne se séparait jamais. Elle n'avait pas de portrait de son père et ne se souvenait quasiment pas de lui. Mais de sa mère, la demi-sœur de tante Cassandra, elle avait gardé des bribes de souvenirs, cette miniature, et un rêve récurrent dans lequel la défunte se tenait sur le seuil d'une demeure blanche et faisait signe à Greta d'entrer. Greta avait beau courir, jamais elle ne parvenait à rejoindre sa mère avant qu'elle ne disparaisse à l'intérieur.

Il faisait de plus en plus froid, malgré le feu. Heureusement, un autre valet entra, apportant sa malle. Après une brève toilette à l'eau froide, elle sortit une robe de chambre et un châle en cachemire dont elle s'enveloppa pour se réchauffer. Peu après, un troisième valet apparut, avec son repas. Comme il s'occupait du feu, elle souleva le couvercle en argent et découvrit ce qui devait être un ragoût de poisson. Écœurée, elle remit le couvercle.

Le valet reparti, elle tenta de s'occuper en se brossant les cheveux. Le vent soufflait avec violence et la pluie criblait les carreaux de la petite fenêtre comme si quelqu'un jetait des cailloux. Les nerfs à vif, Greta noua ses cheveux et se mit à marcher de long en large.

Un courant d'air faillit éteindre la flamme de sa bougie, et elle se souvint d'un roman que Phoebe leur avait lu un soir d'hiver. C'était l'histoire d'une petite fille prisonnière d'un château hanté. Terrorisées, les trois enfants avaient dormi dans le même lit plusieurs nuits d'affilée.

Une rafale fit vibrer la fenêtre, et l'anxiété de Greta fut telle qu'elle faillit hurler.

Ne pouvant en supporter davantage, elle éprouva le besoin irrésistible de se sauver de cette chambre avant qu'une sorcière ou un fantôme ne sorte de derrière le rideau ou de dessous le lit… À cette heure tardive, elle pouvait sûrement marcher dans le couloir sans déranger personne. Juste histoire de trouver M. Percy, qui n'hésiterait pas à lui tenir compagnie tant que durerait la tempête.

Un coup de tonnerre l'envoya tout droit à la porte. Elle l'ouvrit et jeta un œil. À l'extrémité du couloir, une lumière clignotait faiblement.

Elle prit son bougeoir et suivit à rebours le chemin que lui avait fait prendre le majordome. À l'extrémité du couloir, cependant, elle hésita. Étaient-ils venus de la droite ou de la gauche ?

Peu importait, finalement, puisqu'elle ignorait où se trouvait M. Percy. Elle tourna à droite.

Après quelques minutes de marche incertaine, le cœur battant bruyamment jusque dans ses oreilles, elle parvint à un autre couloir éclairé de chandelles plantées dans des appliques murales. Extravagance que peu de personnes pouvaient se permettre, et dont Greta se réjouit. Elle éteignit sa bougie, posa le bougeoir sur le sol et continua à déambuler en regardant les tableaux suspendus aux murs.

La collection d'œuvres d'art était impressionnante. Elle trouva curieux qu'un homme aussi grossier que le prince des voleurs ait pris le temps de la rassembler, pour l'exposer ensuite dans ce couloir ignoré de tous.

Arrivée presque au bout, elle reconnut le style de Thomas Gainsborough et s'arrêta : vêtue d'une robe blanche à paniers, coiffée d'un chapeau à large bord et chaussée de mules ornées de pierres colorées, une jeune femme était assise sous les branches d'un arbre. À ses pieds, un petit chien noir levait un regard adorateur sur sa maîtresse. Greta s'approchait un peu plus pour admirer le tableau lorsqu'elle entendit le plancher craquer derrière elle.

Elle sursauta et poussa un cri, ce qui fit aboyer méchamment les deux chiens qui se ruaient sur elle.

Juste derrière eux, la haute silhouette du prince apparut, emplissant l'embrasure d'une porte. Le cœur de Greta s'arrêta de battre. Il jeta un ordre aux chiens, qui se couchèrent immédiatement.

Une main sur la gorge, Greta le regarda avec effroi. Il s'était débarrassé de sa cape, sa veste, son gilet et sa cravate ; il ne portait plus que son pantalon et une chemise dont les pans tombaient à mi-cuisses. Son col ouvert laissait voir la fourrure noire de sa poitrine. Les cheveux hirsutes, il avait l'air d'un être à peine civilisé et la toisait avec hargne.

— Excusez-moi, dit-elle en s'apprêtant à prendre la fuite.

— *I ble rydych ch'n mynd ?*

Elle déglutit tout en lui jetant un coup d'œil prudent.

Il s'adressa de nouveau à ses chiens, qui rentrèrent aussitôt dans la pièce. Sans cesser d'examiner Greta des pieds à la tête, il leva la main et porta le goulot d'une bouteille à ses lèvres.

Il but une longue rasade, puis marmonna :

— Qu'est-ce que vous faites là ?

— J'étais…

Elle s'interrompit. Inutile d'avouer qu'elle avait quitté sa chambre pour éviter de devenir folle de peur.

— Je me suis perdue, dit-elle.

— Perdue… Quelle blague ! Vous n'avez jamais été perdue.

La réplique la troubla. Elle chercha une excuse plus plausible.

— Je voulais un peu d'eau. J'ai dû tourner dans le mauvais sens.

Le prince s'écarta du chambranle.

— Vous n'avez donc pas pensé à faire usage de vos talents de magicienne ? demanda-t-il en agitant le doigt sous le nez de Greta. Ou au moins à tirer sur le cordon de la sonnette ?

La sonnette. Elle n'avait même pas regardé s'il y avait un cordon dans sa chambre. Muette d'émotion, elle le regarda avancer vers elle d'une démarche chancelante. Il avait visiblement trop bu, et Dieu seul sait ce dont un individu pareil était capable sous l'influence de l'alcool. Paniquée, Greta s'apprêta à prendre ses jambes à son cou.

Trop tard, il était déjà sur elle.

Mille pensées tournèrent dans sa tête tandis qu'elle reculait jusqu'au mur, épinglée tel un papillon par le regard acéré du prince. Il était maintenant si près qu'elle sentait son haleine chargée d'alcool et son eau de toilette épicée, et pouvait voir l'ombre de sa barbe naissante sur sa mâchoire carrée.

— *Beth ydy'ch enw chi ?*

Greta cligna des yeux.

— Vous n'êtes donc pas galloise ? s'impatienta-t-il.

Elle n'osa pas répondre.

Le prince baissant les yeux sur ses seins, Greta sentit une étrange chaleur la parcourir.

Il inclina la tête sur le côté et soupira.

— Comment vous appelez-vous ? Votre nom de baptême ?

L'âpreté de son regard vert la terrifiait. Que voyait-il en elle ? Que voulait-il faire d'elle ?

Il haussa un sourcil, attendant sa réponse.

— Greta, balbutia-t-elle.

— Greta, répéta-t-il doucement en levant la main comme pour lui caresser les cheveux.

Instinctivement, elle ferma les yeux et tourna la tête de côté.

Mais ce n'était pas ses cheveux qu'il voulait toucher, c'était elle-même. Sentant ses doigts sur la peau de son décolleté, elle rouvrit les yeux.

— Monsieur ! cria-t-elle.

Il l'ignora. Il avait pris le pendentif que tante Cassandra lui avait donné des années auparavant en souvenir de sa mère, une croix au milieu de trois cercles, et l'examinait. Greta voulut se dégager en glissant le long du mur, mais il fit non de la tête.

Elle pensa à le frapper, à le repousser, à hurler au secours, mais, paralysée par la peur, elle était incapable d'émettre le moindre son. De faire autre chose que rester là, dos au mur, poings serrés, la tête tournée de côté, tandis qu'il examinait tranquillement le bijou.

— C'est un bijou gallois, dit-il. Un porte-bonheur.

Il lâcha le pendentif et ses doigts effleurèrent de nouveau la peau de Greta, telle la langue d'une flamme.

— C'est gallois, répéta-t-il. Je vous connais. Je sais que vous cherchez à me hanter, souffla-t-il, les yeux brillants.

Elle tourna la tête, mais il saisit son menton et la força à le regarder.

Ils se tenaient très près l'un de l'autre, les regards soudés, l'un et l'autre haletant.

— Je sais ce que vous voulez… mais vous n'y arriverez pas, murmura-t-il.

Puis, à la grande horreur de Greta, des lèvres chaudes et humides s'emparèrent des siennes. Une large main effleura son cou et elle eut la conviction qu'il pouvait l'étrangler sans peine, si l'envie l'en prenait. Les doigts glissèrent sur son épaule et s'attardèrent sur la naissance d'un sein. Contact affolant.

D'autant plus que le baiser, doux et exigeant à la fois, s'avérait extrêmement perturbant. Greta sentit son corps réagir de façon incongrue.

Juste au moment où elle craignait de s'évanouir, il s'écarta et recula en chancelant. Sa bouche se retroussa dans un sourire démoniaque et, levant sa bouteille, il but une gorgée avant de pointer le goulot sur elle.

— Vous ne gagnerez pas, dit-il.

Puis, après une autre lampée, il tourna les talons et rentra en claudiquant dans la pièce d'où il était sorti.

Enfin seule, Greta aspira avidement une bouffée d'air, porta la main à sa bouche et, épuisée, se laissa glisser contre le mur jusqu'au sol. Plusieurs minutes s'écoulèrent avant qu'elle puisse se remettre debout et rebrousser chemin vers sa chambre, ramassant son bougeoir au passage.

Le prince finit la bouteille et s'assit sur le divan. L'un des chiens relevant la tête, il le caressa machinalement. La main sur son genou, il tenta d'en chasser la douleur par de petits massages concentriques. Mais cela ne marchait quasiment jamais, il le savait.

Aussi laissa-t-il retomber le bras et ferma-t-il les paupières en espérant qu'aidé de l'alcool, le sommeil ne tarderait pas à le happer.

4

Greta dormit très mal. Mille craquements, le crépitement de la pluie, le gémissement du vent, tout la réveillait en sursaut, et aussitôt elle craignait de voir le prince débouler dans sa chambre. Mais le pire était qu'elle craignait aussi sa propre réaction, ce mélange d'effroi et de trouble qui l'avait saisie lorsqu'il l'avait embrassée. Sensations jamais éprouvées jusqu'à présent, et qui la faisaient douter de sa santé mentale.

Aussi, c'est encore dans un sursaut qu'elle se réveilla au matin en sentant des tapotements sur sa couverture. Elle se redressa d'un coup et, repoussant ses cheveux, découvrit une jeune fille à son chevet.

— Qui… qui êtes-vous ? demanda-t-elle.

Des yeux grands comme des soucoupes l'examinaient.

— Lucy, mais tout le monde m'appelle Lulu. On m'a envoyée pour servir mademoiselle.

L'anglais parfait de la servante surprit Greta, qui remonta les genoux contre sa poitrine.

— D'où viens-tu ? Tu n'as pas l'air d'être du pays de Galles.

— Oh, non, je viens de Shrewsbury.

Shrewsbury étant du côté civilisé de la frontière, Greta fut rassurée.

— Et comment es-tu arrivée ici ? Tu as pris une voiture ?

— Oh, non, mademoiselle. C'est mon père qui m'a amenée... J'ai apporté de l'eau, poursuivit-elle en désignant une cuvette. Sa Seigneurie prie mademoiselle de prendre son petit déjeuner dans la salle à manger et, quand elle aura fini, de le retrouver dans son cabinet de travail.

La référence au prince fit rougir Greta. Évitant de croiser le regard de la jeune fille, elle alla s'asseoir devant la cuvette et s'aspergea la figure d'eau tiède. Entre-temps, Lulu avait ouvert les rideaux et le soleil pénétrait hardiment dans la pièce.

— Il ne pleut plus, marmonna Greta.

— Ah oui, tant mieux ! s'exclama la servante avec une gaieté parfaitement déplacée dans cette chambre sinistre. Nous allons avoir une belle journée. Mademoiselle veut que je l'aide à s'habiller ? demanda-t-elle en prenant une robe de jour ambre que Phoebe avait confectionnée pour Greta à partir d'une vieille robe de tante Cassandra.

— Merci... mais je vais mettre une tenue de voyage, dit Greta. Je repars aujourd'hui.

Lulu hocha la tête et retourna fouiller la malle. Elle en sortit une robe rose, au tissu un peu trop léger pour le pays, mais ravissante, qu'elle étala sur un fauteuil pour mieux l'admirer.

Greta commença à se brosser les cheveux. Comment une jeune fille aussi charmante pouvait-elle supporter de vivre ici ? se demanda-t-elle tout en regardant Lulu s'activer dans la chambre. Plus elle y pensait, plus elle trouva cela ahurissant.

— Tu dis que c'est ton père qui t'a amenée ici pour travailler ?

— Oui, madame. Ça fera deux ans fin novembre.

Comment un père pouvait-il faire une chose pareille ? Sans doute ignorait-il la réputation du prince. Pauvre enfant... elle avait dû pleurer toutes les larmes de son corps lorsqu'elle s'était retrouvée, abandonnée par sa famille, dans la maison d'un individu dont l'allure sombre trahissait le caractère odieux.

— Tu es une fille courageuse, Lulu. Je suis sûre que tu as eu très peur.

Surprise, Lulu éclata de rire.

— Peur ? Mon Dieu, non, madame ! Pour quelqu'un qui doit gagner son pain, il n'y a pas meilleur endroit que Llanmair. Au contraire, je me suis trouvée bien chanceuse d'avoir été engagée.

Si travailler à Llanmair passait pour de la chance, il fallait que les possibilités de gagner son pain, comme disait Lulu, soient vraiment rares dans cette région. Mais, si elle s'estimait heureuse, mieux valait ne pas insister, se dit Greta en continuant sa toilette. Lulu l'aida à s'habiller, mais eut du mal à la coiffer. Elle finit par lui tresser les cheveux et les nouer avec un ruban.

— Ce n'est sûrement pas aussi joli que ce qu'on fait à Londres mais pour ici, ça va, commenta la servante, un peu dépitée de son manque d'expérience.

Greta sourit. Pour la dixième fois depuis qu'elle avait franchi la frontière, elle se demanda comment il se pouvait qu'elle soit galloise. Tout dans ce pays lui semblait étranger. Évidemment, elle n'avait que huit ans lorsqu'elle était partie, quatorze ans plus tôt, mais quand même, il était étonnant que rien, absolument rien, ne lui paraisse familier.

Lulu la mena à la salle à manger où Greta fut soulagée de retrouver Percy, assis devant un solide petit déjeuner. Il se souleva légèrement de sa chaise en lui tendant la main.

— Comment avez-vous dormi ? Oh, apparemment, pas très bien. Vous avez l'air fatiguée.

— Ça se voit tant que ça ?

Fatiguée, elle l'était. Mais le pire était que la journée ne faisait que commencer.

— La vérité, c'est que j'ai mal dormi. À cause de la tempête et de quantité de bruits bizarres.

À cause d'un baiser volé, omit-elle d'ajouter.

— Les fantômes, expliqua Percy avec gravité.

— Quoi ?

Il éclata de rire et lui embrassa la main.

— Excusez-moi, je vous taquinais. Je n'ai quasiment rien entendu, j'ai dormi comme un enfant… Asseyez-vous. Je vais chercher de quoi vous restaurer.

Greta obéit. Ayant dédaigné le ragoût de poisson la veille, elle était affamée. Percy lui apporta du porridge, des œufs, des tartines grillés et du thé. Elle mangea de bon appétit sous le regard approbateur du jeune homme.

— Nous devons aller voir le prince après le petit déjeuner, annonça-t-il.

Elle fit oui de la tête.

Percy regarda autour de lui, comme s'il craignait que quelqu'un ne se soit faufilé à leur insu dans la pièce.

— Je dois vous prévenir que c'est un homme qui sait arriver à ses fins, dit-il à mi-voix. Et ce par tous les moyens imaginables. Je suis à peu près sûr qu'il tentera de vous tourner contre moi en m'accusant d'ignobles forfaits. Mais ce ne seront que des mensonges, Greta. Son intérêt est de nous diviser afin d'envoyer promener nos réclamations.

— Je ne vois pas comment il pourrait vous accuser de forfaits odieux, après ce que lui-même a fait.

— C'est tout simple, il se croit au-dessus de la loi. Je l'ai déjà vu à l'œuvre. Il fera tout pour garder ce qui vous appartient légalement. Et sa première tactique sera l'intimidation.

Se rappelant le regard intense du prince, la veille au soir, le contact de sa main sur la peau de son décolleté et surtout son baiser, Greta baissa les yeux sur son assiette à moitié vide. Comment pourrait-il l'intimider davantage ? Mais diffamer Percy était ignoble ! Et stupide ! Durant les dernières semaines, elle avait eu tout loisir de constater son bon caractère, son honnêteté et sa loyauté.

— Vous n'avez pas à vous inquiéter, monsieur Percy, assura-t-elle. Il ne parviendra pas à me convaincre que vous n'êtes pas un homme gentil, décent et honorable.

— Ah, très chère Greta, s'écria-t-il avec un sourire ému, la bonne opinion que vous avez de moi m'est très précieuse. Puis-je vous demander… avez-vous pensé à ma proposition ?

Prise au dépourvu, elle perdit aussitôt tout intérêt pour son repas.

— Bien sûr, je vous dois une réponse… dit-elle en cherchant hâtivement les mots qui le repousseraient sans l'offenser. J'ai réfléchi mais… j'avoue qu'il s'est passé tant de choses que je n'ai pas…

— Bien sûr, vous n'avez pas pu y réfléchir sérieusement, l'interrompit-il. J'ai eu tort de vous presser avant d'avoir conclu l'affaire qui vous a amenée ici.

Il tendit la main et s'empara de la sienne.

— Pourtant, je ne peux laisser passer l'occasion de vous dire avec quelle ardeur j'espère une réponse positive.

Il porta la main de Greta à ses lèvres et l'embrassa avec passion, avant de la lâcher.

C'était un charmant garçon, elle ne pouvait le nier, mais voilà, ce n'était pas le moment, songea-t-elle en voyant avec soulagement le majordome entrer dans la pièce. Il prononça quelques mots en gallois. Le sourire de Percy s'effaça.

— Il nous attend, dit-il. Autant en finir tout de suite, non ?

Greta tripota son porte-bonheur et hocha la tête.

— Je suis prête.

Malgré un léger mal de tête dû à l'abus d'alcool, Rhodrick Glendower, comte de Radnor, se sentait mieux ce matin. La douleur de son genou – résultat, ainsi que la balafre de son visage, d'une chute de cheval des années auparavant – avait disparu en même temps que la pluie cessait.

Cette douleur était devenue une compagne fidèle, en particulier durant les mois d'hiver, car, méprisant l'état d'abrutissement dans lequel le mettait le laudanum, il refusait d'avaler la dose prescrite par son médecin.

Se sentant plutôt en forme, il aurait aimé pouvoir se mettre immédiatement au travail. Malheureusement, un devoir déplaisant l'attendait, celui de recevoir Owen Percy et son acolyte.

Un coup à la porte le fit s'écarter de la fenêtre et de la vue sur l'immense forêt que dominait le château. Nouant les mains dans le dos, il tourna la tête légèrement de côté pour cacher sa cicatrice et étudia les deux invités qu'introduisait Ifan.

Se pavanant comme un paon, Owen Percy entra le premier. Fidèle à son habitude, il était d'une élégance recherchée : veste, pantalon, gilet, cravate, tout venait du meilleur faiseur. Rhodrick en déduisit que Percy s'était trouvé une bienfaitrice, aussi âgée et fortunée que les précédentes, et qui, comme les autres, avait cédé aux compliments et ouvert sa bourse.

La femme qui suivait Percy décontenança de nouveau Rhodrick sans qu'il sache pourquoi. Elle était jolie, oui, on ne pouvait le nier. Le bleu était l'une des rares couleurs qu'il pouvait voir, et celui de ses yeux était si intense qu'il tranchait sur les teintes ternes et fades de son univers habituel. La robe – il n'aurait su dire si elle était rose, rouge ou brune – soulignait sa taille fine de façon émouvante.

Ses cheveux très noirs – des cheveux de Gallois – tombaient en tresse dans son dos. Ses lèvres pleines se retroussaient en un petit sourire qui creusait des fossettes dans ses joues. Le souvenir de ces lèvres sous les siennes le fit frémir.

Sans doute était-ce parce qu'il était depuis trop longtemps privé de compagnie féminine, à l'exception de quelques amies qu'il considérait comme des sœurs. Il avait oublié combien délicat était le corps féminin.

Gêné par sa balafre, il détourna un peu plus la tête.

— Bonjour, monsieur, dit Percy en s'inclinant.

La femme fit une révérence, mais sans le quitter des yeux, de peur peut-être qu'il ne commette quelque chose de déplaisant. Un baiser, par exemple ?

— Au nom du Ciel, qu'est-ce qui vous amène ici ? demanda-t-il au fils de son cousin.

— Votre Seigneurie sait très bien ce qui m'amène, répondit le jeune homme d'un ton narquois.

Oui, il le savait. Ce petit voyou était venu voir s'il n'arriverait pas à mettre la main sur un peu d'argent.

— Dites-le-moi quand même, afin que tout soit clair entre nous.

Percy jeta un coup d'œil à la femme, avant de s'adresser en gallois à Rhodrick :

— J'accompagne Mlle Fairchild afin de l'aider à récupérer l'héritage que vous lui avez volé, et vous informer que mon héritage à moi me sera bientôt dû.

Rhodrick retint un éclat de rire. En parlant une langue qu'elle ignorait, le coquin tentait de rouler la coquine.

— Votre complice n'a pas deviné que vous aviez l'intention de la duper ?

— Vous ne pourrez pas me nuire, déclara Percy avec un sourire aimable. Lancez-moi toutes les fausses accusations que vous voudrez, cela m'est égal. Mlle Fairchild sera bientôt ma partenaire pour la vie. C'est ma fiancée.

Reconnaissant son nom, Greta jeta un regard interrogateur à Percy.

— Tout s'explique, fit Rhodrick en hochant la tête. Votre héritage doit vous revenir le jour de vos trente ans ou celui de votre mariage, s'il survient avant.

Comme vous n'avez pas encore vingt-huit ans, vous avez trouvé quelqu'un avec qui partager le butin, c'est cela ?

Percy garda un sourire suffisant.

— Mais, dites-moi, comment son héritage est-il venu entre mes mains ? demanda Rhodrick en désignant la jeune femme d'un mouvement du menton.

— C'est la fille de Yorath Vaughan, le frère de Randolph Vaughan, un homme que vous avez bien connu, il me semble.

Randolph Vaughan était effectivement connu de Rhodrick, puisqu'ils avaient été beaux-frères, mais leurs femmes, deux sœurs, étaient mortes en couches et ils s'étaient perdus de vue. Détails qu'il garda pour lui, sachant que, troublé par son silence, Percy pouvait en dire plus qu'il ne l'aurait souhaité.

Il ne fut pas déçu.

— Yorath Vaughan est mort sans héritier mâle et tous ses biens sont allés à son frère, Randolph, poursuivit Percy en gallois. Et, celui-ci étant décédé sans postérité, vous avez tout reçu.

Ceci au moins était vrai.

— Et alors ? fit-il, impatient d'apprendre quel stratagème les deux escrocs avaient mis au point.

— Yorath est mort sans héritier mâle. Mais il a laissé une fille, qui se tient devant vous.

Rhodrick jeta un coup d'œil à la jeune femme. Elle regardait l'un puis l'autre, au fur et à mesure que la discussion ricochait.

Tout était clair à présent : les deux escrocs avaient conclu un arrangement selon lequel Percy se mariait pour obtenir son héritage, tout en montant une petite fiction qui leur permettrait peut-être de mettre la main sur un second héritage. Rhodrick en déduisit que Percy n'avait pas retrouvé de bienfaitrice âgée.

— Quelle chance vous avez d'avoir déniché une jeune héritière à épouser ! se moqua-t-il. C'est quand même plus plaisant qu'une vieille dame à câliner.

— Vous détenez ce qui lui appartient, de la même façon que vous avez ce qui est à moi. La loi va vous obliger à tout nous restituer dès que nous serons mariés.

Il fallait que cette jolie femme ait atteint le fond du désespoir pour se joindre à Percy dans cet acte abominable ! songea-t-il en examinant de nouveau Mlle Fairchild.

Son regard dérivant sur le pendentif, il se souvint de la douceur de sa peau.

Aïe ! Il n'avait pas d'excuse à fournir, sinon qu'il avait beaucoup bu, que le bijou avait attiré son regard et qu'il avait pris cette inconnue pour une autre. Preuve supplémentaire qu'il était en train de devenir fou.

— Si elle est vraiment la fille de Yorath Vaughan, elle n'aura pas besoin de la loi pour récupérer son héritage, reprit-il en gallois. Je le lui rendrai volontiers. Quant au vôtre, vous connaissez les stipulations du testament. Elles seront respectées à la lettre.

Le sourire de Percy s'effaça.

— Alors, soulagez au moins les souffrances de Mlle Fairchild et rendez-lui tout de suite son bien.

Rhodrick émit un petit gloussement.

— Un conseil, mon cher cousin : avant que vous ne vous jetiez allègrement dans le mariage, demandez à votre… fiancée… ce qu'elle cherchait cette nuit dans les couloirs du château.

Les paupières de Percy battirent légèrement, et il regarda Mlle Fairchild.

— Demandez-le-lui, insista Rhodrick en surveillant la jeune fille du coin de l'œil.

Percy s'éclaircit la gorge et prononça en anglais :

— Sa Seigneurie a remarqué que vous déambuliez dans le château, hier soir.

La jeune fille rougit.

— Oui. Je me suis perdue… Excusez-moi mais, avant cela, qu'a-t-il dit ?

Aucun des deux hommes ne répondant, elle rougit un peu plus.

— J'avais soif, reprit-elle. Je cherchais le majordome pour demander qu'on m'apporte de l'eau.

— Voilà le genre de tâche qu'un fiancé accomplit à merveille, marmonna Rhodrick en allant s'asseoir derrière son bureau.

— Pardon ? s'écria-t-elle, les yeux écarquillés par la surprise.

Ah, voilà qui est intéressant, se dit Rhodrick qui s'empressa d'enchaîner avant que son cousin n'intervienne :

— Votre fiancé… Cela ne vous ennuie pas, j'espère, que Percy m'ait annoncé la bonne nouvelle ?

Si, cela l'ennuyait visiblement, et Rhodrick se félicita de ne pas être celui qu'elle fusillait du regard. Il eut envie de rire. Percy était trop gourmand, décidément. En épousant cette idiote, il mettrait la main sur son argent ; la loi l'autorisait.

— Je vous demande pardon, mais M. Percy n'est pas mon fiancé, protesta Mlle Fairchild.

— Je pense que si vous n'avez pas commencé ce voyage avec le statut de fiancés ou, ce qui serait préférable, celui d'époux, vous devriez l'achever de cette façon… à moins qu'il ne se fiche éperdument de votre réputation.

Cette fois-ci, Mlle Fairchild devint carrément rouge, et il devina qu'elle lui aurait décoché un coup de pied dans le tibia s'il s'était trouvé à proximité. Au lieu de quoi, elle baissa les yeux et afficha un air de vierge effarouchée.

— M. Percy m'a demandée en mariage, monsieur, mais je ne lui ai pas encore donné ma réponse, rétorqua-t-elle posément. Le blâme pour ma conduite me revient entièrement.

— Je ne voulais pas dire autre chose.

Elle le regarda avec colère mais n'eut pas le temps de répliquer, Percy s'écriant en gallois :

— Laissez-la tranquille ! Notre situation ne vous regarde pas ! Contentez-vous de nous rendre ce qui nous appartient afin que nous quittions définitivement Llanmair !

— J'aimerais pouvoir vous prendre au mot, dit Rhodrick dans la même langue. Franchement, Owen, j'aurais dû vous faire pendre quand j'en ai eu l'opportunité.

— Donnez-nous seulement notre dû et nous partirons.

— *Notre* dû ? Tss, tss. Vous en parlez déjà comme du vôtre, mais il vous reste à mettre cette charmante enfant dans votre lit.

Le visage de Percy s'embrasa de fureur. Rhodrick se tourna vers Mlle Fairchild.

— Je détiens en effet tout ce qui reste de la fortune des Vaughan, mademoiselle Fairchild. Approximativement quatre mille livres. Si vous me prouvez que vous êtes bien celle que vous prétendez être, tout est à vous.

Elle en resta bouche bée.

— Avant que vous ne tombiez de ravissement à l'idée de toucher cette somme, comprenez bien ceci : il me faut une preuve concrète de votre identité. Ce que raconte ce… cet individu… ne me suffit pas.

— J'ai une lettre, dit-elle en ouvrant le petit sac pendu à son poignet.

Elle déplia le vélin jauni et alla le déposer sur le bureau.

Rhodrick l'examina. La lettre datait de vingt ans plus tôt. Une certaine Mme Yorath Vaughan parlait abondamment de sa chère petite fille, Greta, et faisait de nombreuses allusions à une visite qu'elle et son enfant avaient rendue, peu de temps auparavant, à son beau-frère et sa belle-sœur, M. et Mme Randolph Vaughan.

Sa lecture finie, il repoussa la lettre.

— Très émouvant, mais ce n'est pas une preuve.

— Mais… c'est ma mère qui l'a écrite.

— Cette missive a pu tomber entre vos mains de trente-six façons. Entre autres, vous pouvez l'avoir écrite vous-même. J'ai besoin de quelque chose de plus catégorique… une lettre qui me serait adressée et confirmerait votre identité, par exemple.

Le front soucieux, Mlle Fairchild replia la feuille et la glissa son sac.

— J'aimerais beaucoup que ma mère vous écrive, monsieur, mais, comme elle est morte depuis quatorze ans, il m'est difficile de le lui demander.

— Bon, répondit-il froidement, mais il y a sûrement sur cette terre une ou deux personnes qui savent qui vous êtes.

— Lord Middleton, suggéra Percy.

Middleton ? Quel toupet ! Héritier d'un duché, Middleton était un marquis doté de puissantes relations et d'une fortune considérable. Cette fille n'était sûrement pas sotte au point de revendiquer une telle connaissance.

— Vous connaissez lord Middleton ?

— Il vient d'épouser ma cousine, lady Ava Fairchild. Ava est la fille de lady Bingley, ma tante qui est morte il y a un an.

— Alors, fit-il, amusé par ces prétentions, il faut que vous convainquiez lord Middleton de se porter garant de votre identité ou bien que vous obteniez un certificat des registres paroissiaux. L'un ou l'autre me convient. Et à la réception du document, je vous donnerai les quatre mille livres des Vaughan.

— Mais… cela peut prendre des semaines !

Percy lui saisit le bras pour la faire taire.

— Nous vous fournirons la preuve dont vous avez besoin, monsieur.

— Mais… s'écria Mlle Fairchild, que fit taire à nouveau Percy d'un regard comminatoire.

— Pouvons-nous avoir quelques minutes pour discuter ? demanda celui-ci poliment.

Rhodrick en avait plus qu'assez de cet entretien. Il se leva.

— Prenez tout le temps que vous voulez, dit-il sèchement en allant ouvrir la porte. N'importe où, sauf dans ma maison.

— Nous partirons dès que possible, n'en doutez pas, mais auparavant, je voudrais échanger quelques mots avec Mlle Fairchild.

— Allez, allez, fit Rhodrick en leur tenant la porte ouverte.

Percy poussa sa compagne dans le couloir. En passant devant lui, la jeune femme regarda Rhodrick et il vit dans ses yeux qu'elle n'avait pas oublié son baiser. Elle se détourna aussitôt – révoltée, probablement – et s'éloigna. Il referma la porte et, comme il allait s'asseoir à son bureau, il remarqua quelque chose sur le tapis.

Un mouchoir. Il avait dû tomber du sac de la jeune fille lorsqu'elle en avait sorti sa lettre. Il le ramassa. Il était en lin et bordé d'une fine dentelle. Une broderie délicate représentait un *V* majuscule entouré d'un *a* et d'un *b* minuscules.

Rhodrick le porta à son nez. Il sentait le lilas et… la femme. La douceur, la féminité, la tendresse.

Un parfum qu'il n'avait plus eu le plaisir de humer depuis des années. Il le respira de nouveau, avant de le fourrer dans sa poche et de se remettre au travail.

5

Owen Percy conduisit Greta dans une petite pièce située à côté du vestibule. Il referma la porte et s'y appuya en essayant de recouvrer son calme. En vain.

— Que faisiez-vous dans les couloirs cette nuit, bon Dieu ? s'exclama-t-il en la fusillant du regard.

— Pardon ?

— Vous avez essayé de le voir sans moi ?

— Absolument pas ! Je vous l'ai dit, je me suis perdue… D'ailleurs, qu'êtes-vous en train d'insinuer ? demanda-t-elle en croisant les bras.

Owen Percy se reprit.

— Rien, rien. Mais je ne comprends pas…

— Il n'y a rien à comprendre, coupa-t-elle. Pourquoi lui avez-vous dit que nous étions fiancés ?

— Ce n'est pas évident ? J'essayais de sauver votre réputation.

— Ah bon…

— Vous ne devez pas oublier que je le connais, Greta. Cet homme ne respecte personne, et les femmes moins que quiconque. Après tout ce que je vous ai raconté et ce que vous venez de voir, vous pouvez croire que c'est vrai.

Le léger frisson qui la parcourut confirma qu'elle le croyait. Il se rapprocha et posa les mains sur ses épaules.

— Chérie, si vous voulez récupérer vos quatre mille livres, tâchez d'avoir l'air d'être ma fiancée. Jamais il ne rendra une pareille somme à une femme célibataire et sans soutien.

— Mais il a dit…

— Je sais ce qu'il a dit, mais je vous dis que le prince n'est pas un homme d'honneur. Il dira tout ce que vous voulez entendre, sans avoir l'intention de tenir parole.

Elle resta silencieuse quelques secondes. Des pensées diverses voilèrent le bleu de ses yeux. Puis elle secoua la tête.

— Peut-être est-ce vrai, monsieur Percy, mais moi, je ne dis pas ce qu'autrui veut entendre et je tiens parole. Ainsi, je refuse de me présenter comme votre fiancée.

Mon Dieu, fulmina-t-il en son for intérieur, cette gamine têtue allait lui compliquer les choses.

Greta chérie, dit-il en affichant un sourire tendre. Je sais combien tout ceci vous est pénible mais, si j'ai dit ça, c'était pour vous protéger.

Elle lui jeta un regard dubitatif. Owen Percy lui effleura la joue et la regarda avec autant de douceur qu'il put en rassembler. Elle battit des cils puis lui rendit son sourire, un sourire plus poli que convaincu.

— J'avoue qu'en parlant ainsi, j'ai aussi cédé à l'espoir que vous accepterez de m'épouser.

Elle voulut s'écarter mais, prenant son visage entre ses mains, il plongea ses yeux dans les siens.

— Ne me dites pas que vous n'y avez pas du tout réfléchi ?

— Si, bien sûr.

La sentant moins sûre d'elle, il s'enhardit.

— Imaginez un manoir, murmura-t-il en lui embrassant l'arête du nez. Et des enfants, ajouta-t-il en déposant un baiser sur sa joue. Un solide petit gars pour porter mon nom, poursuivit-il en passant à l'autre joue. Et une fille aussi belle que sa mère.

Il l'embrassa sur les lèvres, doucement, tendrement, sans exigence. Greta ne résista pas. En matière de baiser, elle manquait d'expérience, constata-t-il. Ce n'était pas grave, il y remédierait avec plaisir.

— Pardonnez-moi, murmura-t-il, c'était plus fort que moi.

Elle sourit, flattée de s'entendre attribuer un tel pouvoir.

— À l'avenir, reprit-il, je suggère que vous me laissiez discuter avec le prince, pendant que vous imaginerez notre vie dans un manoir à la campagne.

Elle hocha la tête, visiblement tracassée par un autre problème.

— Je n'ai pas les moyens de m'installer dans une auberge, le temps que le courrier fasse un aller et retour entre Londres et Llanmair. Ava ne recevra pas ma lettre avant une ou deux semaines, et ensuite... Non, ça ne va pas. Il faut que nous trouvions les registres paroissiaux.

— Les chercher et les faire recopier prendrait aussi plusieurs semaines... Ne vous inquiétez pas, chuchota-t-il en lui caressant la lèvre inférieure du pouce. Je vais parler au prince. Faites-moi confiance et n'oubliez pas que tout ce que je fais, je le fais pour vous.

— Monsieur Percy, vous n'avez pas à...

— Si, si, car je ferais tout pour vous, l'interrompit-il en la reprenant dans ses bras.

Cette fois-ci, il ne se contenta pas d'un petit baiser discret, et le résultat fut qu'elle parut oublier le maudit prince. Ouf, même quand le destin lui semblait contraire, il lui restait quelques talents, constata-t-il, rassuré.

Greta n'oublia pas longtemps le prince. Comment l'aurait-elle pu, alors qu'elle attendait que Percy revienne de son entretien avec leur persécuteur ? Elle marchait de long en large dans la petite pièce, s'arrêtait de temps à autre devant la fenêtre pour regarder les jardins et le ciel bleu, et rêvait de liberté, d'escapade, de retour triomphant à Londres, la bourse bien garnie.

Lorsque Percy la rejoignit, elle devina à son expression que les choses n'avaient pas tourné comme il le voulait.

— Il s'obstine, dit-il en la faisant asseoir sur un canapé et en prenant place à côté d'elle.

Elle s'efforça de cacher sa panique.

— Que faut-il faire, à présent ?

Percy haussa les épaules.

— Il nous a permis de rester une nuit de plus. Demain matin, j'informerai le prince que je ne vois pas d'autre alternative que d'inclure les autorités dans nos discussions. Et le mieux sera alors d'aller à Rhayader trouver un notaire.

Mon Dieu

— Mais... je n'ai pas d'argent pour payer des frais de notaire, lui rappela-t-elle.

Percy ayant insisté pour qu'ils voyagent en voiture particulière, couchent à l'auberge et prennent plus d'un repas par jour, il lui restait un peu moins de quatre livres.

— Et la voiture ? poursuivit-elle. Si le cocher doit nous attendre, il va demander à être payé...

— Oh, j'ai pris la liberté de le renvoyer.

Greta tressaillit. Comment allait-elle pouvoir quitter cet endroit, à présent ?

— Vous l'avez renvoyé ?

— Nous louerons une autre voiture à Rhayader, dit-il en souriant.

Cette fois-ci, elle ne lui rendit pas son sourire. Un pressentiment pénible l'envahissait. Elle n'en dit rien cependant à Percy et le laissa parler de contacter les autorités de Rhayader et prendre des chambres à l'auberge. Deux secondes plus tard, il suggérait même qu'ils se trouvent une petite maison, oubliant qu'ils n'étaient ni mariés ni même fiancés.

Ne l'écoutant que d'une oreille, elle se demandait comment faire pour aborder elle-même le prince. C'était stupide de laisser Percy défendre sa cause dans une langue qu'elle ne connaissait pas. Quelque chose pouvait être mal traduit, ou omis tout simplement. Le prince ne comprenait peut-être pas bien ce que lui disait Percy. En fait, elle ne trouverait pas le repos tant qu'elle ne lui aurait pas parlé personnellement.

Le soir venu, on leur servit le souper dans une petite salle à manger située à l'arrière du château. Une flambée et d'épaisses tapisseries maintenaient une chaleur étouffante, qui parut aviver la mauvaise humeur de Percy.

— Il nous a éloignés comme des domestiques, ronchonna-t-il. Nous ne sommes pas mieux traités que des animaux.

Une servante déposa sans cérémonie un bol devant chacun d'eux et en ôta les couvercles.

Percy fronça le nez avec dégoût.

— Du *cawl,* grommela-t-il. Il s'offre un repas de roi et nous fait servir du *cawl* comme à de vulgaires manants !

Greta ne se sentit aucunement insultée, car dès qu'elle eut humé l'odeur du traditionnel ragoût gallois, un flot de souvenirs l'assaillit. Elle se revit assise sur un tabouret devant la longue table en bois d'une cuisine, ses pieds se balançant au-dessus du sol. Et elle revit sa grand-mère, une ravissante vieille dame au giron ample et douillet, en train de tremper du pain dans le *cawl*.

Tandis que Percy rouspétait et se plaignait de la façon dont ils étaient traités, ainsi que des calomnies dont le prince ne manquerait pas de l'accabler – à savoir que son cousin était un roué, un voleur et même un imbécile –, Greta se régala du meilleur ragoût qu'elle ait savouré de sa vie.

Après le repas, un valet les mena à la bibliothèque. Greta commença à inspecter les rayonnages tandis que Percy s'étendait sur un divan, l'air suprêmement offensé.

La diversité des sujets impressionna la jeune femme. Histoire, agronomie, littérature anglaise et française et, bien sûr, plusieurs rangées de livres en gallois.

— Il est très cultivé, remarqua-t-elle.

— C'est ce qu'il aimerait vous faire croire, ricana Percy, un bras sur les yeux.

Greta prit un récit de voyages écrit par un certain Theophilus Evans, et se mit à lire. Une demi-heure plus tard, comme elle jetait un œil par-dessus son livre, il s'aperçut que la poitrine de Percy se haussait et s'abaissait régulièrement. Il dormait.

Elle réfléchit à l'opportunité qui se présentait à elle. D'un côté, elle craignait que ne se reproduise l'incident de la nuit. De l'autre, elle ignorait quand elle aurait de nouveau l'occasion de parler au prince sans la présence de Percy. Elle posa doucement son livre, se leva et quitta la pièce sur la pointe des pieds.

Inspirant à fond, elle suivit le couloir.

Cette fois-ci, elle ne prêta aucune attention aux tableaux et s'occupa plutôt de rameuter tout son courage. Arrivée devant le cabinet de travail, elle resta là, indécise, le pouls battant et les mains tremblantes.

Après plusieurs inspirations, elle frappa à la porte. Des aboiements féroces lui répondirent. Comme elle reculait précipitamment, elle entendit la voix du maître leur ordonner de se taire. Une fraction de seconde plus tard, la porte s'ouvrit.

La haute silhouette du prince remplit toute l'embrasure. Mais, contrairement à la veille, il portait une queue-de-pie et son visage était rasé de frais.

Elle remarqua qu'il tourna immédiatement la tête afin de cacher sa cicatrice.

Ainsi donc, le prince des ténèbres sortait. Où allait-il ? Quelle sorte de gens recherchait sa compagnie ? Des hommes ? Des femmes ?

— Oui ? fit-il sèchement.

— Je... euh... Si cela ne vous dérange pas, monsieur, j'aimerais vous parler.

— Cela me dérange.

— Cela ne prendra qu'un instant, assura-t-elle.

Il soupira et sortit une montre qu'il consulta.

— Un instant, concéda-t-il en rentrant dans son cabinet de travail.

Greta le suivit. Les deux chiens vinrent renifler sa robe puis, apparemment satisfaits, retournèrent se coucher devant la cheminée.

La pièce était très simplement meublée : un grand bureau plat et un unique fauteuil en cuir. À qui, d'ailleurs, aurait servi un second siège ?

Debout au milieu de la pièce, le prince, qui ne cherchait pas à masquer son impatience, ne ressemblait pas du tout à l'homme hagard qu'elle avait vu la nuit passée.

— Alors ? demanda-t-il.

— Monsieur... je n'abuserai pas de votre temps.

— Vous le faites déjà.

Troublée par sa grossièreté, elle perdit ses moyens.

— Vous disiez ? dit-il en lui faisant signe de poursuivre tout en lui tournant le dos.

C'était vraiment l'homme le plus mal élevé qu'elle ait rencontré.

— Je disais, commença-t-elle, que je comprends que vous ayez besoin de vérifier qui je suis... mais je ne peux m'attarder au pays de Galles indéfiniment. Non seulement on a besoin de moi à Londres, mais je n'ai pas d'endroit où rester.

— C'est ce à quoi, mademoiselle Fairchild, vous auriez dû penser avant d'imposer votre présence.

Oh, le sagouin ! Elle le méprisait, elle le haïssait, elle le vomissait !

— Vous avez raison, parvint-elle à dire. Je m'excuse de m'être imposée. Mais je suis venue ici en croyant trouver un homme d'honneur qui se hâterait de me rendre mon bien.

— Une femme d'honneur aurait apporté la preuve qu'elle est celle qu'elle prétend être. Pour ce que j'en sais, vous êtes probablement une friponne. Car une chose est sûre, vous accompagnez un fripon, mademoiselle Fairchild, et comme on dit : qui se ressemble s'assemble.

La fureur envahit Greta.

— Je ne suis pas une friponne, monsieur, et M. Percy est un jeune homme respectable.

— Que savez-vous de lui ? demanda-t-il avec mépris. Car vous me mettez devant un dilemme. Je n'arrive pas à savoir si vous êtes sa complice, ou bien la jeune femme la plus naïve que j'aie jamais croisée.

— Je ne comprends pas ce que vous voulez dire.

— Cela indiquerait la naïveté.

— Je ne peux prétendre savoir ce qu'il y a entre vous et M. Percy, mais ce que je sais de lui est honorable. Il a été très gentil envers moi et ma compagne de voyage, Mme Smithington, qui est décédée.

— À propos, votre compagne de voyage était-elle une femme fortunée d'un certain âge ?

— Comment ? s'exclama Greta, prise au dépourvu par la question.

— Votre compagne. Elle était âgée ? Riche ? Seule au monde ?

— Euh... oui.

Il ricana et se détourna.

— Il se trouve que votre M. Percy adore les femmes riches, âgées et seules au monde. Ce sont ses proies préférées. Mais je constate qu'il n'a pas renoncé aux jeunes.

L'accusation l'indigna et elle ne put contenir sa colère.

— Comment pouvez-vous être aussi ignoble ?

— Me croyez-vous stupide, mademoiselle Fairchild ?

— Je vous crois cruel, riposta-t-elle. Vous avez volé l'héritage d'un brave homme pour le punir d'être à moitié anglais et vous...

— Permettez-moi de vous dire quelque chose au sujet de ce brave homme, l'interrompit-il. Cela fait des années que j'éponge ses dettes.

Levant les yeux au ciel, Greta croisa les bras sur la poitrine.

— Vous vous comportez exactement comme M. Percy l'avait prédit : il m'avait prévenue que vous le calomnieriez.

— Il vous avait prévenue ? Vraiment ? se moqua le prince en tirant sur ses manchettes. Et vous a-t-il dit aussi qu'il avait engendré un enfant et laissé sa maîtresse affronter seule le scandale et la honte ? Ou qu'il avait dilapidé au jeu une grande partie de la fortune que mon cousin, son père, lui avait laissée, au point qu'on a dû lui confisquer ce qu'il en restait jusqu'à ses trente ans ? Ou encore qu'il a failli mourir des mains d'un mari cocu et que lui éviter le gibet m'a coûté cinq cents livres ?

— Je ne vous crois pas !

— Maintenant, ses proies sont des femmes âgées qui adorent ses flatteries. Mais vous, mademoiselle Fairchild, je ne comprends pas quel est votre rôle. Sinon d'être sa complice pour me dérober la petite fortune d'un homme dépourvu d'héritier direct.

— Comment osez-vous m'insulter ? s'écria-t-elle. Je ne suis pas une voleuse !

Il lui décocha un regard écœuré qui la mit mal à l'aise. Puis, soudain, il fonça sur elle comme un taureau furieux. Elle recula précipitamment.

— Que dois-je penser de votre revendication et de votre stupide lettre, mademoiselle Fairchild ? cria-t-il. Comment puis-je vous prendre pour une fille du pays de Galles ? Vous ne parlez même pas le gallois !

— J'ai été élevée en Angleterre !

— En Angleterre ou en Chine, ça m'est complètement égal. Vous êtes issue de parents gallois qui vivaient à moins de cinq kilomètres de la frontière !

Elle en resta muette une fraction de seconde.

— Il est visible que vous ne me croyez pas, dit-elle enfin. Et je ne peux rien y faire, tant que je n'aurai pas obtenu la preuve que vous exigez. Mais je n'ai pas les moyens de rester ici en attendant. J'espérais que nous pourrions trouver un compromis.

— Non ! Il n'y a pas de compromis possible. Je vous suggère d'écrire à votre prétendue connaissance.

Mon Dieu, comme elle le méprisait !

— Très bien. Ayez l'obligeance de me donner une plume et du papier.

— Maintenant ?

— Maintenant !

Il ouvrit un tiroir et en sortit une feuille qu'il plaqua sur son bureau si brutalement que ses chiens relevèrent la tête. Après quoi, il désigna à Greta son fauteuil et l'encrier, et s'écarta.

Traversant la pièce à grands pas furieux, elle passa devant lui à le frôler et s'assit.

— Vous êtes un homme odieux ! C'est la première fois qu'on me traite d'une façon aussi discourtoise !

— Épargnez-moi vos protestations d'inconvenance, mademoiselle Fairchild. C'est la troisième fois que vous me courez après !

— Je ne vous courais pas après ! Je m'étais perdue ! Et, en homme qui abuse du whisky, vous en avez profité !

— Ah bon ? fit-il en se penchant sur elle pour remettre d'aplomb l'encrier qu'elle avait renversé. Ça n'a pas eu l'air de vous déplaire tant que cela. Bon, écrivez votre lettre, mademoiselle Fairchild. J'ai un rendez-vous et vous me faites perdre mon temps.

— Votre conduite est terriblement offensante.

— Vous n'en méritez pas moins.

Énervée, elle trempa sa plume et commença à écrire.

Très chères Ava et Phoebe,

J'espère que cette lettre vous trouvera en bonne santé.

Elle s'arrêta et leva les yeux. Le prince la regardait fixement, sans se soucier de cacher sa cicatrice.

Greta reprit de l'encre et poursuivit :

J'ai de mauvaises nouvelles ! J'ai trouvé l'homme qui détient mon héritage mais c'est l'individu le plus odieux et le plus désagréable que j'aie eu le malheur de rencontrer ! Il est à la fois très laid et d'une grossièreté inimaginable. J'ai hâte d'en avoir fini avec lui. Malheureusement, il refuse de rendre mon héritage sans une preuve que je suis bien celle que je dis être. La lettre de ma mère ne lui a pas suffi et cette brute, cet ogre, réclame un mot de la main de lord Middleton confirmant mon identité.

Chère Ava, je sais que c'est beaucoup demander à votre nouvel époux qui, de surcroît, ne m'a rencontrée qu'une fois. Mais pouvez-vous le convaincre d'écrire, afin que j'obtienne mon dû et revienne le plus vite possible ? Je redoute ce qu'il adviendra de moi si vous n'agissez pas rapidement. Adressez la lettre au comte de Radnor, prince de Powys, Llanmair. Et ne vous tracassez pas trop pour moi, car M. Percy me protège avec courage de ce monstre et de ses brutalités.

Votre G.

Elle leva les yeux sur le prince qui regardait sa montre avec impatience. Elle prit un buvard, tamponna la feuille et la plia, avant d'écrire les noms de ses cousines et l'adresse à Londres où devait se trouver Phoebe. Car, hélas, Ava était sûrement à la campagne.

Elle l'agita pour faire sécher l'encre et la cacheta d'un morceau de cire puis, se levant, elle la tendit au prince.

Il la lança sur un petit plateau.

— Puis-je au moins savoir quand on apporte le courrier à la poste ? s'enquit-elle.

— Après-demain, répondit-il en lui faisant signe de sortir.

— Mon Dieu…

— Ne vous affligez pas, mademoiselle Fairchild. Vous me trouvez peut-être barbare, mais je ne vais pas vous jeter dans la forêt. Percy et vous pouvez rester à Llanmair. Je préfère le savoir ici plutôt qu'ailleurs, à escroquer je ne sais qui d'autre.

Cela ne la soulagea aucunement. Redressant le menton, elle se dirigea vers la porte.

— Quand allez-vous vous marier ? questionna-t-il.

Elle s'arrêta et lui adressa un regard noir.

— Nous ne sommes pas fiancés.

Il émit un petit reniflement de mépris.

— J'espère, pour votre bien, que vous ne me mentez pas, mademoiselle Fairchild. Car si vous êtes réellement Greta Vaughan, dès que vous aurez prononcé le serment du mariage, votre héritage deviendra légalement le sien. Ce voyou vous mettra sur la paille et, quand vous n'aurez plus rien, il vous abandonnera.

— Vous avez une fois de plus prouvé qu'il dit la vérité, répliqua-t-elle froidement. Il m'a prévenue que vous l'accuseriez de mille forfaits, malgré toutes les choses indescriptibles que vous avez commises.

Un bref instant, le prince parut au bord de l'explosion. Puis il serra les dents, ce qui lui donna l'air encore plus agressif.

— Si vous n'avez rien d'autre à me dire, mademoiselle Fairchild… fit-il en désignant la porte.

— Oh, non, rétorqua-t-elle avant de sortir dignement.

6

Margaret Awbrey, la plus proche des amis de Rhodrick, regarda son invité avant de jeter un coup d'œil à son mari, Thomas, qui haussa les épaules.

Rhodrick n'était pas de bonne compagnie ce soir. Il parlait peu. Margaret y était habituée, mais d'ordinaire il faisait au moins l'effort de suivre la conversation.

Ce soir, il gardait les yeux fixés sur son assiette, et lorsqu'il prenait son verre, Margaret craignait qu'il ne le brise. Quelque chose le troublait.

— Je ne peux supporter cela plus longtemps, déclara-t-elle comme on apportait le *bara brith,* un gâteau aux fruits. Vous devez nous dire ce qui vous préoccupe à ce point, Rhodi. Vous avez la tête ailleurs.

— Je vous demande pardon. Je n'aurais pas dû accepter votre invitation, car je suis de bien mauvaise compagnie ce soir.

— Ne dites pas de bêtises, protesta Margaret avec un sourire. Vous êtes toujours de très bonne compagnie. Mais qu'est-ce qui vous préoccupe ?

— Owen Percy est revenu à Llanmair réclamer son héritage.

Choquée, Margaret demeura bouche bée.

— Nom de nom ! s'exclama Thomas en fronçant les sourcils. Je croyais que nous étions débarrassés de lui pour un bout de temps.

— Eh bien, c'était un vœu pieux ! fulmina Rhodrick. Il s'est présenté à ma porte hier. Manifestement, il n'a plus la faveur de la personne qu'il avait réussi à duper, et il est à court d'argent.

— Mon Dieu, fit Thomas.

Rhodrick raconta l'arrivée de son cousin. Margaret n'en crut pas ses oreilles. Son cœur saignait pour son vieil ami. Quand il était enfant, on ne cessait de le taquiner pour sa silhouette dégingandée et son visage un peu rude. Son père, qui était lui-même grand et costaud, l'appelait en riant « Goliath ». Appellation qu'avaient bientôt reprise tous les enfants de la paroisse, et Rhodrick était devenu un adolescent sombre et querelleur.

Margaret ne l'avait jamais trouvé vraiment laid, mais une chute de cheval peu avant ses dix-neuf ans lui avait brisé la jambe et balafré la joue, ce qui lui avait donné un air peu engageant, il fallait bien le reconnaître.

Le résultat fut que, lorsqu'il eut atteint l'âge de se marier afin d'engendrer au moins un héritier mâle, comme l'exigeait son statut social, personne ne voulut de lui. Malgré sa fortune, son allure sombre effrayait les débutantes.

Son père lui avait quand même trouvé Eira dont les parents, au bord de la ruine, avaient accepté le mariage avant que la pauvre fille ait eu l'occasion de rencontrer son promis. Eira n'avait pas paru souffrir de l'aspect de son mari. Peut-être, comme Margaret, le trouvait-elle plus touchant que laid. En tout cas, la chère enfant avait réussi à l'apprivoiser. Pendant les quelques années qu'avait duré leur mariage, Rhodi avait perdu de son irascibilité et de sa mélancolie. Il était devenu l'un des hommes les plus gentils, les plus attentionnés et les plus respectables du pays.

La mort de son épouse l'avait anéanti et renvoyé à ses humeurs sinistres. Il s'était replié sur lui-même et avait fui toute société en se cloîtrant à Llanmair.

C'est alors que Percy Owen était entré dans sa vie, apportant tragédie et remords.

Depuis, Margaret s'efforçait désespérément d'éclairer l'univers de Rhodi. Elle l'avait présenté à plusieurs de ses amies mais, sans être grossier, il l'avait priée de renoncer. Cavalier solitaire, il fendait au galop de son destrier noir les forêts et les landes, ce qui ranimait de vieilles terreurs dans ce pays toujours prêt à sombrer dans la superstition.

Et voilà qu'il était de nouveau obligé de supporter Owen Percy et son cortège d'infamies.

— Je suis vraiment désolée, dit elle. Y a-t-il quelque chose que nous puissions faire ?

Il fit non de la tête.

— Je serai forcément débarrassé de lui un jour ou l'autre.

Margaret n'insista pas, mais émit le vœu que ce jour ne tarde pas trop.

Conscient d'être un piètre compagnon, Rhodrick quitta les Awbrey de bonne heure. Le lendemain, il se leva à l'aube afin de régler un litige entre deux de ses métayers. Cela lui prit plus longtemps que prévu, car les deux hommes étaient parents par alliance et leur dispute était davantage due à la femme de l'un d'eux qu'à un problème de pâture.

Il feignit d'écouter attentivement et hocha la tête aux bons moments, mais en réalité il ne pouvait penser à rien d'autre qu'aux yeux bleus de Mlle Fairchild, aux courbes de ses hanches, à ses longs doigts fins et à la ligne de son cou. Au baiser qu'il lui avait volé, à ce qu'il aimerait faire avec elle... Oh, quelle mouche lubrique le piquait ? Il s'ébroua, salua ses métayers et s'éloigna en hâte.

Arrêté près d'un ruisseau auquel s'abreuvait son cheval, il sortit le mouchoir de la jeune fille et le porta à son nez un instant.

De telles pensées étaient inquiétantes. Il n'était plus un adolescent mais un homme, se morigéna-t-il. Cette jeune fille avait éveillé quelque chose en lui. Au début, il avait cru que c'était de la colère, mais à présent il comprenait qu'il s'agissait de quelque chose de plus profond, de plus élémentaire. Ce baiser avait réveillé une bête qui dormait en lui depuis des années, une bête appelée désir.

Le fait qu'elle n'ait plus peur de lui mais le défie et le regarde franchement sans montrer de dégoût, empirait les choses.

Comme il regagnait le château, son jardinier lui demanda d'examiner l'affaissement d'un mur de soutènement.

Rhodrick avait construit de ses mains la plupart des terrasses. Il était fier de ses jardins dont, malheureusement, il ne pouvait voir toute la beauté, puisqu'il était incapable de distinguer certaines couleurs.

Le jardinier et lui décidèrent d'étayer la partie défaillante du mur. Ainsi qu'il le faisait souvent, Rhodrick ôta sa veste et son gilet, retroussa ses manches, prit une bêche et commença de creuser un fossé dans lequel ses hommes pourraient planter des pieux.

Il était immergé jusqu'à mi-cuisses dans la boue lorsque, s'arrêtant pour s'essuyer le front du dos de la main, il aperçut Owen Percy et Mlle Fairchild qui l'observaient d'un muret plus élevé.

Percy ricanait, mais ce qui troubla Rhodrick, ce fut l'expression ahurie de Mlle Fairchild, comme si la vue d'un gentleman se livrant à un travail de terrassier renversait toutes ses certitudes.

Il rendit sa bêche au jardinier et sortit du fossé, son mauvais genou fléchissant sous l'effort. Percy chuchotait quelque chose à l'oreille de la jeune femme et tentait de l'entraîner un peu plus loin. Il dut la prendre par le coude et, même alors, elle lança un coup d'œil par-dessus son épaule, comme hypnotisée.

Rhodrick ramassa sa veste et son gilet, et s'éloigna à grands pas, laissant ses hommes achever le travail. Afin d'éviter ses invités, il prit l'entrée de service et monta au premier, ce qui lui fit traverser le vestibule de l'entrée principale où se trouvait un grand miroir.

D'ordinaire, il passait devant sans s'arrêter. Cette fois-ci, il fit l'erreur d'y jeter un œil. Eh bien, rien d'étonnant à ce que Mlle Fairchild ait eu cette expression ahurie ! Il était couvert de boue et ses cheveux étaient affreusement emmêlés. Sa chemise à moitié déboutonnée laissait voir un torse en sueur vraiment peu séduisant.

Un fossoyeur, voilà sans doute ce à quoi avait pensé cette donzelle raffinée de Londres.

Cependant, le pire était qu'il s'en souciât !

Agacé, il tira sur le cordon de la sonnette. Ifan apparut aussitôt. Rhodrick lui lança sa veste et ordonna qu'on lui chauffe l'eau d'un bain immédiatement. Il monta les marches deux par deux, sans se soucier de la douleur.

7

Après leur promenade dans les jardins – lesquels étaient d'une beauté étonnante –, Percy ramena Greta dans le salon qu'on leur avait attribué.

— Vous voyez quel genre d'homme c'est, dit-il comme elle s'asseyait. Creuser comme un vulgaire terrassier, peuh ! Quel spectacle peu ragoûtant !

Peu ragoûtant, peut-être, mais… puissant. Jamais elle n'avait vu un prince, ni même un gentleman, se dépenser ainsi. Elle ne pouvait oublier le jeu des muscles, très visible sous la chemise de batiste collée par la sueur. Il avait soulevé chaque pelletée de boue sans effort apparent et avait travaillé aussi rapidement que ses hommes, lesquels en avaient pris l'habitude dès l'enfance.

Oui, elle devait l'admettre, ce spectacle l'avait troublée.

— Les limites de la décence lui sont parfaitement inconnues, poursuivit Percy.

Le jeune homme alla se planter devant la fenêtre et s'appuya du coude à l'embrasure, de façon à ne pas froisser sa veste.

Et lui, connaissait-il les limites du travail honnête ? se demanda-t-elle avant de se le reprocher aussitôt. Percy était son protecteur. Le prince était son ennemi. Il ne fallait pas en démordre.

Greta ne répondant pas, il lui jeta un coup d'œil par-dessus son épaule.

— Vous avez l'air fatiguée, chérie. Cette épreuve est extrêmement pénible. Nous devons penser sérieusement à aller chercher l'aide d'un notaire de Rhayader, sinon je crains pour votre santé.

C'était carrément ridicule. Pourquoi la traitait-il toujours comme une fleur fragile ?

— Je me sens très bien, assura-t-elle. Et je vous l'ai déjà dit, je n'ai pas les moyens de consulter un notaire.

Elle le lui avait dit plus d'une fois, et pourtant il continuait à insister. C'était curieux comme il n'entendait pas certaines choses, songea-t-elle. Bien sûr, il était normal qu'il ait hâte de quitter cet affreux château glacial. Mais il pouvait quand même comprendre qu'avec moins de cinq livres pour deux, consulter un notaire ou réserver des chambres dans une auberge était tout simplement hors de question.

— Alors, je vais lui parler de nouveau, déclara Percy d'un ton autoritaire en s'écartant de la fenêtre.

Il s'approcha de Greta et, soulevant les basques de sa veste, il s'assit à côté d'elle et étendit le bras dans son dos.

— J'admire votre courage, vous savez, dit-il d'une voix apaisante en se penchant pour l'embrasser.

Il faisait bon et chaud dans ses bras, ses lèvres étaient douces et, tout en sachant qu'elle avait tort de l'encourager, elle se laissa faire. Elle avait tellement besoin d'être réconfortée…

Il plut toute la nuit, ce qui rendit la chambre encore plus sinistre, d'autant que le feu s'éteignit bien avant l'aube. Greta tira drap et couverture par-dessus sa tête et tenta de se rendormir.

Elle flottait entre le sommeil et la veille, et il lui semblait n'avoir pas du tout dormi lorsqu'un bruit la fit sursauter. Greta crut que Lulu venait la réveiller mais, quand elle écarta le drap, elle fut abasourdie de voir sa mère debout sur le seuil de la chambre, ses longs cheveux noirs noués sur la nuque, vêtue d'une robe rouge complètement démodée. Et souriant avec tendresse, du sourire qu'elle réservait jadis à Greta – à croire qu'elle n'avait jamais quitté ce monde.

Un petit bruit à la fenêtre lui fit tourner la tête. C'était le vent, réalisa-t-elle avant de regarder à nouveau vers la porte, mais sa mère n'était plus là. À sa place, se dressait la demeure blanche souvent vue en rêve, et la personne qui se tenait sur le perron n'était plus sa mère mais le prince. Son regard vert était si dur, si froid, qu'elle ne put retenir un frisson.

Elle se réveilla complètement et se redressa toute droite dans son lit. Elle ne tremblait pas de froid, mais de peur. Il n'y avait personne auprès d'elle, ni sa mère ni le prince, et la lumière grise de l'aube pénétrait déjà dans la pièce.

Pourtant, tout avait semblé terriblement réel…

— Doux Jésus, marmonna-t-elle, le souffle court.

Elle s'enveloppa d'une couverture, gémit doucement lorsque ses pieds touchèrent le sol glacé et courut s'accroupir devant la cheminée pour tenter de rallumer le feu.

Un quart d'heure plus tard, elle en était toujours à souffler sur les bûches à moitié calcinées quand on frappa à la porte. Une femme aux cheveux gris entra.

— Ô mon Dieu, s'écria-t-elle en s'accroupissant à côté de Greta pour l'aider. Mademoiselle doit mourir de froid !

— Non, non, ça va.

— Je suis la gouvernante, Mme Bowen. Je suis venue remplacer Lulu qui travaille dans une autre partie du château ce matin.

— Ah, fit Greta, soulagée d'entendre de l'anglais, quoique enrichi d'un épais accent.

Mme Bowen replaça les bûches, en ajouta une et saisit le soufflet qu'elle actionna encore et encore jusqu'à ce que le feu prenne, puis elle se leva et s'essuya les mains sur sa robe grise.

— J'espère que mademoiselle n'a pas eu trop froid... et que les fantômes ne lui ont pas rendu de visites nocturnes.

Greta se pétrifia.

— Les fantômes ?

— Oh, c'est une vieille légende galloise, expliqua Mme Bowen en refaisant le lit. On dit que les esprits éteignent les feux pour se promener parmi nous sans être vus. C'est pour cela qu'il vaut mieux ne jamais dire du mal des morts.

— Mais je n'en ai pas dit, protesta Greta, de plus en plus troublée.

— Oh, bien sûr que non, mademoiselle ! s'écria Mme Bowen avec un sourire rassurant. Je parlais en général. C'est un vieux dicton d'ici, c'est tout.

Un vieux dicton, peut-être, mais qui poussa Greta à s'habiller rapidement.

Elle rejoignit Percy dans la salle à manger. Il se plaignit de ne pas avoir dormi et pressa de nouveau Greta d'aller chercher de l'aide à Rhayader. Contenant son agacement, elle lui rappela qu'elle n'en avait pas les moyens. Rester lui déplaisait autant qu'à lui mais, pour le moment, c'était le moindre des maux – malgré les fantômes, les rêves et les bruits bizarres.

Percy et elle passèrent la matinée à se promener dans le parc, main dans la main car il semblait ne pas vouloir la lâcher. Puis ils se retirèrent dans le salon.

Debout devant la fenêtre, Greta regardait les jardins en calculant le temps qu'il faudrait à sa lettre pour atteindre Phoebe et Ava. Au moins trois semaines, estima-t-elle, compte tenu des pluies incessantes et du mauvais état des routes de campagne. Ensuite, il fallait compter une bonne semaine pour tout arranger et envoyer le mot prouvant son identité. Après quoi, trois semaines de plus seraient nécessaires pour que Greta le reçoive. Ceci, à condition qu'Ava se trouve à Londres et non à la campagne avec son marquis d'époux.

Bref, sept semaines en tout, si la chance était de son côté.

Sept semaines avec très peu d'argent. Si elle se trouvait une chambre modeste, trois ou quatre livres lui suffiraient pour survivre. Mais pas pour entretenir M. Percy.

Il était étonnant qu'elle doive penser à l'entretien de M. Percy. Il ne le lui avait pas demandé, bien sûr, mais elle avait la très nette impression que c'était entendu comme cela, qu'un accord avait été conclu et qu'il n'était pas question de le remettre en cause.

Mais ce n'était pas le cas, voyons… ou bien si ? Lui avait-elle laissé entendre qu'ils resteraient ensemble quand le problème de son héritage serait réglé ? Elle tournait cette question dans sa tête lorsque les mains de M. Percy se posèrent sur ses épaules.

— Ah ! cria-t-elle, surprise.

Il pouffa de rire, l'entoura de ses bras et posa le menton sur son épaule en l'étreignant doucement.

— Que voyez-vous dehors qui vous fascine à ce point, chère mademoiselle Fairchild ?

— Les jardins.

Le rire de M. Percy lui chatouilla l'oreille.

— Rien d'autre ?

— Y a-t-il autre chose à voir ?

— Il y a l'horizon. Et, entre nous et l'horizon, il y a Rhayader. Si j'étais joueur, je parierais qu'après une journée de plus dans ce château sinistre, vous serez d'accord pour que nous allions au village avant de perdre complètement la tête.

Elle se demanda si ce n'était pas déjà fait.

— Et si je disais oui… comment payer notre entretien, monsieur ?

Elle le sentit hausser les épaules derrière elle.

— Vous ne possédez aucun objet de valeur, chérie ? Une babiole que vous pourriez vendre ?

— Et vous ?

M. Percy garda le silence, puis, tout d'un coup, la fit pivoter face à lui. Ses yeux noisette avaient un éclat qui rappela à Greta ceux du prince. Les deux hommes avaient les mêmes cils épais et le même regard perçant.

— Greta, ma chérie, quand nous aurons réglé cette maudite affaire, je vous remplacerai cette babiole par un millier d'autres. Vous devez avoir la foi : nous gagnerons, car la loi est de notre côté.

Il s'inclina afin que leurs yeux soient au même niveau.

— Vous avez confiance en moi, non ?

— Bien sûr.

— Et vous réalisez, n'est-ce pas, que si vous acceptez ma proposition, il sera obligé de céder à votre revendication ?

— Il sera obligé ? répéta Greta qui ne comprenait pas comment des fiançailles avec Percy modifieraient la position du prince à l'égard de son héritage.

— Il sera obligé !

— Mais je… je ne…

— Et moi, je ne supporterai pas que vous me repoussiez, poursuivit-il en l'embrassant sur le front. Je ne peux imaginer me passer de vous une journée, alors toute une vie !

Sur ce, il l'embrassa sur les lèvres.

Elle songea qu'elle devrait lui dire qu'elle n'avait rien décidé, mais le contact de ces lèvres chaudes la fit se taire. C'était si… confortable, si rassurant. Quelque chose papillotait en elle, et en même temps elle se sentait en sécurité.

Lorsqu'une main s'empara hardiment d'un sein, elle lâcha un petit cri, puis un autre à cause du frisson sensuel qui la parcourut.

Sans qu'elle sache comment, ils se retrouvèrent allongés sur le divan, les bras de Greta sur la nuque de Percy, la main de celui-ci sur ses seins et sa bouche dans son cou. Bien qu'elle ait déjà acquis l'expérience de deux saisons, jamais elle ne s'était aventurée dans un flirt aussi éhonté.

Ses pensées vacillaient entre la conscience de son indécence et le désir de savourer encore un peu de ce plaisir physique. Peut-être ne cédait-elle qu'à l'envie de briser l'ennui des deux derniers jours... En tout cas, elle s'oublia complètement et fut, par conséquent, très humiliée quand Percy releva la tête et la tourna de côté pour sourire à quelqu'un.

Greta tourna elle aussi la tête, et son regard embrumé découvrit le prince sur le seuil de la pièce, les bras croisés, l'air furieux.

Elle en perdit le souffle. Durant un instant terrifiant, elle se retrouva incapable du moindre mouvement. Puis la chaleur de la honte lui monta au visage et elle plaqua les mains sur la poitrine de Percy, qui ne semblait pas pressé de se relever.

— Poussez-vous !

Il obéit. Basculant sur le côté, elle bondit et, le dos tourné au prince, se hâta de rectifier son corsage. Jamais de sa vie elle n'avait éprouvé une telle honte. Elle ne valait pas mieux qu'une vulgaire catin, songeait-elle, mortifiée.

Entendant le prince avancer dans la pièce, Greta commit l'erreur de le regarder. Son expression dégoûtée l'accabla encore plus.

— Vous me révoltez, tous les deux, dit-il d'une voix qui dégoulinait de mépris. Si je n'étais pas entré à cet instant, vous auriez forniqué et souillé ma maison.

Les genoux de Greta manquèrent se dérober.

Percy se contenta de renifler de dédain.

— Ne soyez pas absurde.

Curieusement, il paraissait content qu'on les ait surpris dans une situation compromettante.

Cela intrigua Greta, mais elle n'était pas en état d'y réfléchir car l'air écœuré du prince la troublait au point qu'elle crut qu'elle allait vomir. Elle parvint à tituber jusqu'à la fenêtre et, prenant appui sur l'embrasure, respira plusieurs fois à fond.

— Je pense que toute l'absurdité et la dépravation sont de votre côté, monsieur mon cousin, dit le prince. Il est évident que si vous séduisez Mlle Fairchild de façon aussi publique, elle n'aura d'autre choix que de vous épouser, ce qui est le plus court chemin vers son argent, en même temps que vers le vôtre.

L'insinuation stupéfia Greta. Elle se retourna.

— C'est grotesque !

— Ne faites pas attention à lui, dit Percy d'un ton sarcastique. Lorsqu'un véritable gentleman tombe sur deux amants, il regarde de l'autre côté. Mais un homme balafré et solitaire réagit avec jalousie et méchanceté.

La remarque perfide fit tressaillir le prince. Son corps, grand et sauvage, se tendit comme s'il se retenait de sauter sur Percy et l'étrangler. Au lieu de quoi, c'est vers la jeune fille qu'il pivota, et son regard lourd l'emplit de honte. Pressant les mains sur ses joues, elle balbutia :

— Je vous demande pardon, monsieur.

— Vous ne lui devez aucune excuse ! protesta Percy.

Mais si ! Elle lui devait des excuses. Tous deux lui devaient des excuses, et elle n'en revenait pas que Percy estime leur conduite au-dessus de tout reproche.

— Vous ne lui devez rien ! insista Percy. Il est assurément la dernière personne au monde qui soit en droit de nous juger !

— Monsieur Percy ! s'exclama-t-elle, mortifiée.

Le prince prononça quelques mots en gallois, auxquels Percy répondit par un flot de ce qui devait être du vitriol pur.

L'expression du prince se durcit et il parut soudain très dangereux. Il était certainement capable d'étrangler Percy d'une seule main. Elle aussi, d'ailleurs. Mais il la surprit de nouveau car, après un dernier regard méprisant, il tourna les talons et sortit de la pièce.

La porte refermée, Percy envoya valdinguer d'une main une lampe à pétrole qui s'écrasa sur le sol.

— Mon Dieu, que d'histoires pour pas grand-chose ! s'écria-t-il.

— Monsieur Percy ! Il nous a vus sous un jour peu flatteur !

— Pour l'amour de Dieu, n'exagérez pas !

La réprimande irrita Greta.

— Comment ! Ma réputation est irrémédiablement perdue et vous me demandez de ne pas exagérer ?

— Ce n'est pas le moment de faire un drame, Greta !

— Un drame ! répéta-t-elle en le dévisageant, incrédule. Vous n'avez pas peur de ce qui peut nous arriver maintenant, monsieur Percy ?

— Peur ? Je me fiche complètement de ce que pense Radnor, car je sais…

La porte se rouvrit avec une telle violence qu'elle heurta le mur, et le prince et trois valets entrèrent.

— Allez-vous tuer un homme désarmé ? lança M. Percy tandis que les valets avançaient vers lui.

— Grands dieux ! Ôtez-le de ma vue ! rugit le prince.

— Si vous voulez régler cela en gentleman… commença Percy.

Deux hommes s'emparèrent de lui. Il fulmina en gallois. Greta poussa un cri tandis que Percy se débattait, jusqu'à ce qu'un des valets lui retourne un bras dans le dos.

Tout ceci se déroula sous le regard froid du prince. Une fois les mains de Percy ligotées, il hocha la tête et les valets tirèrent leur prisonnier hors de la pièce.

— Monsieur Percy ! cria Greta, terrifiée. Owen !

Son protecteur ne l'entendit pas, tant il couvrait d'injures son hôte et les hommes qui l'entraînaient dans le couloir. Elle entendit ses hurlements s'estomper au fur et à mesure qu'ils s'éloignaient.

Le prince braqua alors sur elle son regard glacial. Paniquée, elle recula contre le mur, cherchant une issue qui n'existait pas.

— Cessez de feindre la peur, mademoiselle Fairchild. Il ne vous arrivera aucun mal sous mon toit. Je ne suis pas comme votre amant.

La façon dont il avait prononcé le mot lui donna la sensation d'être sale.

— Il n'est pas…

Elle s'interrompit. Elle avait mieux à faire que discuter de vocabulaire. Par exemple, penser à sauver sa propre peau.

— Que comptez-vous faire de moi ? demanda-t-elle.

— Je ne sais pas, dit-il tout en l'examinant avec un regard vorace. Que font d'ordinaire les hommes avec les putains ?

Lâchant un petit cri, Greta esquissa un pas vers la porte. Le prince fit non de la tête.

— Vous ne vous échapperez pas. Je ne laisserai pas Percy rafler votre héritage, bien que vous sembliez prendre plaisir à cette déchéance.

— Vous êtes un misérable, un pervers, un monstre !

— En voilà de grands mots, pour une personne qui fait si bon marché de sa vertu !

Il fit un pas vers elle. Greta se déplaça.

Il s'arrêta et soupira.

— Allez-vous venir de plein gré, ou dois-je vous porter ?

La terreur lui coupa le souffle.

— Me porter où ?

— Loin d'Owen Percy afin de vous éviter toute tentation. Allez-vous me suivre, oui ou non ?

— Je n'irai nulle part avec vous !

Il eut un sourire menaçant.

— Honnêtement, je trouve qu'une pauvre fille, isolée et de moralité douteuse, n'est pas en situation de choisir, déclara-t-il.

Et, sans crier gare, il plongea sur elle.

Greta se rua vers la porte mais il la rattrapa aisément. Elle eut beau se débattre, il n'eut aucun mal à l'immobiliser. Des bras solides comme des barres de fer enserrèrent la jeune femme, et ses seins s'écrasèrent contre le mur d'une poitrine.

— Quels baisers préférez-vous, mademoiselle Fairchild ? Ou bien il vous importe peu de qui ils viennent ?

Elle émit un cri de rage et tourna la tête de côté. Il l'obligea brutalement à lui faire face.

— Je suis déçu. Je vous croyais plus difficile dans vos choix mais, évidemment, une livre est une livre…

Avec un hurlement où se mêlaient fureur et peur, elle lui décocha un coup de pied dans le tibia. S'il sentit quelque chose, il ne le montra pas. Il la maintenait sans effort tandis que son regard s'attardait sur sa poitrine. Elle continua à se débattre puis, voyant la vanité de ses efforts, elle cessa et ses yeux s'emplirent de larmes.

— Ah non, pas ça ! grommela-t-il. Les pleurs ne m'ont jamais fait fléchir.

— Je vous en prie, ne me tuez pas, murmura-t-elle.

Il ricana et posa une main sur la gorge de Greta.

— Vous tuer n'est pas la première chose qui me vient à l'esprit, mademoiselle Fairchild.

Elle crut qu'il allait l'embrasser, la violer sur place. Ce que faisaient les soudards, disait-on. Mais non. Il la souleva et l'emporta dans le couloir. Arrivé devant un escalier qu'elle ne connaissait pas, il la posa sur le sol et, la maintenant d'une poigne irrésistible, l'obligea à monter.

— Je ne suis pas ce que vous pensez ! plaida-t-elle, épouvantée et prête à toutes les négociations pour éviter le pire. Ce que vous avez l'intention de faire est criminel ! Soyez bien sûr que je le ferai savoir aux plus hautes autorités !

Pour toute réponse, elle n'eut droit qu'à un ricanement.

— Vous êtes un être hautement méprisable ! reprit-elle tout en cédant à la poussée d'une main plaquée sur ses reins. Vous n'avez rien à dire pour votre défense, parce que vous savez que ce que vous allez faire est méprisable !

Tandis qu'ils gravissaient l'escalier en colimaçon, toutes les choses affreuses que Percy lui avait dites au sujet du prince de Powys se mirent à bouillonner dans sa tête. C'était un meurtrier, un voleur et un pervers. Elle devait craindre pour sa vertu et pour sa vie. Dans un sursaut d'indignation, elle inspira à fond et se débattit, bec et ongles. Il la souleva de nouveau et l'emporta comme un petit enfant.

Un second escalier partait du palier, plus étroit et raide que le précédent. Le prince porta Greta sans faiblir jusqu'en haut, puis, tout en la maintenant d'une main ferme contre lui, il ouvrit l'unique porte qui se trouvait devant eux et poussa la jeune femme à l'intérieur. Elle perdit l'équilibre et se rattrapa à une chaise.

Les joues ruisselantes de larmes, Greta examina les lieux : une petite pièce ronde, située visiblement au sommet d'une tour, avec trois fenêtres, un lit, une chaise, une table. Un paravent devait cacher la cuvette.

— Ce n'est pas luxueux mais vous serez très bien, dit-il. On ne vous fera aucun mal car, quoi que vous pensiez de moi, vos craintes sont vaines : je ne fréquente pas les putains.

Il allait l'enfermer, comprit-elle. Plus personne n'entendrait parler de Greta Fairchild et elle mourrait, seule et ignorée de tous. Prise de panique, elle se rua vers la porte. Il la rattrapa par le bras et la ramena devant lui avec une facilité exaspérante.

— Lâchez-moi !

Griffant, ruant, mordant, elle se débattit avec l'énergie du désespoir.

— Suffit ! rugit-il comme un coup de pied l'atteignait au tibia.

Il la repoussa contre le mur et planta les bras de part et d'autre.

— Calmez-vous !

Épuisée, Greta cessa toute résistance. Ses yeux scrutèrent le visage qui n'était plus qu'à quelques centimètres du sien, la balafre irrégulière, l'ombre d'un début de barbe et l'éclat froid du regard. Quoi qu'il veuille lui faire subir, elle était incapable de l'en empêcher. Des larmes brûlèrent ses paupières.

Fronçant les sourcils, il la lâcha. Elle ferma les yeux, soulagée. Lorsqu'elle les rouvrit, il était sur le seuil et, la main sur la poignée, s'apprêtait à s'en aller.

Paniquée, Greta se jeta sur la porte au moment où elle se refermait. Le déclic du verrou lui étreignit la gorge. Elle frappa le battant des deux poings.

— Monsieur Percy ! Monsieur Percy ! Au secours !

N'entendant plus que le bruit des pas descendant l'escalier, elle hurla de plus belle, frappa la porte, agrippa la poignée des deux mains.

Quand il devint clair que cette issue était condamnée, elle courut à l'une des fenêtres. Hélas, le sol était à au moins trente mètres.

C'était sans espoir. Elle était enfermée, sans doute condamnée à mourir dans ce réduit. La joue pressée sur la pierre, elle s'abandonna aux sanglots.

8

Lorsque Greta eut versé toutes les larmes de son corps, elle s'allongea sur le lit et eut avec elle-même une conversation sérieuse.

Se conduire comme une folle ne la sortirait pas du pétrin. Elle devait reprendre ses esprits et réfléchir. Et, d'abord, se refaire une beauté.

Aussi, elle s'obligea à se lever et alla se rafraîchir derrière le paravent. Elle lissa sa robe, tenta d'arranger ses cheveux que la lutte avait dénoués. Ne pouvant les tresser sans aide, elle les coiffa de ses doigts et les laissa tomber dans le dos.

Après quoi, il ne lui resta plus qu'à faire le tour de la pièce, dans un sens puis dans l'autre, ce qu'elle fit inlassablement tout l'après-midi, en étudiant la situation sous tous les angles. Elle parcourut toute la gamme des émotions : la peur de ce qui allait lui arriver, la colère d'avoir été emprisonnée, et un doute grandissant en ce qui concernait Percy. Certaines choses à son sujet n'avaient pas de sens. Par exemple, son absence de fonds et son désir soudain de l'épouser.

Ô Dieu, comme elle aurait aimé que Phoebe et Ava soient là ! Elle avait tant besoin de leurs conseils. Que quelqu'un de fiable lui dise si elle avait raison ou tort en ce qui concernait Percy. Ou ce qu'elle devait penser du prince. Ou encore si elle devait renoncer à revendiquer son héritage. Elle eut beau réfléchir à en avoir mal à la tête, elle ne parvint à aucune autre conclusion que celle-ci : il lui fallait s'évader de cet endroit.

Mais comment ?

Elle n'en avait aucune idée, hélas. Épuisée d'avoir tourné en rond au propre comme au figuré, elle allait se rallonger sur le lit lorsque des pas ébranlèrent l'escalier. Terrorisée, elle chercha des yeux de quoi se défendre. Grâce au Ciel, son geôlier avait laissé un tisonnier. Elle s'en empara et le brandit des deux mains, prête à frapper.

— Greta !

C'était Percy. Percy ! Elle s'attendait si peu à l'entendre que ses genoux faillirent se dérober. Lâchant le tisonnier, elle courut à la porte, saisit la poignée et tenta de la tourner, bien qu'elle eût vainement essayé de le faire trente-six fois.

— Owen, je suis là ! cria-t-elle en tapant sur le battant. Ouvrez la porte, je vous en prie, ouvrez !

— Greta, écoutez-moi bien !

— Ouvrez la porte ! hurla-t-elle.

— Je vais chercher de l'aide, reprit-il d'une voix ferme. Je vais à Londres trouver votre cousine et lui demander d'user de son influence pour qu'on envoie une armée vous libérer !

— Mais je veux partir avec vous ! répliqua Greta en cognant des deux poings sur la porte. Je vous en prie, ouvrez-moi !

Il y eut une pause, et Greta sentit son cœur sombrer. Son instinct lui souffla qu'elle était trahie.

— Je ne peux pas, dit-il posément.

— Percy ! Ouvrez la porte !

— Je reviendrai dès que possible, ayez confiance en moi ! Vous devez être forte, chérie. Le prince ne vous fera pas de mal, il m'a donné sa parole. Mais vous devez être forte !

— Non ! hurla-t-elle en frappant de nouveau des deux poings. Voyons, vous n'allez quand même pas me laisser ici !

— Je reviendrai dès que possible, je vous le jure.

— Percy ! Ne me laissez pas !

Mais c'était trop tard, elle l'entendait déjà dévaler l'escalier.

— Percy ! cria-t-elle une dernière fois bien qu'elle sût qu'il ne reviendrait pas, ni maintenant ni jamais.

Lorsque le silence retomba dans la tour, Greta se jeta sur son lit, le visage dans l'oreiller, plus malheureuse qu'elle ne l'avait été de toute sa vie.

Ifan signala à Rhodrick que Griffith, un valct, avait dépouillé Mlle Fairchild du tisonnier avec lequel elle avait tenté de l'assommer et que, folle furieuse, elle avait jeté dans l'escalier le plateau de son souper.

Persuadé qu'elle serait affamée, Rhodrick lui apporta en personne son petit déjeuner le lendemain matin. Il frappa à la porte mais, n'entendant rien, il prit le plateau d'une main et introduisit une clef dans la serrure, s'attendant à se faire assaillir dès qu'il aurait mis un pied dans la chambre.

Mlle Fairchild le surprit. Elle était assise sur son lit, les genoux remontés sous sa robe, les cheveux dénoués ruisselant sur ses épaules. Elle le regardait avec des yeux bleus assombris.

— *Bore da*. Bonjour, lança-t-il.

Elle ne répondit pas.

— Vous devez mourir de faim, dit-il en déposant le plateau sur la table.

Elle lui décocha un regard haineux, puis elle se leva et s'approcha calmement de la table. Là, d'un grand revers de main, elle envoya le plateau valdinguer sur le sol. Après quoi, elle regagna son lit en passant si près de lui que son bras l'effleura.

— Voilà qui n'est pas très malin, commenta-t-il en baissant les yeux sur le carnage.

— Votre opinion ne m'intéresse pas.

— Vous pourriez avoir besoin de vos forces.

— Pour quoi faire ? Si je dois rester enfermée ici jusqu'au retour de Percy, autant mourir. Et le plus vite possible.

Elle se laissa tomber sur le dos et fixa le plafond.

— Percy ne reviendra pas, autant que vous le sachiez tout de suite, annonça-t-il. Il a accepté de partir en échange de cent livres. Je lui ai dit qu'il pouvait vous emmener, mais il a estimé que cent livres ne suffiraient pas pour deux. Car c'est un garçon raisonnable, notre Percy.

— Vous êtes un menteur ! s'écria-t-elle d'une voix rauque qui la surprit. M. Percy est allé chercher de l'aide.

Comment pouvait-elle croire qu'Owen comptait revenir la chercher ? se demanda Rhodrick, partagé entre l'exaspération et la pitié. Était-elle vraiment naïve à ce point ?

— Il est parti, mademoiselle Fairchild. Mais pas pour chercher de l'aide. Il ne reviendra pas, parce qu'il a obtenu ce qu'il lui fallait pour l'instant, à savoir cent livres et sa liberté.

Mlle Fairchild se redressa.

— Admettons que ce soit vrai. Que comptez-vous faire de moi ? Me garder enfermée dans ce réduit jusqu'à ce que tout le monde m'ait oubliée ? Ou bien allez-vous m'utiliser pour satisfaire vos vils désirs ?

À cette question, Rhodrick eut honte. Il avait effectivement songé à l'inviter dans son lit. Pour comble de malchance, elle était furieusement attirante ce matin, avec ses yeux étincelants, ses cheveux hirsutes et sa robe froissée comme si elle sortait des bras de son amant. L'image de la jeune femme allongée sous Percy, tels qu'il les avait trouvés hier, ne l'avait pas quitté de la nuit. Il ne pouvait plus penser qu'à son corps, à la main de Percy sur son sein. À lui-même, enfoui profondément en elle.

Son poing se serra sans qu'il en eût conscience.

— Vous êtes une très jeune femme, mademoiselle Fairchild, et encore ignorante de la véritable nature des hommes. Un jour, vous saurez que je vous ai dit la vérité : M. Percy a été bien près de vous ravir vertu et fortune, et vous avez été bien près de les lui offrir.

Elle rougit.

— Et alors ? rétorqua-t-elle en redressant le menton d'un air de défi. En quoi cela vous regarde-t-il ?

— En rien. Vous êtes libre de vous gâcher la vie et de donner votre corps à qui vous voulez. Une fois que j'aurai eu la preuve de votre identité, vous ferez ce que vous voulez. Je ne pourrai pas vous en empêcher. Mais, sans cette preuve, je ne vous donnerai pas les quatre mille livres qui, je le sais, finiront dans les mains de cet individu.

— Vous êtes un monstre, souffla-t-elle. La créature la plus méprisable que j'aie jamais rencontrée. Il s'écoulera des semaines avant que cette preuve arrive de Londres, surtout avec l'hiver qui approche. Je suppose que vous comptez me garder prisonnière ?

— Je préfère vous considérer comme mon invitée malgré vous, malgré moi. Vous pouvez rester… ou partir. Cela m'est égal.

Elle renifla avec mépris.

— Je ne suis pas vraiment libre de choisir, il me semble, puisque je ne peux pas quitter cette pièce.

Il désigna la porte.

— Vous êtes libre.

— Ah bon ? Que ferez-vous si je franchis cette porte et celle du château, et que je marche jusqu'à Rhayader ?

— C'est très loin. Et le ciel se couvre. Mais vous êtes libre d'essayer.

Jetant un regard soupçonneux à la porte, puis au prince, elle se leva, fit quelques pas, comme pour le mettre à l'épreuve, et se mit à courir.

Immobile, Rhodrick l'écouta dévaler l'escalier. Il enfonça les mains dans ses poches, serra le mouchoir qu'elle avait laissé tomber dans son cabinet de travail et attendit de ne plus rien entendre. Puis il entama la douloureuse descente jusqu'au rez-de-chaussée.

— Il y a eu un petit malheur, là-haut, dit-il sobrement à Mme Bowen, avant d'aller dans son cabinet avec l'intention de travailler pendant que cette idiote de Mlle Fairchild errerait dans les collines, à la recherche de son amant.

Eh bien, qu'elle le cherche autant qu'elle le voulait. Une chose était sûre : elle ne le trouverait pas, car à cette heure Owen Percy devait être loin. Et la jeune fille reviendrait lorsqu'elle aurait faim et froid.

Une heure plus tard, il s'aperçut qu'une barre de nuages sombres recouvrait les sommets des monts Cambriens. Les orages qui venaient de l'ouest étaient souvent violents. Il aurait préféré laisser la petite sotte faire comme elle l'entendait, mais ce n'était pas possible. Il lâcha un grognement de frustration. Pressentant quelque chose d'intéressant, Caïn et Abel battirent de la queue.

— On y va, dit-il à ses chiens qui se ruèrent aussitôt vers la porte.

Tous trois se rendirent dans l'entrée, où Ifan tendit à son maître son chapeau et ses gants.

— Tu as vu quelle direction la fille a prise ? demanda-t-il en gallois.

— La route principale, monsieur, répondit Ifan en s'inclinant si bas que Rhodrick put voir son visage se refléter sur le crâne chauve du domestique.

— Elle a emporté quelque chose ? Une cape ? Un chapeau ?

— Une cape rouge, monsieur. Et un petit sac orné de perles.

Il hocha la tête, prit son chapeau et ses gants, et sortit. Caïn et Abel bondirent devant lui, humant avidement l'air frais du dehors.

La barre sombre des nuages avançait régulièrement comme une armée en marche. Rhodrick se hâta vers l'écurie, fit seller son cheval et une jument avec une selle d'amazone. Tenant les rênes des deux chevaux, ses chiens courant à sa hauteur, il s'élança vers le portail.

9

Les poumons en feu, Greta s'arrêta de courir. Elle n'avait pris que le temps de ramasser sa cape et le sac dans lequel elle gardait ses biens les plus précieux. Ses chaussures fines n'étaient pas du tout adaptées au terrain, et chaque caillou lui rentrait dans la plante des pieds.

Elle s'assit sur un rocher pour reprendre son souffle et pensa au prince. Voilà un homme qu'elle aurait aimé suspendre par les pouces et battre comme un tapis. Ou bien le faire traîner sur le sol par une paire de bœufs. Cette dernière image la séduisit particulièrement. En tout cas, sa peur avait cédé la place à la colère.

Derrière elle, le château n'était plus visible et, devant elle, la route s'enfonçait dans la forêt, entre des haies de sapins. Le plus ennuyeux était cette barre de nuages bas et sombres qui s'annonçait.

Elle en avait pour des heures et des heures de marche avant d'atteindre quelque chose qui ressemble à la civilisation. À condition qu'elle ne soit pas laissée pour morte par des bandits de grand chemin ou par une bête des bois appréciant la chair humaine.

Sentant les larmes affluer sous ses paupières, elle ouvrit son réticule et chercha le mouchoir hérité de sa mère, dont elle ne se séparait jamais. Eh bien, si !

Elle avait même réussi à perdre ce souvenir précieux dans cet endroit misérable. Il ne lui restait plus que ses gants pour s'essuyer les yeux.

Quelle sotte elle avait été de confier sa vie à M. Percy ! Elle avait cru qu'il s'intéressait sincèrement à elle alors qu'à ses yeux, elle ne valait pas cent livres. Maudit bâtard ! Canaille ! Avec ses manières charmantes d'homme du monde, il l'avait entraînée dans les pires ennuis.

Le bruit d'une cavalcade la fit sursauter. Elle bondit sur ses pieds et plongea dans la forêt. Une main pressée sur son cœur battant, l'autre sur sa bouche pour étouffer le bruit de sa respiration, elle se glissa derrière un arbre.

Le cavalier passa devant elle. S'arrêta un peu plus loin. Fit demi-tour et revint. Le cœur au bord des lèvres, elle se figea. Elle n'entendit les chiens que lorsqu'ils approchèrent. Un petit cri de surprise lui échappa. Le prince s'était lancé à sa recherche ! Ce monstre avait menti : elle n'était pas libre du tout ! Il jouait avec elle comme le chat avec la souris !

Les chiens trottinèrent gentiment vers elle tandis que le bruit des sabots approchait. Elle ferma les yeux et pria.

Il s'immobilisa de nouveau, à quelques mètres d'elle. La peur de Greta prit de telles proportions qu'elle n'y put tenir et s'élança dans la forêt, les mains levées pour écarter les branches.

Il cria son nom et, une seconde plus tard, elle l'entendit qui courait derrière elle, écrasant tout sur son passage tel un sanglier furieux.

Deux mains saisirent ses jambes et ils roulèrent sur le sol. Greta se débattit, mais il la fit basculer sur le dos et la maintint solidement.

Il la regardait avec colère. Greta hurla à pleins poumons.

— Mon Dieu, arrêtez ! Il n'y a personne pour vous entendre, économisez votre souffle !

— Vous êtes un menteur ! Vous m'avez dit que j'étais libre !

— Vous êtes libre, stupide gamine !

— Alors, pourquoi m'avez-vous suivie ? demanda-t-elle en tentant de libérer ses bras.

— Je me suis posé la même question et je n'ai pas trouvé de réponse satisfaisante.

Les ruades de Greta restant sans effet, elle renonça.

— La chose est inexplicable, mais j'essaie de vous protéger, malgré vous. Une fois de plus, ajouta-t-il en baissant les yeux sur ses seins qui menaçaient de jaillir hors du corsage.

Ce regard lui donna l'impression d'être nue. Elle se sentit rougir.

— Si vous êtes assez sotte pour vouloir fuir à pied, libre à vous, mais attendez au moins que le temps s'améliore !

Comme si le ciel avait voulu se mêler à la discussion, quelques gouttes de pluie tombèrent.

— Si je n'avais pas dû m'enfoncer dans la forêt pour fuir votre prétendue protection, j'aurais été tout à fait capable de marcher jusqu'à Rhayader.

— Et si vous étiez moins têtue, nous serions à l'abri en ce moment. Pour votre gouverne, sachez que vous n'avez parcouru que quatre kilomètres et qu'il en reste huit jusqu'à Rhayader.

Greta lui jeta un regard noir.

— C'est si loin que ça ? s'écria-t-elle comme d'autres gouttes s'écrasaient sur eux. Dans quel lieu sauvage me suis-je aventurée, Seigneur ?

— Vous auriez dû vous poser la question avant. Bon, assez perdu de temps.

Il se leva et, l'attrapant sous les aisselles, la mit debout.

— Si vous tenez à jouer à cache-cache dans la forêt, je ne vous en empêcherai pas. Mais le voyage jusqu'à Rhayader sera plus facile demain dans l'une de mes voitures. Pour l'instant, nous rentrons à Llanmair !

Un bras solide autour de la jeune fille, il l'entraîna vers la route, tirant lorsqu'elle rechignait, la soutenant lorsqu'elle glissait.

Il avait l'air furieux d'avoir dû interrompre ses activités à cause d'elle, constata-t-elle. Mais, bien sûr, les meurtriers, les débauchés et les kidnappeurs n'étaient pas connus pour leur patience !

— Pourquoi ne me prêtez-vous pas une voiture dès maintenant ?

— Parce qu'il va y avoir un orage.

— Ce n'est pas une excuse ! Vous avez peur que j'aille me plaindre de la façon abominable dont vous m'avez traitée et que les autorités viennent vous arrêter.

Le prince s'arrêta, et pour la première fois elle le vit sourire. En réalité, c'était moins un sourire qu'un rictus.

— À qui croyez-vous que les braves gens de Rhayader doivent allégeance, mademoiselle Fairchild ? À une jeune sotte tout juste débarquée de Londres qui, visiblement, n'a pas plus de cervelle qu'une linotte ? Ou bien à moi ?

— Les braves gens de Rhayader n'approuvent sûrement pas le rapt !

— Non, bien sûr. Mais, en vous voyant aller et venir librement, ils douteront que vous ayez été retenue de force et se demanderont si vous n'êtes pas plutôt un peu folle !

Elle en resta bouche bée d'indignation.

— Je retourne au château et vous aussi, déclara-t-il d'un ton qui n'admettait pas la discussion. En conséquence, je vous conseille de vous préparer à endurer une nuit de plus à Llanmair.

Perspective accablante. Mais il la tenait d'une main de fer, la pluie tombait dru et le grondement du tonnerre se faisait plus fort. Elle était coincée, et s'en rendre compte accrut son épuisement et sa fureur contre le monde entier.

— Si vous me renvoyez dans ma prison, je vais devenir folle.

— Vous reprendrez la chambre où vous avez dormi la première nuit, si vous voulez.

— Elle est encore pire !

Il la regarda avec surprise.

— Je vous demande pardon ?

— Les chambres que vous destinez à vos invités, qu'ils soient là de leur plein gré ou non, sont horribles ! s'exclama-t-elle. Elles sont froides, et on y entend des craquements et des gémissements tels qu'il n'y a pas moyen de dormir. En plus, elles se ferment toutes de l'extérieur. Votre château est vraiment peu confortable !

— Pardonnez-moi, mademoiselle Fairchild, si ma maison est « peu confortable ». Vous auriez préféré être entourée de luxe afin de m'escroquer tout à votre aise ? Désolé de vous avoir déçue, mais je peux vous faire préparer une autre chambre, si vous le souhaitez.

Il l'entraînait à une allure remarquable vu sa claudication. La pluie était froide, et Greta regretta de ne pas avoir pris de chapeau. Comment avait-elle pu se sauver si légèrement vêtue ?

— Vous savez monter à cheval ? demanda-t-il comme ils atteignaient la route.

— Bien sûr !

Il avait pensé à faire seller un cheval pour elle, remarqua-t-elle, décontenancée.

— Je suis parfaitement capable de monter sans aide ! dit-elle en le voyant s'apprêter à la soulever.

Un sourire narquois sur les lèvres, il recula. Elle lança un pied vers l'étrier, mais sa jupe n'était pas assez ample pour qu'elle puisse lever suffisamment la jambe sans trop la découvrir.

Après un autre échec, elle recula et examina la selle.

— Oh, pour l'amour de Dieu, grommela le prince en l'empoignant par la taille.

— Non, non, non !

Ne tenant aucun compte de ses protestations, il la souleva et l'installa sur la selle. Ses mains glissèrent le long des hanches de Greta et les lâchèrent comme à regret. Elle en frémit intérieurement.

— Je vous serais reconnaissante de ne plus refaire ce geste.

— Vous avez ma parole.

Il se hissa sur sa selle et tendit le bras pour attraper les rênes de Greta. Elle les lui arracha.

— Laissez-moi au moins conduire mon cheval toute seule, monsieur.

Le prince fit pivoter sa monture et la poussa en avant. La jument de Greta ne supportant pas de rester seule, elle s'élança avant que sa cavalière ait pu ajuster ses rênes.

Ils n'avaient chevauché que quelques minutes quand un coup de tonnerre éclata juste au-dessus d'eux. Greta poussa un cri de frayeur. Quittant la route, le prince tourna à gauche et s'enfonça dans la forêt sur un petit sentier étroit. La jument de Greta s'empressa de l'imiter et se mit au galop pour rejoindre son maître et les chiens. Une fois de plus, la jeune fille se retrouva totalement impuissante. Elle n'eut plus qu'à laisser sa monture se faufiler à côté du grand cheval noir et, satisfaite, se remettre au trot.

Le chapeau enfoncé sur les yeux, le prince cria par-dessus le crépitement de la pluie.

— Raccourcissez les rênes, elle vous obéira.

— Je sais ! hurla Greta en redressant le menton, comme si c'était elle qui avait décidé de le rejoindre à vive allure.

Il secoua la tête et grommela quelques mots de gallois qui n'avaient pas l'air très flatteurs. Elle lui jeta un regard incendiaire.

— Comment ? Je ne connais pas le gallois…

— Vous devriez.

— Mais il se trouve que je ne le connais pas. Aussi, si c'est à moi que vous parliez, sachez que je n'ai pas compris.

— Je ne vous parlais pas !

— Alors, à qui parliez-vous ? À votre cheval ?

— Oui ! Je lui faisais remarquer que vous êtes têtue comme une mule.

— Ah ! gronda-t-elle, furieuse.

Le prince haussa les sourcils, l'air de la défier de protester.

Greta fixa le chemin qui serpentait devant elle.

— Je préfère ne plus vous parler du tout. Plus jamais.

— Voilà qui me convient parfaitement, approuva-t-il en éperonnant son cheval.

Au même instant, le tonnerre explosa presque au-dessus d'eux.

Le sentier était parvenu à une crête, de laquelle Greta aperçut l'énorme masse de Llanmair en contrebas. Elle comprit qu'en quittant la route, le prince avait pris un raccourci.

Il regardait régulièrement derrière lui pour s'assurer qu'elle suivait. Comme si sa jument lui laissait le choix ! À l'ouest, une trouée dans les arbres découvrit une vallée au fond de laquelle Greta aperçut une grande maison blanche à l'aspect familier. Elle tournait la tête pour mieux la regarder, lorsque la foudre frappa un arbre à moins de trente mètres d'elle. La jument émit un cri presque féminin et se cabra, labourant l'air de terreur. Greta agrippa le pommeau mais, ne pouvant se retenir au cuir humide, elle glissa sur le flanc de sa monture et atterrit brutalement sur le dos.

Elle tenta de se relever mais, souffle coupé, ne put bouger. La seconde suivante, le prince était sur elle. Il la souleva et plongea aussitôt au sol en la serrant dans ses bras. Au même instant, un horrible craquement déchira l'air. Tournant la tête, Greta vit qu'un arbre s'écrasait à l'endroit précis où elle était tombée.

Le cœur battant follement, elle s'accrocha au prince. Tout s'était passé si vite ! Comment avait-il deviné ce qui allait se produire ? Le vent avait forci, courbant les arbres.

— Vous êtes blessée ? cria-t-il par-dessus le rugissement de l'orage.

— Non... Enfin, peut-être la cheville.

Lâchant sa taille, il lui palpa les jambes au travers de la cape, puis les bras.

— La jument ! Elle est partie ! cria t elle.

— Aucune importance. Elle retrouvera son chemin toute seule.

Il se releva et aida Greta à en faire autant. Cette fois-ci, elle se laissa soulever et installer sur le cheval noir du prince, qui se hissa derrière elle. Il ôta son chapeau et l'enfonça sur la tête de Greta. Puis, glissant un bras autour d'elle, il l'attira à l'abri de sa large poitrine.

Le monstre, le violeur, le prédateur lui avait sauvé la vie ! S'il n'était pas intervenu, l'arbre l'aurait écrasée, elle serait morte sur le coup ou peu après, et personne n'en aurait jamais rien su ! Ce que, malgré tous ses défauts et ses crimes passés, il n'avait pas voulu.

Se retournant à moitié, elle repoussa le chapeau en arrière et étudia son compagnon, s'attendant presque à voir quelqu'un d'autre. Un ange, peut-être.

Non, ce n'était pas un ange qui montait derrière elle, mais un homme au visage sévère.

— Eh bien, quoi ?

— Vous m'avez sauvée. Vous m'avez sauvé la vie.

Il regarda au loin, par-dessus la tête de Greta.

— J'ai sauvé mon cheval. Vous étiez sur le chemin.

Par tous les saints, c'était réellement l'homme le moins courtois qu'elle ait rencontré ! Elle avait hâte de parler de lui à Ava et à Phoebe, en supposant qu'elle les revoie un jour. Elle leur raconterait toutes les horribles choses qu'il avait prononcées, elle leur décrirait les installations médiévales de son petit royaume, elle leur dirait qu'il l'avait enfermée à clef au sommet d'une tour, grands dieux ! Et qu'il la traitait comme si elle était un fardeau alors qu'il la retenait prisonnière ! Tout en lui sauvant la vie au passage !

Elle était tellement irritée qu'elle songea à écrire un livre sur ses mésaventures : *Mon voyage au pays de Galles, ou comment survivre auprès d'un prince.*

Elle en avait esquissé le premier chapitre dans sa tête lorsqu'ils franchirent le portail de Llanmair.

Heureusement, le prince ne tenta pas de l'aider à mettre pied à terre, mais fit signe à un valet de s'en charger.

— Vous souperez avec moi ce soir, jeta-t-il.

— Non merci.

Il hocha la tête et se dirigea vers le château à si vive allure que sa cape voleta derrière lui.

Frissonnant de froid et d'émotion, Greta espéra qu'en refusant de souper avec lui, elle n'avait pas refusé toute espèce de repas. Car elle était au bord de l'évanouissement, tant elle avait faim.

10

Rhodrick traversa l'entrée, lança son chapeau et ses gants au valet de pied et grimpa quatre à quatre l'escalier, les chiens sur ses talons. Il claqua la porte de son cabinet de travail et alla se camper devant la cheminée.

Ses poings se serraient et se desserraient machinalement. Mlle Greta Vaughan Fairchild, si tel était bien son nom, était la personne la plus exaspérante, la plus entêtée qu'il ait croisée. Il serait grandement soulagé quand elle serait partie : non contente de lui avoir ramené Owen Percy dans les pattes, elle bouleversait son emploi du temps, l'obligeait à courir la campagne sous l'orage et, lors même qu'il la sauvait d'une mort certaine, l'accusait de la maintenir séquestrée.

Mais le pire était le parfum et la tendre fermeté de son corps, son air fragile, ses grands yeux bleus.

Insupportable !

Il sortit le mouchoir de sa poche et contempla ses broderies délicates. Prêter attention au physique de cette fille était absurde et déraisonnable, pour ne pas dire plus. Mais c'était plus fort que lui. Son imagination s'emballait, rêvant de scènes impossibles où, bien évidemment, il jouerait un rôle essentiel. L'imbécile !

Heureusement, elle le trouvait détestable. Eh bien, qu'elle déjeune, dîne et soupe dans sa chambre, et n'en sorte plus, cela lui convenait parfaitement ! Il n'avait pas besoin d'aggraver son état.

L'orage s'éloignait en grondements espacés. Il s'en était fallu de peu que cette idiote ne soit gravement blessée, sinon tuée. Seule la grâce de Dieu avait fait que l'arbre avait oscillé suffisamment longtemps pour qu'il ait le temps d'intervenir.

Il revit ses longs cheveux noirs éparpillés sur ses épaules, le bas boueux de sa robe, ses chaussures abîmées et les vêtements trempés qui soulignaient les courbes de son corps. Aïe, aïe, aïe…

Il se passa un long moment avant que Rhodrick pût chasser ces images de sa tête et se mettre au travail. Il concéda cependant encore une chose à Mlle Fairchild : il sonna Ifan et lui demanda de faire préparer la suite de l'aile ouest du château. Il ignorait complètement ce que la sensibilité féminine attendait de l'endroit où l'on dormait – il estimait qu'un lit, une cuvette et une cheminée suffisaient – mais les pièces qu'avait habitées son épouse étaient sans doute ce qui se rapprochait le plus des souhaits d'une femme.

En outre, ce petit appartement avait l'avantage d'être situé de l'autre côté du château, très loin de sa chambre à lui et de son cabinet de travail.

Ce soir-là, il soupa seul. Les deux valets qui le servaient se tenaient silencieusement devant la desserte, ou se déplaçaient prestement pour changer les assiettes et apporter les plats. Cela faisait dix ans que Rhodrick prenait ses repas de cette façon sans se poser de question. Ce soir, il ne put s'empêcher d'examiner la salle à manger et de se demander ce qu'en penserait une femme. Pour lui, c'était parfait mais, depuis qu'on lui avait dit que son château n'était pas confortable, il était intrigué.

Les murs étant nus à l'exception d'un grand tableau représentant une scène de chasse, la pièce était peut-être un peu austère. Et la couleur des murs, il n'en était pas tout à fait sûr, devait être brune. Un peu ennuyeux, non ?

Il interrogerait Margaret Awbrey. Elle lui dirait franchement ce qui devait être fait.

Il en était là de ses réflexions lorsqu'il entendit des notes ténues de musique. Haydn ? Non, Haendel... un air qu'il avait entendu à Londres des années auparavant. Un son magnifique, richement mélodieux, apaisant, qui apportait à sa demeure une touche de civilisation.

Subjugué, il prit son verre de cognac et, ignorant le valet qui se précipitait pour écarter sa chaise, se leva et quitta la pièce.

Voyant que la porte de la salle de musique était entrebâillée, il s'approcha sur la pointe des pieds et fut déçu quand le piano-forte se tut. Une fraction de seconde plus tard, les notes d'un air mélancolique, magnifiquement joué, s'élevèrent et se répandirent dans le corridor.

Passant la tête par l'entrebâillement de la porte, il aperçut le dos de la jeune femme. Elle avait remonté et attaché ses cheveux en les tordant en un chignon bancal. Sa robe, verte ou grise, était si ajustée qu'il distinguait le mouvement élégant de ses omoplates et la courbe gracieuse de ses bras tandis que ses mains dansaient sur le clavier. Son buste se balançait d'avant en arrière selon le tempo.

Très ému, Rhodrick ferma les yeux et laissa la musique le submerger, combler en lui un vide qu'il avait toujours senti sans pouvoir l'expliciter. La vie. Debout au milieu du corridor où un courant d'air faisait vaciller les flammes des appliques, il sentit que sa maison et lui se réveillaient à la vie. Mon Dieu, c'était délicieux...

La musique s'arrêta.

Rhodrick rouvrit les yeux à contrecœur.

Mlle Fairchild s'était retournée sur son tabouret et le regardait, les yeux écarquillés comme si elle distinguait l'ombre du diable.

Il se sentit idiot. Comment s'était-elle rendu compte de sa présence ? Il l'ignorait, mais le fait était qu'elle l'avait surpris en flagrant délit d'abandon. Il en retirait une désagréable impression de vulnérabilité. Avant même de l'avoir décidé, il s'éloigna en tentant de masquer sa claudication que le temps humide avait empirée.

Greta pivota face au piano, ferma les paupières et inspira à fond. C'est seulement lorsqu'elle n'entendit plus les pas inégaux qu'elle se détendit et ôta les mains du clavier.

Avait-elle rêvé ? Percevant une présence derrière elle et une onde de chaleur l'envelopper, elle s'était retournée et, dans l'entrebâillement de la porte, elle avait vu le prince, la tête rejetée en arrière, les yeux clos, perdu dans la musique. Depuis combien de temps était-il là ? Depuis combien de temps l'emmenait-elle dans l'ivresse de sa musique ? Émue, elle avait senti pour la première fois un doute s'insinuer dans ses certitudes.

Quelle sottise ! C'était absurde – la musique avait un effet apaisant sur toutes les bêtes, sauvages ou domestiques, et il n'y faisait pas exception. Oui, peut-être… mais cette bête-là lui avait sauvé la vie quelques heures plus tôt.

De telles pensées étaient dérangeantes, et Greta fut soulagée de voir arriver Mme Bowen, son trousseau de clefs cliquetant à la taille.

— Nous avons préparé une suite pour mademoiselle.

— Je vous remercie, dit Greta en se levant.

Le chemin qui menait à son nouvel appartement était long et sinueux. L'objectif du prince était-il de lui faire endurer son temps d'incarcération loin de tout contact humain ?

Quand Mme Bowen ouvrit la porte, elle fut agréablement surprise. La décoration était démodée, mais c'était sûrement la chambre la plus confortable du château.

Deux fauteuils et un divan recouverts de chintz, une petite table et une paire de tabourets... elle n'en avait pas espéré autant. Les murs étaient peints d'un jaune ensoleillé, un peu fané, et des taches plus claires indiquaient les emplacements de tableaux.

Le dressing-room était équipé d'une coiffeuse, et de tout le nécessaire de toilette.

La chambre à coucher se trouvait dans une tour mais, contrairement à celle dans laquelle le prince l'avait enfermée, celle-ci était réchauffée par un tapis épais de couleur verte, assorti au dais et au dessus-de-lit. Un feu pétillait dans la cheminée et les rideaux en velours jaune donnaient l'illusion du soleil.

— Mademoiselle a peut-être remarqué qu'il y a une baignoire dans le dressing-room, dit Mme Bowen. Qu'elle sonne quand elle voudra l'utiliser... Cette suite satisfait-elle mademoiselle ?

Greta sourit, ce qui ne lui était pas arrivé depuis longtemps.

— Beaucoup. C'est l'appartement de qui, si je puis me permettre ?

— De feu madame.

Greta supposa qu'il s'agissait de la mère du prince, jusqu'à ce que la gouvernante précise :

— L'épouse de monsieur.

Greta en resta bouche bée. Pas une seconde elle n'avait imaginé que le prince ait pu être marié.

— Il y a combien de temps ? demanda-t-elle avec peut-être un peu trop de précipitation, car Mme Bowen lui lança un regard surpris. Je veux dire, elle est morte il y a combien de temps ?

— Oh, cela fait de nombreuses années, assura Mme Bowen. Personne n'a utilisé ces pièces depuis. Elles ont été soigneusement nettoyées et Mme Jernigan – c'est la guérisseuse – a fabriqué une potion que nous avons répandue autour du lit pour chasser les esprits.

— Les esprits ?

— Une précaution qu'on aime à prendre dans le pays, expliqua Mme Bowen avec un sourire indulgent.

Elle parlait comme si les esprits étaient réels, et comme si Greta savait ce qui s'était passé dans la pièce. Mais elle l'ignorait et les pires suppositions lui traversèrent la tête. Comment la princesse était-elle morte ? Empoisonnée ? Pendue ? Poignardée dans son sommeil ?

Elle allait poser la question, mais une rafale ébranla les volets et un courant d'air froid envahit la chambre, surprenant les deux femmes.

— Le vent a changé, constata Mme Bowen en se hâtant d'aller tirer les rideaux.

Serrant les bras sur sa poitrine, Greta regarda autour d'elle et plaignit la malheureuse qui avait épousé un homme sinistre et était morte très jeune.

Le charme éprouvé en entrant dans l'appartement s'effaça avec les soupçons qui la hantaient.

Et qui troublèrent son sommeil toute la nuit, au point de rêver que le prince la poursuivait avec un poignard. À moins que ce ne soit avec une corde. En tout cas, avec un sourire démoniaque. Bref, quand le jour se leva, Greta était une boule de nerfs.

Que devait-elle faire ? Que devait-elle penser du prince et de cet endroit ? Jamais elle n'avait imaginé se retrouver dans pareille situation.

Ava et Phoebe lui manquaient terriblement. Elle aurait eu bien besoin de leurs conseils, leur force, leur courage !

L'arrivée de Lulu l'apaisa un peu. La jeune fille s'affairait avec bonne humeur et compétence.

— On dirait que je vais devoir rester un bon moment à Llanmair sans avoir grand-chose pour m'occuper, remarqua Greta pendant que la servante la coiffait.

— Oh ! Sa Seigneurie a la plus belle bibliothèque du pays. Il est connu pour s'intéresser à des tas de choses, la poésie, l'histoire, la justice… Vous trouverez sûrement quelque chose qui vous plaira.

Greta regarda Lulu dans le miroir.

— Le prince s'intéresse aux lettres et à la justice ?

— Oh, oui, mademoiselle. Il a une belle collection de livres. Et il est juge. On le réclame partout car on le sait très juste.

Le prince, un juge réputé pour son sens de l'équité ? Quel était ce conte de fées ? Très bien, elle suivrait le conseil de Lulu. Elle irait voir quel genre de littérature l'ogre lisait. Si elle devait s'attarder à Llanmair, il n'était pas question qu'elle reste confinée dans ces pièces. Elle ne passerait pas ses journées à rêver qu'on l'assassine, ni à sauter en l'air au moindre bruit.

Peut-être qu'en explorant le château et en se familiarisant avec ses recoins et ses corridors, elle se sentirait plus à l'aise.

Aussi, craignant de se raviser, Greta sortit de son appartement dès que Lulu fut partie.

Elle suivit couloir après couloir et virage après virage, passa devant des tableaux, des statues, des consoles, foula d'épais tapis, et sans savoir comment déboula dans le vestibule où, sous l'œil attentif d'Ifan, deux valets faisaient descendre l'énorme lustre pour allumer les chandelles.

Greta s'arrêta pour les regarder opérer. Ifan lui adressa un regard intrigué.

— Mademoiselle désire quelque chose ?

— Non, je vous remercie. Ça a l'air difficile, commenta-t-elle en indiquant le lustre. Ce doit être terriblement lourd.

Les deux valets jetèrent un coup d'œil embarrassé à Ifan.

— Non, fit celui-ci en serrant les mains dans son dos. Comme mademoiselle peut le voir, on le descend à l'aide d'une poulie. Ce n'est pas difficile.

Il s'inclina, comme s'il s'attendait qu'elle continue son chemin.

Mais Greta était lasse de sa solitude.

— À Londres, nous avons des réverbères à gaz dans les rues, dit-elle.

Ifan hocha la tête. Un valet la regarda avec étonnement.

— Vous êtes déjà allé à Londres ? demanda-t-elle.

— Moi ? s'écria Ifan, interloqué. Bien sûr, avec Sa Seigneurie.

— Ah oui, évidemment, fit-elle en souriant.

Ifan lui rendit son sourire, mais sans excès. Greta tourna son sourire vers les valets.

— Et vos hommes ?

— Pas moi, répondit l'un d'eux, ce qui lui valut un regard désapprobateur du majordome. Mais M. Salisbury, il y est allé, lui.

— Qui est M. Salisbury ? s'enquit Greta.

L'air un peu agacé, Ifan répondit :

— C'est le gardien.

— Il a gardé une grande maison à Londres, à ce qu'on m'a dit, précisa le valet avec obligeance.

— Pas à Londres ! jeta Ifan. En Cornouailles ! Ce n'est pas ce genre de gardien qu'on demande à Londres.

— Ah… excusez-moi, fit Greta.

— Je suis bien sûr que c'était à Londres, monsieur, entendit-elle pendant qu'elle s'éloignait.

Elle parcourut encore une longue suite de corridors, de virages et d'escaliers qui semblaient ne mener nulle part, passa la tête dans des pièces vides, visiblement peu utilisées, examina des meubles en plus ou moins bon état. Et lorsqu'elle aboutit miraculeusement devant son appartement – à temps pour le déjeuner, remarqua-t-elle, soulagée – elle se sentait un peu moins mal à l'aise.

Plus tard, elle reprit ses pérégrinations. Elle rencontra deux femmes de chambre qu'elle n'avait encore jamais vues, et tenta de les aider à déplacer une console d'un bout d'un salon à l'autre. Mais, dans sa précipitation, le bas de sa robe se coinça dans un pied, et il fallut appeler Mme Bowen à l'aide pour la dégager.

Déboulant dans une immense cuisine, elle se présenta à Mme Ruby, la cuisinière. La pièce sentait le pain en train de cuire et la tourbe qui servait de combustible, odeurs qui ramenèrent Greta plusieurs années en arrière. Elle revit sa mère dansant dans une cuisine avec l'une des servantes, avant d'aider Greta à faire un gâteau. L'odeur était si délicieusement familière que la jeune femme n'eut pas envie de partir. Elle resta au milieu de la cuisine, tripotant machinalement un panier d'herbes et expliquant à la cuisinière que, vivant à Londres, elle souffrait d'être privée de potager.

— Nous n'avons qu'un jardin minuscule, dit-elle en portant à son nez un brin de basilic. Il n'y a pas assez de place pour faire pousser des herbes aromatiques.

— Ah… fit la cuisinière qui, contournant Greta, heurta la fille de cuisine.

— Oh, je vous demande pardon. Je devrais m'installer plutôt là, non ? s'enquit-elle en désignant une table.

Sans attendre de réponse, elle prit le panier et alla se poster derrière la table, où elle essaya d'identifier les herbes à leur parfum. Elle ne se rendit pas compte de la dispute qui s'était élevée entre la cuisinière et la fille de cuisine, jusqu'à ce que la première se risque à lancer :

— Je demande pardon à mademoiselle… Mademoiselle n'aurait-elle pas pris le panier des herbes ?

— Si ! Vous le voulez ?

La cuisinière et la fille de cuisine échangèrent un bref regard tandis que Greta leur tendait l'objet. Elle se percha sur un tabouret et entreprit de leur parler d'Ava et de Phoebe.

— Ce sont mes cousines, mais elles sont plutôt comme des sœurs pour moi. Ava est très belle et très gentille. Mais, ajouta-t-elle avec un sourire, elle peut se montrer très déterminée. Entêtée. Et Phoebe… elle est si créative et talentueuse avec des ciseaux et une aiguille. C'est elle qui a brodé cette robe, révéla-t-elle en se levant pour tournoyer devant les deux femmes. Mais Phoebe a tendance à se laisser aller aux rêveries.

Elle continua ainsi à s'abandonner aux souvenirs jusqu'à ce que Mme Bowen entre.

Visiblement soulagée, la cuisinière dit quelques mots en gallois à la gouvernante, laquelle se tourna vers Greta.

— Mademoiselle veut-elle bien venir avec moi ?

— Bien sûr. Où m'emmenez-vous ?

— Euh… au salon. J'aimerais l'opinion de mademoiselle sur la décoration.

L'opinion que cherchait Mme Bowen ne concernait en réalité que les fleurs à mettre dans les vases. Quand Greta suggéra des iris, Mme Bowen la remercia et sortit en hâte. C'est alors que Greta comprit qu'elle avait été poliment écartée de la cuisine.

Prenant garde à présent d'éviter les domestiques qui ne semblaient pas apprécier sa compagnie, elle découvrit encore un corridor. Celui-ci était large avec un plafond voûté et un sol dallé. Le léger affaissement au centre indiquait que des centaines de personnes avaient suivi ce chemin avant elle.

D'autres armes et d'autres peintures ornaient les murs. Passant devant une porte ouverte, elle entendit des voix. Elle s'arrêta et tendit l'oreille. Les voix semblaient venir de loin. Sans doute se trouvait-elle à l'entrée d'une salle immense, peut-être une salle de bal.

Elle jeta un bref regard autour d'elle pour s'assurer que personne ne la voyait et passa la tête. Mais, à la place d'êtres humains, ce sont des sculptures qu'elle aperçut, plus d'une douzaine de statues disposées dans une galerie qui surplombait une grande salle d'où montaient les voix. Elle ne put résister à la curiosité et fit quelques pas.

Les voix masculines s'exprimaient en gallois ; elle reconnut le timbre grave du prince. À en juger par les exclamations, la discussion était échauffée. Greta se déplaça doucement derrière une statue de Cupidon.

Le travail était exquis. Il devait s'agir de marbre italien, se dit-elle en caressant les hanches du jeune homme, avant de remonter pour suivre du doigt une boucle fine.

Le bruit de lames entrechoquées la fit regarder dans la direction qu'indiquait la flèche de Cupidon – laquelle, curieusement, visait le prince.

Il portait une chemise sans col dont les manches se gonflaient tandis qu'il ferraillait avec un homme qu'elle n'avait jamais vu. Sur le côté, deux valets se tenaient de part et d'autre d'une table sur laquelle plusieurs fleurets étaient disposés.

Captivée, Greta observa le prince. Il se battait comme un animal puissant et gracieux à la fois et, alors qu'il pointait sa lame, sa culotte de peau souligna l'étroitesse de ses hanches et la musculature de ses cuisses. Son dos, large et puissant au niveau des épaules, s'affinait vers la taille. Ses cheveux noirs étaient maintenus par un ruban sur la nuque. Elle s'écarta de la statue pour mieux voir le combat.

L'adversaire du prince reculait maladroitement, pas à pas. En moins de deux minutes, il se retrouva le dos contre une colonne et son fleuret sauta en l'air. Levant les mains en signe de reddition, il prononça quelques mots de gallois qui firent rire le prince. Celui-ci s'éloigna hors de la vue de Greta, tandis que son adversaire ramassait son arme. Il lança un avertissement et, soudain, se fendit.

Greta réprima un petit cri de surprise et s'approcha de la balustrade.

L'homme avançait vers le prince, visant la tête, la poitrine, et l'obligeant à reculer. La défaite du prince était assurée, pensa-t-elle, étonnée de sa nonchalance comme s'il n'avait pas compris qu'il était en danger de perdre. Puis le rythme changea. Le prince se rua en avant, parant la lame de son adversaire, le repoussant de nouveau. Il fit sauter son fleuret et pointa le sien sur la gorge de l'inconnu.

Greta retint son souffle, s'attendant à voir le prince égorger son adversaire. Au lieu de quoi, il sourit – d'un sourire charmeur dont elle ne l'aurait pas cru capable – et baissa son arme.

L'autre homme rit de soulagement alors que le prince se penchait pour ramasser le fleuret tombé. L'homme le prit et s'inclina, puis disparut sous la galerie, échappant à la vue de Greta.

Le prince décrocha un chiffon de sa ceinture et essuya la poignée de son fleuret, tandis que les valets ramassaient les autres armes. Le prince leur dit quelque chose et ils disparurent, laissant leur maître seul dans la grande salle.

Greta se glissa derrière une autre statue. Elle savait qu'elle aurait dû se retirer, qu'observer un homme qui se croyait seul n'était pas convenable. Mais ce mélange d'assurance et de vulnérabilité la fascinait.

Il s'essuya le front avec le même chiffon, le jeta sur la table avant de regagner le centre de la pièce. Là, il se cambra et, les poings sur les hanches, leva les yeux.

Droit sur Greta.

Elle retint son souffle.

— Vous m'épiez, mademoiselle Fairchild ?

Seigneur, depuis combien de temps savait-il qu'elle était là ? Elle en fut mortifiée.

— Je ne vous épie pas, protesta-t-elle en sortant de l'ombre.

Bien sûr qu'elle l'épiait, mais pas question de l'admettre.

— J'admirais vos statues. Et il se trouve que vous étiez en train de faire de l'escrime.

— Quelle coïncidence ! s'exclama-t-il d'un ton narquois. Et comment avez-vous trouvé ma prestation ?

Comment l'avait-elle trouvée ? Époustouflante ! Magistrale !

— Assez bonne, répondit-elle avec une petite moue.

— Assez bonne ? répéta-t-il en haussant un sourcil. Voilà qui est intéressant. Mon adresse au fleuret est réputée.

— Cela ne me surprend pas. Vous êtes le prince. En général, les gens d'un pays disent à leur seigneur ce qu'il souhaite entendre.

Un sourire retroussa les lèvres du prince.

— Il me faut vous féliciter, mademoiselle Fairchild, car je n'aime pas les flatteries et vous veillez soigneusement à ne m'en jeter aucune. Je pensais que, si vous me regardiez aussi attentivement, c'était pour apprendre une chose ou deux dans l'art de la défense, puisque vous semblez vous croire constamment en danger.

Oh, que c'était embarrassant !

— Je ne suis pas folle au point d'imaginer que je pourrais l'emporter sur vous par la force physique. Mieux vaut que je tente de me défendre par la ruse.

— La ruse ? Voilà qui est intéressant. J'aimerais beaucoup vous voir à l'œuvre.

Sa façon de l'observer et de lui parler donnait à Greta la désagréable impression d'être toute nue. Si bien qu'elle ne put trouver de réplique adéquate.

Soudain, perdant de son assurance, il baissa les yeux et prononça :

— Mademoiselle Fairchild...

Il s'interrompit et la regarda de nouveau, avec une étrange expression de désarroi.

Que lui arrivait-il ?

— Oui ?

Il affecta d'examiner ses doigts.

— Je dois vous prier d'arrêter d'ennuyer le personnel.

— Je vous demande pardon ?

— Il y a eu des plaintes…

— Des plaintes ? s'exclama-t-elle.

Combien de traîtres odieux emplissaient cette maison !

— Il semblerait que vous êtes toujours dans les pieds de quelqu'un… lorsque vous n'êtes pas en train de m'épier, précisa-t-il en relevant la tête avec un sourire narquois. Je vous en prie, laissez mes gens effectuer leurs tâches. Je suis sûr qu'ils apprécient votre désir de les aider, mais… s'il vous plaît, abstenez-vous.

— Soyez-en assuré !

— Je vous remercie.

Sur ce, il disparut sous la galerie.

Greta entendit la porte s'ouvrir et se refermer.

— Par tous les saints ! marmonna-t-elle. C'est l'homme le plus exaspérant que j'aie jamais rencontré. Ennuyer le personnel ! rumina-t-elle en quittant la galerie. Moi qui suis si… si polie… si simple avec les domestiques !

11

Sa veste et sa cravate sur le bras, Rhodrick se hâtait de regagner son appartement avec pour principal objectif de s'éloigner autant que possible de Greta Fairchild. Qu'avait-il fait pour mériter le courroux divin et se retrouver avec une invitée qui surgissait là où on ne l'attendait pas et vous décochait un sourire aussi lumineux que mille chandelles ?

Pendant qu'il attendait que Hugh Pryce, son ami et partenaire d'escrime, se remette de leur premier engagement, il l'avait aperçue sur la galerie, et sa surprise avait été telle que Hugh l'avait pris au dépourvu et avait failli l'emporter.

Ce n'était pas d'avoir été épié qui le troublait, bien qu'il n'aimât pas être observé. C'était juste... elle. Il était un homme, et ne pouvait changer sa nature ou le fait qu'il aimait les jolies femmes. Mais, d'ordinaire, les sourires féminins ne le rendaient pas imbécile.

Que lui arrivait-il donc ? Sur cette petite partie de la terre, il était un personnage puissant, responsable du bien-être de milliers de personnes, un arbitre et un juge respecté à qui l'on demandait de régler les litiges parce qu'on le savait raisonnable et juste.

Découvrir à l'aube de son trente-neuvième anniversaire qu'une jeune femme, qui n'était peut-être qu'un escroc ou la complice d'un escroc, pouvait le décontenancer d'un seul sourire, était le comble de l'humiliation.

Exaspéré, il traversa le vestibule, passa devant le maudit miroir qu'il ne supportait plus, monta l'escalier et se dirigea vers son cabinet de travail, son refuge, le seul endroit où il lui serait peut-être possible d'oublier que Mlle Fairchild était dans sa maison.

Eh bien, non ! Il était condamné à buter encore une fois sur elle ! Les mains dans le dos, elle contemplait les tableaux du couloir. Elle parut aussi surprise que lui, et tentée de prendre la fuite. Mais n'avait-elle pas toujours cet air apeuré lorsqu'elle posait les yeux sur lui, sur son visage laid ?

Il ne put s'empêcher de remarquer la coupe ajustée de la robe qui soulignait les courbes de son corps, et les broderies délicates du corsage et des manches.

Elle fronça soudain les sourcils et l'examina avec plus d'insistance.

Rhodrick recula. Que voyait-elle ? Son visage était-il si pénible à regarder ?

— Je vous demande pardon, mais vous saignez, dit-elle.

Il porta la main à son visage : la pointe du fleuret de Hugh avait effleuré sa joue.

— Ce n'est rien, assura-t-il en frottant le sang séché.

Elle hocha la tête. Mal à l'aise, il voulut la contourner. Mais elle fit de même et, un bref instant, ils se retrouvèrent si près qu'il put sentir son parfum. N'osant croiser son regard, il baissa les yeux, qui tombèrent sur les petits monts jumeaux de chair crémeuse qui semblaient sur le point de jaillir hors du corsage. Non, mieux valait la regarder en face. Relevant les yeux, il plongea dans son regard bleu.

Amusée par leur manœuvre maladroite, Mlle Fairchild sourit, et il ne put s'empêcher de fixer ses lèvres pleines. Ce qui ne détendit nullement le nœud qui se resserrait en lui.

— Je vous demande pardon, dit-elle en s'écartant.

Rhodrick se hâta vers son sanctuaire. Il jeta sa veste et sa cravate sur un fauteuil tandis que ses chiens l'accueillaient en battant de la queue. Il leur gratta la nuque machinalement et s'approcha de son bureau.

— Ce château est immense, mais vous avez l'air de préférer cette petite pièce à toutes les autres.

Il se retourna, éberlué, et découvrit que Mlle Fairchild l'avait suivi. Ses chiens étaient à présent parfaitement habitués à la jeune femme et se laissaient caresser.

— Enfin, c'est ce que j'ai remarqué, ajouta-t-elle bien inutilement.

Que faisait-elle là, bon sang ? Elle n'avait pas caché qu'elle le détestait. Alors, pourquoi ne lui fichait-elle pas la paix ?

— C'est que c'est un très, très grand château, reprit-elle. Et il y a tant de pièces.

— Oui.

Pourquoi n'aimerait-il pas cette pièce ? Il l'examina brièvement et tenta de la voir avec les yeux de la jeune femme. Un peu austère, peut-être, à part les livres.

— Je suppose qu'il a appartenu à un roi gallois, autrefois.

De quoi parlait-elle ? Elle était carrément entrée dans la pièce, et il ne put s'empêcher d'admirer à nouveau comme sa robe la mettait en valeur.

— Le château, précisa-t-elle.

Abel, l'un des chiens, poussa sa main de sa truffe. Elle sourit et le gratta derrière les oreilles. Maudit chien. Avait-il oublié qui le nourrissait ?

— Il n'y a pas un autre endroit où vous devriez être ? lança Rhodrick.

— Non. Je suis prisonnière, rappelez-vous.

— Vous n'êtes pas prisonnière.

— Oh, c'est vrai, excusez-moi. Je suis une invitée malgré moi.

Elle inspira à fond et enchaîna :

— Je voulais vous remercier de m'avoir sauvé la vie.

Cela dit, elle se hâta de porter son attention sur les rayonnages qui couraient sur trois des murs.

— Vous avez beaucoup de livres.

— Oui, fit-il, décontenancé par ses remerciements même s'ils avaient été brefs. En plus de ceux-ci et de ceux de la bibliothèque, il y en a dans le petit salon. Vous serez plus confortable là-bas pour lire.

Elle ne prêta pas attention à sa suggestion.

— C'est vraiment une grande quantité de livres. Le roi d'Angleterre n'en possède sûrement pas autant. Cela m'étonne que vous aimiez lire.

— Cela vous étonne ? répéta-t-il tandis que son regard lui échappait et errait sur la courbe de ses hanches. Pourquoi ?

— Je n'imaginais pas que les tyrans pouvaient avoir envie d'améliorer leurs connaissances. Cela vous ennuierait-il que je vous en emprunte un ou deux ? Pour passer le temps. C'est très… euh… très tranquille… ici.

Il n'y avait rien à Llanmair pour plaire à une femme du monde comme Greta Fairchild.

— Vous voulez un livre ? Moi aussi, je suis étonné que vous aimiez lire.

— Et pourquoi donc ?

— Eh bien, je n'imaginais pas que les jeunes femmes un peu sottes qui parcourent le pays de Galles en compagnie d'hommes qu'elles connaissent à peine, soient disposées à améliorer leurs connaissances. Mais vous pouvez emprunter autant de livres que vous voudrez. Allez-y, je vous en prie, acheva-t-il en désignant la porte.

Un sourire ironique sur les lèvres, elle continua à inspecter les rayonnages.

— Je ne m'attends pas que vous compreniez mes raisons de venir ici, monsieur. Elles sont trop pures pour être comprises par un homme dépourvu de moralité.

La remarque le fit sourciller. Il s'assit à son bureau et fit mine de vouloir se mettre au travail.

— La moralité… il ne suffit pas d'en parler, mademoiselle Fairchild.

Elle marmonna quelque chose qu'il n'entendit pas.

— Puis-je regarder ces livres-ci pour commencer ? s'enquit-elle.

— Faites comme bon vous semble, dit-il, lassé.

— Je vous remercie.

Elle lui décocha un sourire qui le fit frissonner du haut en bas de la colonne vertébrale.

Rhodrick baissa les yeux sur les papiers étalés devant lui, mais ne parvint pas à se concentrer. Conscient de ne pas être vêtu correctement, il lança un œil furtif sur la veste et la cravate qu'il avait jetées sur l'accoudoir du fauteuil. C'est le moment que choisit Greta Fairchild pour tendre le bras vers le rayonnage le plus élevé. Sa robe s'étira sur son dos et il ne put s'empêcher de détailler sa silhouette fine, la courbure de ses reins et ses bras gracieux. Ses cheveux étaient maintenus sur la nuque par de petits rubans. Elle prit un livre et l'ouvrit, lui offrant la vue de son profil. Elle avait un long cou fin et, quelque chose la faisant sourire, une fossette se creusa dans sa joue. Ses cils battirent brièvement et elle leva une main pour tripoter machinalement l'une de ses boucles d'oreilles.

Elle portait autour du cou son pendentif gallois. Il se souvint de la douceur de sa peau lorsqu'il avait pris le bijou dans sa main, et eut soudain très chaud.

Furieux contre lui-même, Rhodrick s'obligea à baisser les yeux sur son travail. Il n'était plus un jeune garçon débordé par ses pulsions, mais un homme en bonne santé qui était resté trop longtemps privé de femme. Voilà pourquoi le parfum de celle-ci imprégnait ses pensées. Fronçant les sourcils, il lut deux phrases, mais une exclamation de Mlle Fairchild fit échouer ses efforts.

— J'ai toujours eu envie d'aller aux Indes, dit-elle. Vous y êtes allé ?

Il fit non de la tête.

— C'est le sujet de ce livre. Il y a une inscription en gallois.

— Vous êtes sûre ? Vous ne connaissez pas cette langue. Comment pouvez-vous dire si c'est du gallois ou de l'allemand ?

Elle rougit et haussa les épaules.

— Je suis sûre que c'est du gallois, parce que ce livre se trouve dans votre maison.

Il fit claquer sa langue et se leva. Elle soutint son regard tandis qu'il contournait le bureau. Il tendit la main vers le livre. Leurs doigts se frôlèrent.

Mlle Fairchild parut éprouver la même onde de chaleur que lui, car ses yeux étincelèrent et un petit sourire creusa sa joue d'une fossette.

Il sentit de nouveau un émoi perfide transpercer son corps.

Le sourire de Greta s'élargit, comme si elle devinait quel effet elle avait sur lui.

— Vous lisez le gallois aussi bien que vous le parlez, n'est-ce pas ? demanda-t-elle.

Parvenant enfin à arracher son regard du visage de la jeune fille, il lut l'inscription.

Et eut l'impression de recevoir un coup dans le ventre.

— Qu'est-ce qui est écrit ? s'enquit Mlle Fairchild.

Il ferma le livre et le lui rendit.

— *Rwy'n dy garu di, Eira.*

Elle le rouvrit et passa le doigt sur l'inscription.

— Qu'est-ce que cela veut dire ?

— Cela veut dire… « Je vous aime » et c'est signé « Eira ».

Lui tournant le dos, il revint à son bureau.

— Oh… Et qui était Eira ?

Rhodrick s'assit et regarda par la fenêtre la pluie qui n'en finissait pas de tomber.

— C'était ma femme, répondit-il en fixant de nouveau l'impertinente.

Les yeux de Mlle Fairchild s'écarquillèrent, mais elle ne dit mot. L'air enjoué disparut de son visage, remplacé par quelque chose qu'il ne put, ni ne voulut, identifier.

— Pour lire, vous seriez mieux dans votre chambre, suggéra-t-il.

Elle referma le livre et le remit en place.

— J'en préférerais un autre, si c'est possible, dit-elle en lisant les titres des volumes. Celui-ci, peut-être : *Histoire du pays de Galles et de son peuple*.

Rhodrick ne se souvenait pas de cet ouvrage, mais cela n'avait pas d'importance. L'essentiel était qu'elle s'en aille au plus vite !

— Je vous remercie, conclut Mlle Fairchild d'une voix éteinte. Bonne soirée, monsieur.

Il hocha la tête, écouta le bruissement de ses jupes et le bruit de ses pas qui se dirigeaient vers la porte et enfin s'éloignaient dans le couloir.

Lorsqu'il n'entendit plus rien, il murmura :

— *Nos da.*

Bonne nuit.

Se renversant dans son fauteuil, il ferma les yeux et, pour la première fois depuis des années, il pensa à sa femme.

12

Son livre sur les genoux, Greta n'avait pas touché à son souper. L'odeur du ragoût chatouillait ses narines, mais elle ne parvenait pas à avaler quoi que ce soit.

Elle n'avait pas vraiment lu non plus.

La pluie crépitait sur la fenêtre, mais ce qu'elle entendait était la voix rauque du prince disant :

— *C'était ma femme*.

Cet homme était une véritable énigme ! Il parlait peu et semblait s'agacer de cette invitée imposée, pourtant elle avait noté de brefs moments d'émotion sous cet extérieur bourru. Et elle ne pouvait oublier le courage dont il avait fait preuve en lui sauvant la vie.

Cela faisait une semaine entière qu'elle était à Llanmair, et Greta commençait à se rendre compte que les choses n'étaient comme elles en avaient l'air.

Elle rouvrit l'*Histoire du pays de Galles et de son peuple,* et commença à lire. Cette fois, les mots semblèrent accepter de prendre un sens.

Lorsque Mme Bowen vint ranger la chambre le lendemain, Greta en était arrivée au moment où Owain Glyndwr menait une révolte contre l'Angleterre. Cet épisode exigeant de la concentration, elle posa le livre. À présent, c'était Mme Bowen qui l'intéressait… ou, plus exactement, les informations que celle-ci pouvait lui fournir.

Elle rejoignit la gouvernante qui arrangeait un bouquet de fleurs dans le petit salon.

— Elles sont magnifiques, commenta-t-elle en se penchant pour humer leur parfum.

— Le prince sera enchanté de savoir qu'elles ont plu à mademoiselle, répliqua Mme Bowen avec un sourire satisfait.

Greta lui jeta un coup d'œil.

— Il vous a priée de m'en apporter ? demanda-t-elle, avec un bref espoir dont elle eut aussitôt honte.

— Oh, non, mademoiselle. C'est moi qui y ai pensé. Mais le prince est très fier de ses jardins et de sa serre qui sont célèbres dans tout le pays de Galles.

Le minuscule brin d'espoir se retira là d'où il n'aurait jamais dû sortir : au fin fond de Greta.

— C'est lady Radnor qui a fait construire la serre, j'imagine ? Pour avoir des fleurs en toute saison.

— La serre existait bien avant que lady Radnor devienne la maîtresse de maison.

— Ah, fit Greta en feignant d'examiner la figurine de porcelaine qui ornait la console. Comment… euh, comment avez-vous dit qu'était morte lady Radnor ?

— En couches, répondit Mme Bowen en tapotant un coussin du divan. Elle a mis au monde une fille, mais elle avait perdu tellement de sang qu'elle est morte deux jours plus tard. Et le bébé aussi est mort, deux autres jours plus tard.

— Comme c'est triste !

Greta avait imaginé une mort beaucoup plus sinistre – un meurtre ou un suicide –, pas la tragédie, hélas fréquente, d'un accouchement qui se terminait mal.

— Sa Seigneurie a été anéantie.

Elle jeta un œil vers la porte, puis reprit à mi-voix :

— Il est resté enfermé dans son cabinet de travail des jours et des jours, sans manger ni parler. On a eu peur pour sa santé mentale.

Greta tressaillit.

— C'était il y a longtemps ?

— Près de treize ans, expliqua Mme Bowen qui prit un autre coussin pour le tapoter. Il va bien, maintenant. Tout ça, c'est le passé. Puisse madame reposer en paix… Y a-t-il quelque chose qui manque à mademoiselle ?

— Oui. J'aimerais avoir du papier et de l'encre pour écrire.

— Je vais m'en occuper tout de suite.

— Mes cousines et moi, nous nous écrivons souvent, ajouta Greta avec un petit rire. Nous sommes trois, à peu près du même âge. Ava, maintenant qu'elle est mariée, est souvent à la campagne, et Phoebe… eh bien, Phoebe n'a pas encore décidé où elle aimerait vivre…

— Je vais chercher de quoi écrire, coupa Mme Bowen qui avait déjà ouvert la porte.

— Juste quelques feuilles, précisa Greta. Je ne les gaspillerai pas. Et… deux plumes, s'il vous plaît, car je les use assez vite.

— Oui, mademoiselle.

— Merci ! cria Greta comme la gouvernante disparaissait dans le couloir.

Elle regagna sa chambre et regarda le lit sur lequel une jeune femme avait lutté pour donner le jour à un enfant, puis était morte d'épuisement. L'image la fit frissonner et elle retourna son fauteuil, de façon à ne plus voir le lit.

Après un coup d'œil à la fenêtre, pour constater avec désespoir qu'il pleuvait toujours, elle rouvrit son livre et reprit l'histoire du guerrier Owain Glyndwr.

Greta lut une bonne partie de la matinée, au point d'en avoir les larmes aux yeux, et fut sauvée par l'arrivée de Lulu qui venait ramasser le linge à laver. La jeune fille prit le temps d'admirer les robes que Greta avait portées durant la semaine, avant de les plier avec soin.

— C'est ma cousine Phoebe qui les a presque toutes faites, déclara Greta.

Lulu rougit, gênée d'avoir été surprise à les admirer.

— Oh, non, fit Greta en se levant. Tu as raison de les admirer. Phoebe a beaucoup de talent.

Elle prit la robe qu'elle avait mise pour son premier soir à Llanmair et la tint devant Lulu.

— Elle te va bien. Peut-être un peu grande, quand même...

Lulu rougit.

— Merci, mademoiselle.

— Essaie-la, ordonna Greta.

— Oh, non, mademoiselle. Je ne peux pas !

— Mais si, tu peux ! Cela nous fera une petite distraction.

— Mme Bowen me le fera payer très cher.

— Mme Bowen n'en saura rien, décréta Greta avec un clin d'œil.

Un quart d'heure plus tard, Lulu serrait l'excédent de tissu dans son dos, et se tournait d'un côté et de l'autre devant le miroir, tandis que Greta cherchait dans sa boîte à bijoux lesquels rehausseraient un peu plus la beauté fraîche de la servante.

Enchantée, Lulu ne cessa de s'exclamer sur son nouvel aspect, sur la gentillesse de Greta et le talent de sa cousine, jusqu'au moment où il lui fallut ôter la robe, ramasser le linge sale et retourner à son travail en laissant Greta à son livre.

Mais l'histoire du pays de Galles avait beau être captivante, la jeune femme eut soudain besoin de changer d'air et décida de faire un tour dans le château.

Cette fois-ci, elle se dirigea vers l'aile ouest où elle n'était jamais allée.

Apparemment, on y mettait rarement les pieds. Les corridors étaient déserts et froids. Elle compta douze chambres et trois petits salons, dont l'un devait recevoir le soleil de l'après-midi, si toutefois il cessait de pleuvoir.

Les rares meubles qu'elle aperçut étaient recouverts de housses, et une forte odeur de moisi assaillait Greta chaque fois qu'elle entrebâillait une porte. Cela ne la surprit pas. Le prince n'était pas homme à recevoir des amis, et Llanmair ne se prêtait guère aux mondanités.

À l'étage principal, Lulu et une autre femme de chambre étaient en train de cirer une paire de petites tables. N'osant les aborder de peur qu'on ne le lui reproche ensuite, Greta passa à la pièce suivante.

C'était une salle à manger d'apparat dont la table pouvait accueillir quarante convives – elle compta les chaises recouvertes de galettes en cuir qui en faisaient le tour. Une rangée de fenêtres donnant sur les jardins occupait tout un pan de mur ; deux énormes buffets et un vaisselier en bois massif leur faisaient face. Trois grands lustres dorés étaient suspendus au-dessus de la table, et à l'une des extrémités se dressait une cheminée si vaste qu'un enfant aurait pu jouer à l'intérieur du foyer.

La pièce était impressionnante mais, comme tant d'autres du château, elle donnait l'impression d'être rarement utilisée. Greta referma la porte et reprit sa promenade en tentant d'imaginer le prince assis à la tête de cette table. Arrivait-il à faire la conversation ou bien ses invités, qu'ils soient venus de leur plein gré ou retenus de force, n'obtenaient-ils de lui que des « oui » et des « non » ?

Elle poussa une autre porte. Ce n'est qu'en découvrant un valet qu'elle se rendit compte qu'elle n'avait pas frappé. Le cœur battant, elle referma et recula dans le couloir. Avant qu'elle ait pu prendre la fuite, cependant, le valet avait rouvert la porte. Il s'inclina devant elle et s'écarta sur le côté, ce qui permit à Greta de voir le maître de maison.

La pièce était une salle à manger plus petite et plus intime que l'autre. Assis au bout de la table, le prince prenait un repas solitaire. Un bras sur le dossier de son fauteuil, l'autre sur l'accoudoir, il la toisait avec sévérité. Malgré son émoi, elle remarqua qu'il était bien coiffé et correctement vêtu, veste noire, gilet rayé et cravate au nœud parfait.

— Je vous souhaite une bonne journée, dit-elle.

Le prince prit un os dans son assiette et en aspira bruyamment l'intérieur sans cesser de la regarder. Puis il jeta l'os et s'essuya la bouche avec sa serviette.

— On entre sans frapper dans les bonnes maisons de Londres ? s'enquit-il en repliant sa serviette.

Greta se sentit rougir.

— Je vous demande pardon, monsieur, mais je pensais que cette aile du château était aussi déserte que le reste.

— Vous cherchiez quelque chose… ou quelqu'un ? Que dois-je penser quand vous ne cessez de surgir dans des endroits où vous n'avez pas été invitée ?

À sa grande surprise, Greta crut apercevoir l'ombre d'un sourire sur les traits burinés du prince. Elle lui jeta un regard censé manifester le dédain d'une grande dame envers un manant.

— Vous devez penser que votre invitée malgré elle s'ennuie à périr. Je me promenais, c'est tout… Vous avez peut-être remarqué qu'il pleut encore, je commence à m'impatienter.

— Je compatis… Vous avez déjeuné ?

Elle fit oui de la tête.

— Alors, y a-t-il quelque chose d'autre que je pourrais faire pour vous ?

— Non. Merci.

Elle aurait dû s'en aller, mais elle n'arrivait pas à s'y décider. Le prince la fixait avec tant d'intensité qu'elle eut l'impression d'être en chemise, et non vêtue de la robe bleue qu'elle avait choisie le matin. En chemise ou même sans rien.

— Bon, eh bien… fit-elle. Je vais vous laisser…

— Mme Bowen dit que vous aimeriez écrire.

— Euh... oui, si ça n'est pas trop demander.

Il prit une gorgée de vin et reposa son verre.

— Pour écrire, vous aimeriez peut-être vous installer dans le jardin d'hiver.

— Le jardin d'hiver ?

— Comment cela ? Vous ne l'avez pas découvert au cours de vos pérégrinations ? s'étonna-t-il en se levant.

Un valet se hâta d'écarter la chaise de son chemin.

— Non, répondit Greta. Je ne savais pas qu'il y en avait un.

— Moi qui pensais que vous aviez retourné toutes les pierres !

— Je l'ai fait. J'ai entrepris d'explorer à fond le château, mais sans me presser, afin d'avoir de quoi m'occuper le plus longtemps possible.

Il rit. Oui, chose inouïe, le prince se laissa aller à rire. Puis à sourire. Et elle, grande sotte qu'elle était, se sentit tout émue.

Il s'arrêta devant elle, les mains dans le dos. Grand et large, imposant, dominateur. Son regard vert, bordé d'épais cils noirs, qu'elle avait trouvé dur et froid, était à présent brûlant. Une onde de chaleur l'envahit.

— Ce projet me convient. Plus longtemps vous serez occupée à fouiner dans le château, moins vous aurez l'occasion de me causer des problèmes. Voulez-vous que je vous montre le jardin d'hiver ?

Greta hocha la tête. Il lui fit signe de le suivre.

Malgré sa claudication, il marchait vite et elle eut l'impression qu'il se retenait de la distancer.

Les couloirs s'étiraient. Ils tournèrent une fois, puis une autre. Le silence commençait à devenir suffocant. Pourquoi ne parlait-il pas ?

Tournant à droite, le prince emprunta un passage étroit au bout duquel se trouvait une porte. Il l'ouvrit et, s'effaçant, indiqua à la jeune femme d'avancer.

Greta resta bouche bée de ravissement. Le jardin d'hiver s'adossait au château, mais les autres murs étaient constitués de grandes fenêtres. Un dôme en verre permettait de voir défiler les nuages.

— Mon Dieu, fit-elle en entrant carrément. C'est magnifique.

Elle s'approcha des fenêtres ruisselantes de pluie et regarda dehors. Avec un sourire émerveillé, elle se retourna vers le prince qui l'observait, une expression indéchiffrable sur le visage.

— C'est vraiment très beau, monsieur.

Il haussa un sourcil.

— Pas trop froid ? Ni inconfortable ?

— Au contraire. Avec quelques meubles – une table pour écrire, bien sûr, et un divan peut-être – ce pourrait être la pièce la plus agréable du château.

— Alors, je vais la faire préparer afin que vous puissiez écrire autant que vous le souhaiterez.

— C'est... c'est très gentil à vous, dit-elle, surprise.

Elle regarda de nouveau dehors. À travers la condensation, elle aperçut ce qui ressemblait à un puits et, cédant à une impulsion, elle souleva le loquet qui maintenait le panneau fermé. Un courant d'air humide la frappa en plein visage. Elle voulut alors refermer, mais la fenêtre résista. Elle eut beau pousser des deux mains, rien n'y fit.

— On dirait que quelque chose s'est coincé, commenta-t-elle.

Un soupir dans son dos lui fit comprendre qu'il compatissait sans intention de venir à son secours. Aussi s'arc-bouta-t-elle sur le panneau récalcitrant. En vain.

Soudain, elle sentit le prince se rapprocher et l'enserrer de ses deux bras.

Il aurait pu aussi bien tenir une torche allumée dans son dos, tant elle était consciente de la chaleur qui émanait de lui. Tout son être parut s'éveiller à la vie.

Sans effort apparent, le prince referma la fenêtre et remit en place le loquet. Mais il ne s'écarta pas, demeurant si près qu'elle aurait pu s'adosser à lui si elle l'avait voulu.

Dans un brouillard, Greta se retourna à moitié et le dévisagea. Il dardait sur elle un regard brûlant qui glissa sur sa poitrine, s'y attarda, avant de remonter vers ses lèvres.

— Je vais faire du feu, murmura-t-il d'une voix rauque.

Incapable d'émettre un son, elle hocha la tête. Le souvenir de sa première soirée à Llanmair revint l'assaillir, lorsqu'il avait pris son pendentif et que ses doigts l'avaient effleurée.

Sauf que cette fois-ci, il n'avait pas bu et savait très bien ce qu'il faisait.

— Vous savez, commença-t-elle, le souffle court. J'ai lu le livre que vous m'avez prêté.

Il ne sembla pas avoir entendu et son regard dériva de nouveau sur les seins de Greta.

— J'ai trouvé l'histoire d'Owain Glyndwr passionnante… Vous lui êtes plus ou moins apparenté, non ? insista-t-elle.

— Oui, répondit-il enfin, l'esprit ailleurs.

— C'était un homme qui savait susciter l'enthousiasme. L'histoire de sa rébellion m'a rappelé un poème que j'ai appris autrefois : « Méfiez-vous des Gallois, Que Jésus-Christ nous garde d'eux… »

Elle s'interrompit, incapable de se rappeler la suite, tant le regard du prince la troublait.

— « Afin d'éviter aux fils de nos fils bien des larmes », murmura-t-il.

— Vous le connaissez ?

Il se rapprocha un peu plus et elle sentit sa jambe effleurer sa robe.

— Je le sais par cœur, comme tous les enfants du pays de Galles. On nous l'enseigne en même temps que l'alphabet.

Un silence délicat tomba. Greta respirait difficilement. Elle leva la tête, s'attendant à être embrassée, l'espérant tout en le redoutant. Et craignant de ne pas l'être.

Mais il ne l'embrassa pas. Lâchant la fenêtre, il caressa du dos de la main une boucle sur sa tempe.

— J'avoue ma perplexité, mademoiselle Fairchild. Avez-vous réellement oublié tout ce qu'on vous a appris sur le pays de Galles ? Ou bien, trop paresseuse pour apprendre des choses qui auraient soutenu votre requête, préférez-vous avoir recours à la séduction ?

Déconcertée par ce revirement brutal, elle tressaillit.

— Je vous demande pardon ?

— Vous m'avez très bien entendu.

— Comment osez-vous ? cria-t-elle en s'écartant. Je ne cherche pas à vous séduire ! Pourquoi ne me croyez-vous pas ? Je ne vous ai donné aucune raison de douter de ma parole. Je n'ai pas pris la fuite avec M. Percy, comme vous pensiez que je le ferais…

— Parce que je vous en ai empêchée.

Les joues de Greta s'embrasèrent au souvenir d'une certaine scène.

— Vous faites erreur. Je ne me serais pas enfuie avec M. Percy.

— C'est ce que vous dites. Mais vous êtes bien naïve si vous imaginez que je ne devine pas ce qu'il y a sous les mamours que vous me manifestez.

— Des mamours ? Moi !

— Qu'est-ce que c'est, alors ? De la tendresse ? Du désir ?

— Vous êtes odieux !

Dire qu'une minute plus tôt elle avait souhaité qu'il l'embrasse !

— La seule chose dont je suis coupable, c'est d'avoir oublié votre nature bestiale, reprit-elle d'une voix tremblante.

Elle passa devant lui et sortit du jardin d'hiver, furieuse contre elle-même.

Il fallait qu'elle ait perdu la tête ! L'enfermement dans ce château isolé avait compromis sa raison ! Eh bien, c'était fini. Oh, oui ! Quitte à rester confinée dans la chambre où lady Radnor était morte en couches, elle ne se remettrait plus en situation d'éprouver la moindre parcelle d'amitié envers ce monstre !

L'essentiel maintenant était de regagner son appartement sans se perdre.

Elle suivit un couloir, puis un autre, marchant à grands pas furieux, et se retrouva dans un passage plus large qui faisait office de galerie de portraits.

Vêtu comme un Grec de l'Antiquité, un homme bombait fièrement le buste à bord d'un char. Sauf que, vu la date inscrite en bas du cadre, ce vaillant guerrier devait être le père ou le grand-père du prince, à qui il ressemblait furieusement. Elle reconnut le regard oblique et la posture impérieuse de son geôlier.

Un autre tableau représentait une fillette, habillée selon une mode plus récente, qui se tenait à côté d'un arbre, un petit chien à ses pieds.

Intriguée, Greta s'approcha pour admirer le tableau. Avec ses yeux de biche et ses cheveux d'or, l'enfant était une timide petite beauté d'environ cinq ans. Qui était-ce ? Et que faisait son portrait dans la demeure du prince des voleurs ?

Un peu plus loin, un autre tableau l'arrêta net. On y voyait un pique-nique à la campagne. Plusieurs personnes étaient rassemblées autour du repas, un violoniste, des dames à moitié allongées sur une couverture, et en arrière-plan des enfants qui jouaient avec des chiots. Un homme ressemblait vaguement au prince et, à côté de lui, deux jeunes filles regardaient l'artiste, l'une chuchotant à l'oreille de l'autre.

Mais le plus surprenant était la maison devant laquelle se déroulait la scène, une grande demeure blanche entourée de champs.

Greta reconnut la maison de ses rêves, celle sur le seuil de laquelle se tenait sa mère en lui faisant signe d'entrer. Y était-elle allée ? Ou bien ne la connaissait-elle que par ses rêves ? Et comment se faisait-il qu'il y ait à Llanmair un tableau la représentant ?

La scène semblait être située dans une vallée. Dans une vallée ! N'avait-elle pas aperçu une grande maison blanche dans le fond d'une vallée, juste au moment où la foudre était tombée ?

Des pas la firent se retourner. Le prince la rejoignait lentement, l'air sévère.

Incapable de parler, elle désigna la toile.

— Eh bien, qu'y a-t-il ? demanda-t-il.

— Cette maison...

— Est fermée, jeta-t-il.

— Comment ? Mais ce n'est pas possible ! Je l'ai vue, dans la vallée, juste au moment où la foudre tombait sur l'arbre !

— Ce que vous avez vu est une coquille vide. Cette maison est fermée.

— Je dois la voir. Ma...

— Mademoiselle Fairchild, écoutez-moi bien. Je vous interdis d'approcher de cette maison. Vous m'avez compris ?

— Mais je...

— Mademoiselle Fairchild ! J'ignore ce que vous pouvez avoir entendu au sujet de cette maison, mais elle m'appartient, et je vous interdis, à vous et à toute autre personne, d'y mettre les pieds ! Y a-t-il autre chose pour votre service ?

— Non, monsieur, balbutia-t-elle. Il n'y a rien d'autre.

Elle tourna les talons et s'éloigna.

Lorsqu'elle fut partie, Rhodrick contempla le tableau. Jamais il ne pourrait expliquer à quiconque que la femme qui surgissait dans ses rêves, la femme qu'il avait confondue avec Greta l'autre soir à cause de l'alcool, l'avait mené dans cette maison pour y découvrir un crime. Tant qu'il vivrait, Kendrick resterait fermé. Il s'éloigna, désireux de n'y plus penser.

Mais incapable d'oublier le baiser qu'il avait failli donner à son invitée.

13

Rhodrick accueillit avec soulagement le message qu'Ifan lui apporta de la part du jardinier en chef : le mur de soutènement qu'ils avaient réparé à grand-peine s'écroulait de nouveau, emporté par les pluies. C'était précisément le genre de travail dont il avait besoin pour se purger des sensations que lui faisait éprouver Greta Fairchild.

L'embrasser eût été la pire des âneries. Elle ne voulait pas de lui ! Elle ne voulait que son argent ! Voilà ce qu'il devait se mettre dans la tête.

Rien de mieux que l'effort physique pour domestiquer ce maudit corps. Voilà pourquoi il se retrouva plongé dans la boue jusqu'aux genoux, les vêtements trempés, les épaules douloureuses à force d'assener des coups de masse sur les pierres à remettre en place.

Cela lui fit du bien. Il savait que la poussée de la terre humide contre le mur de soutènement l'emporterait un jour ou l'autre, mais cela tiendrait un moment.

Lorsque Rhodrick regagna sa chambre pour prendre le bain qu'Ifan lui avait préparé, il se sentait de nouveau maître de ses émotions. Finalement, il avait eu tort de s'inquiéter. Cela n'avait été qu'une faiblesse momentanée, due à la vue d'une cheville quand elle s'était hissée sur la pointe des pieds pour ouvrir la fenêtre. Ou peut-être à la forme de son arrière-train quand elle s'était penchée pour regarder dehors. Ou encore à son regard brillant de colère dans la galerie de tableaux.

Peu importait. Il se sentait si sûr de lui qu'il décida que, si Mlle Fairchild désirait manger quelque chose, elle devrait souper avec lui, car il n'y avait pas de raison d'imposer deux services à son personnel.

— Comme monsieur voudra, dit Ifan.

Rhodrick devina que le majordome ne croyait pas que servir deux repas était le problème auquel son maître voulait subitement remédier.

De toute façon, garder un œil sur Mlle Fairchild était la sagesse même, songea-t-il, refusant d'admettre qu'il avait tout simplement envie de passer la soirée avec cette entêtée, cette menteuse, cette arrogante et cette Dieu sait quoi d'autre. En homme soucieux de son bien, il se devait d'avoir un œil sur l'intruse. Rien de plus.

Rhodrick s'habilla avec soin, d'un costume et d'un gilet tout juste apportés d'Aberystwyth. Le tailleur, qui connaissait ses difficultés à distinguer les couleurs, envoyait des vestes, des pantalons et des gilets assortis, destinés à être portés ensemble. Ce pantalon et cette veste étaient noirs, il le voyait sans peine, et ce gilet était rayé. De vert ou de rouge.

Quelles que soient les couleurs, la coupe était bonne et le tissu de qualité.

N'étant pas retourné à Londres depuis une éternité, il ignorait comment se coiffaient à présent les messieurs. Aussi noua-t-il ses cheveux sur la nuque avec un ruban.

Cela fait, il s'examina d'un œil critique dans le miroir.

Étant très actif, il n'avait pas la petite bedaine que tant de ses pairs avaient acquise. On ne pouvait rien reprocher à sa silhouette, mais sa figure lui donnait toujours à réfléchir. Sans être hideux comme cet homme au visage rongé par la lèpre qu'il avait vu, enfant, il n'était pas ce qu'on appelle un bel homme. Sa sœur était belle, et leurs parents l'avaient été. Il ne leur ressemblait pas, hélas. Ses yeux étaient trop rapprochés, et l'on voyait qu'il avait eu le nez cassé. La cicatrice qui lui barrait la joue était la conséquence d'une chute de cheval, qui lui avait aussi brisé une jambe et un bras. La plaie n'avait pas cicatrisé correctement et, bien que l'accident ait eu lieu des années auparavant, on la remarquait toujours.

Mais pourquoi diable s'inquiétait-il de son aspect ? C'était une voleuse qu'il avait invitée à sa table. Une voleuse séduisante, mais une voleuse quand même. Il n'en continua pas moins à s'examiner, remarquant les pattes-d'oie sur les tempes, l'ombre de barbe qu'il ne parvenait jamais à éliminer et quelques cheveux gris.

Son père disait qu'il avait une figure à faire fuir les fantômes du grenier. Pour le taquiner, il lui avait trouvé une ressemblance avec le personnage de Goliath que représentait un tableau du salon. Lorsque sa sœur Nell et lui en avaient eu l'âge, la famille s'était s'installée à Londres afin de plonger la jeune fille dans le tourbillon mondain de la saison. Rhodrick avait fait son entrée dans le monde l'année suivante, mais les débutantes avaient eu tendance à lui tourner le dos. Sa mère avait tenté de le rassurer en répétant :

— Un jour, chéri, quelqu'un viendra, pour qui l'aspect physique n'aura aucune importance.

Personne n'était venu, et Rhodrick avait découvert le plaisir charnel dans les bras de putains au fond d'alcôves sordides.

Une fois Nell mariée, sa famille s'était efforcée de lui trouver une compagne, mais aucune des jeunes femmes jugées dignes d'épouser un lord ne l'estima, *lui*, digne d'être épousé. Finalement, un accord fut établi avec les parents d'Eira, laquelle, habitant aux confins du royaume, ignorait tout de son allure et ne le vit qu'une fois avant le mariage. Le père de Rhodrick avait veillé à ce qu'elle n'ait pas le temps de se raviser.

Si Eira l'avait trouvé répugnant, elle ne l'avait ni dit ni montré. En femme de devoir, elle l'avait accepté comme elle aurait accepté un autre époux. Elle avait été gentille, et il l'avait sincèrement aimée. Il espérait avoir été un bon mari ; il avait fait de son mieux, en tout cas.

Sa femme avait apporté dans sa vie une douceur qui lui manquait. Grâce à elle, il avait appris à se comporter avec amabilité et politesse.

Oui, il avait aimé Eira, mais n'avait pas pensé à elle depuis des années. Il s'était exercé à ne plus penser à elle – c'était trop douloureux. Et le bébé… Mon Dieu…

Parfois, son regard accrochait quelque chose dans la maison qui lui rappelait Eira mais, avec le temps, ses souvenirs s'estompaient. Quant à repartir de zéro avec une nouvelle femme, c'était quasiment impossible. Margaret avait proposé de lui présenter les deux ou trois de ses amies qui se retrouvaient, elles aussi, veuves, mais il avait refusé. Elles le repousseraient, il en était sûr. Pourquoi aller au-devant d'un échec ? D'une humiliation ? Évidemment, la principale conséquence de cette solitude acceptée était qu'il n'aurait pas d'héritier, mais Nell avait deux garçons en bonne santé, dont l'un pourrait lui succéder.

Puis voilà que Mlle Fairchild avait surgi et bouleversé son univers bien réglé, en réveillant des désirs qu'il croyait définitivement éteints.

Rhodrick ôta une peluche sur son épaule, rectifia son nœud de cravate et se dirigea vers la salle à manger.

Son « invitée malgré elle » le rejoignit une heure plus tard. Rhodrick se leva. Elle s'immobilisa sur le seuil. En voyant comme sa robe noire comprimait ses seins, il émit le souhait irrationnel qu'ils en jaillissent complètement.

— J'ai cru comprendre que, si je veux avoir quelque chose à manger, je dois souper avec vous, dit-elle en entrant.

La colère faisait étinceler ses yeux bleus comme des pierres précieuses.

Rhodrick tira la chaise située à sa droite et lui fit signe de s'asseoir.

— Vous avez faim ?

Croisant les bras, Mlle Fairchild lui jeta un regard soupçonneux.

— Où voulez-vous en venir, monsieur ?

— Nulle part. Je désire seulement alléger le travail de mon personnel.

— Tiens donc… fit-elle avec un petit reniflement méprisant.

Il posa les mains sur le dossier de la chaise.

— Asseyez-vous, s'il vous plaît, mademoiselle Fairchild. Tant que vous serez dans la même pièce que moi, je saurai que vous n'êtes pas en train de fourrer votre nez là où il n'a rien à faire.

— Je ne crois pas un mot de ce que vous dites, vous savez, riposta-t-elle en consentant enfin à s'asseoir. Et je n'ai aucune confiance en vous.

Rhodrick se pencha sur son épaule.

— Ce sentiment est réciproque, et c'est pourquoi je préfère vous avoir sous les yeux plutôt que de vous imaginer en train de fouiner dans ma maison.

Elle détourna la tête, si bien qu'il ne vit plus que la ligne pure de sa mâchoire et son oreille délicate. Mais la fossette qui accompagnait habituellement son sourire ne lui échappa pas.

Il s'assit et déplia sa serviette. Il fit un signe de tête à Ifan et, aussitôt, l'un des valets entreprit de servir le vin.

— Je suggère que nous fassions une trêve, proposa Rhodrick.

— Une trêve ? répéta Greta en lui adressant un regard méfiant.

— Nous sommes, pour le meilleur et pour le pire, condamnés à vivre ensemble jusqu'à ce qu'arrive la lettre confirmant votre identité. Si vous promettez de cesser de fouiner partout, je promets de vous nourrir.

Il sourit.

Mlle Fairchild lui sourit en retour, mais avec un air impertinent.

— Je suis d'accord pour cesser de fouiner, comme vous dites, à condition que vous soyez moins méprisant.

— Méprisant, moi ?

— Et arrogant. Vous êtes arrogant et méprisant.

Il réfléchit. S'il avait ces défauts, il ignorait comment s'en corriger.

— Entendu, acquiesça-t-il.

Elle sourit comme une jeune fille à qui l'on montre une malle entière de chaussures neuves. C'est du moins la comparaison qui vint à l'esprit de Rhodrick. Mais était-il vraiment compétent en matière de jeunes filles et de chaussures élégantes ?

— Bien, dit-elle d'un ton enjoué, maintenant que nous avons réglé cela… vous soupez toujours seul dans cette grande pièce ?

Où était-il censé prendre ses repas, sinon dans une salle à manger ?

— Oui.

— Hmm, fit-elle avec l'air de quelqu'un qui tire de savantes conclusions.

— Dites-moi, mademoiselle Fairchild, vous avez fini d'explorer ma maison ?

— Oh, je ne peux l'affirmer. Il y a tant d'escaliers, de corridors, de passages, qu'il est difficile de le savoir. On a l'impression qu'à chaque virage une surprise vous attend… Ainsi dans la grande galerie. J'ai été surprise par le nombre de tableaux et la variété des sujets. On dirait que vous avez fait faire un portrait de chaque habitant du pays de Galles.

— Uniquement des plus agréables à regarder.

La remarque la fit sourire.

— Où a-t-on trouvé tous ces modèles ?

— Ils n'ont pas été trouvés mais, comme dans toute collection familiale, il s'agit d'ancêtres, de parents, de voisins et de personnalités du pays.

— Il y a aussi de beaux paysages, commenta-t-elle en levant son verre. En particulier une grande et belle maison blanche.

Elle sourit et but une gorgée.

— Oh, quel vin excellent !

Il lui jeta un coup d'œil soupçonneux, mais elle paraissait ne s'intéresser qu'au vin.

— Merci, dit-il. Ce n'est pas parce que nous sommes au pays de Galles que nous ne pouvons importer de bonnes bouteilles.

— J'avoue que je n'ai pas goûté un aussi bon vin depuis mon départ de Londres.

— Quand avez-vous quitté Londres ?

— Il y a sept mois. Fin mars.

— Sept mois loin de chez elle, c'est beaucoup pour une jeune femme célibataire, remarqua-t-il. Comment se fait-il qu'une famille aussi distinguée que la vôtre vous laisse vous éloigner aussi longtemps ? Ils ne préféraient pas que vous restiez à Londres afin de vous trouver un mari ?

Mlle Fairchild lui adressa un regard en coin.

— Ils sont désireux de me laisser élargir mon horizon, monsieur. Mais il est vrai qu'il n'était pas prévu que je m'absente aussi longtemps. Et mon souhait serait de pouvoir rentrer tout de suite.

— Eh bien, là-dessus, nous sommes d'accord.

Elle le fixa durement.

— Tous les regards maussades du monde ne cacheront pas la vraie signification de votre remarque.

— Je voulais seulement dire que sept mois, c'est une longue période pour une femme loin de chez elle… et de sa prestigieuse famille.

— Vous avez dit une femme « célibataire ».

Rhodrick posa son verre.

— Vous pensez que je voulais attaquer votre honneur ?

Elle eut une moue méprisante.

— Je ne vois pas comment vous pourriez l'attaquer plus ouvertement que je ne l'ai fait moi-même. Ma réputation a été perdue du jour où j'ai quitté Bredwardine en compagnie de M. Percy.

À cela, il n'avait rien à opposer.

— Savez-vous que je pensais ne m'absenter qu'un mois ? Un mois pour aller au pays de Galles et en revenir. Fallait-il que je sois sotte, plus sotte encore que vous ne le croyez !

— Je ne vous trouve pas sotte.

Rien n'était plus vrai. Il ne pouvait se porter garant de sa moralité, mais il la pensait intelligente, instruite et capable de parler d'autre chose que du temps. Si elle savait à quel point elle l'intriguait, elle serait sidérée.

Mlle Fairchild sourit, et les fossettes apparurent de nouveau.

— Mais le destin a sa propre façon d'intervenir dans les projets les mieux établis, n'est-ce pas ? Au bout de six mois, me voilà perdue de réputation, sans le sou, et loin de ma famille et de mes amis. À Londres, je prendrais part aux festivités de la saison, j'irais au bal, à des soupers, à des thés. D'un autre côté, si les événements ne m'avaient pas amenée ici, je n'aurai pas eu l'occasion d'admirer votre galerie de tableaux, n'est-ce pas ?

— Je suppose que non, répondit-il en commençant à manger.

Jetant un coup d'œil sur son invitée, il constata qu'elle le regardait fixement, la fourchette à mi-chemin de son assiette.

— Vous n'avez rien à me dire au sujet de ces tableaux ? s'enquit-elle.

— Par exemple ?

— Par exemple : « Je me demande, mademoiselle Fairchild, si vous avez pu les voir tous. » Ou bien : « Avez-vous remarqué le portrait de mon père, ou de mon grand-père, et sa splendide tenue grecque vous a-t-elle divertie ? » Vous pourriez aussi me demander quels tableaux j'ai préférés, et lesquels m'ont intriguée...

— Eh bien, lesquels ?

— Lesquels quoi ?

— Lesquels vous ont intriguée ? Lesquels avez-vous aimés ?

Elle réfléchit une seconde avant de répondre :

— Tous, mais surtout celui où l'on voit la grande maison blanche. J'aimerais beaucoup la visiter...

— Mademoiselle Fairchild...

— Mais je suis sûre d'y être allée ! s'écria-t-elle.

Il resta muet une seconde, avant de s'exclamer :

— Quelle raison auriez-vous eue d'aller à Kendrick ?

— Cela s'appelle Kendrick ?

— Mademoiselle Fairchild, votre famille est originaire de Bredwardine, non ?

— Je ne vous ai pas menti, monsieur, protesta-t-elle. Et j'ignore quand c'était, mais je sais que je suis allée à Kendrick avec ma mère.

— Je n'en crois rien, répliqua-t-il d'un ton méprisant. Ces vingt dernières années, une seule personne y a vécu, et c'était Owen Percy. Très peu de temps, d'ailleurs.

Elle fronça les sourcils et réfléchit. Puis elle le regarda de nouveau.

— Mais si je pouvais la voir...

— Mademoiselle Fairchild, je vous en prie, n'insistez pas. Kendrick est fermé. Y aller est imprudent et je vous l'interdis catégoriquement.

Un silence tendu s'installa, durant lequel ils firent semblant de ne s'intéresser qu'à leur assiette.

— Très bien, déclara Greta après plusieurs bouchées. Pourtant, on se demande quel mal il y aurait à aller se promener dans cette propriété, vu qu'il n'y a pas grand-chose à faire ici. Vraiment, monsieur, ce pays est un désert.

— Ce n'est pas parce que vous n'avez pas été présentée à la société locale qu'il n'y en a pas.

— Oh ? s'exclama-t-elle en relevant le nez. Où se trouve-t-elle ? À Rhayader ? Il est vrai que la ville avait l'air assez animée quand M. Percy et moi l'avons traversée. C'est là que résident les gens à voir ?

Rhodrick n'en avait aucune idée car, en dehors des Awbrey et de lord et lady Pool, il ne fréquentait personne.

— Là, et ailleurs.

Pour une raison inconnue, cette réponse irrita un peu plus Mlle Fairchild.

— Vous aimez voir des gens, monsieur ?

— Pas particulièrement.

— Oh ? Moi, j'adore ça. Pour moi, il n'y a rien de plus agréable qu'un bon repas pris en bonne compagnie. Pas pour vous ?

Il contempla son visage ravissant.

— Je peux penser à au moins une chose plus délectable.

Mlle Fairchild haussa les épaules, prit une autre bouchée et fixa le plafond tout en mâchant.

— Bon, qu'est-ce qui vous a déplu ? demanda-t-il.

Elle le regarda franchement.

— J'aimerais savoir si vous êtes toujours aussi taciturne, ou bien si c'est moi qui vous détourne de la conversation.

Il posa sa fourchette.

— Moi, je pourrais vous demander si vous êtes toujours aussi bavarde, ou bien si c'est moi qui vous détourne du silence.

— Je ne suis pas bavarde, je suis polie ! Sachez que je suis réputée à Londres pour mes talents de conversation. On me réclame comme partenaire dans tous les jeux de société, parce que l'on peut compter sur moi pour animer la soirée.

— Cela ne m'étonne pas que vous soyez réputée pour votre conversation, dit-il sèchement. On peut difficilement y échapper.

— J'ai peut-être le tort de vouloir remplir cette pièce avec autre chose qu'un silence froid.

— Votre conversation est la bienvenue. Mais vous devriez vous octroyer une bouchée de temps à autre… Je vous en prie, mangez, mademoiselle Fairchild. La cuisinière s'est donné beaucoup de mal. Vous qui tenez tant à être polie, ne l'offensez pas.

Elle prit une bouchée, puis une autre, reposa sa fourchette et le regarda de nouveau.

— Vous n'allez jamais à Londres ? Vous restez toujours ici, tout seul, avec pour unique compagnie des tableaux représentant des domaines fermés ?

— Autrefois, j'allais fréquemment à Londres, mais cela fait des années que je n'y ai pas mis les pieds, répondit-il tandis qu'officiant selon une chorégraphie bien réglée, les valets changeaient les assiettes.

— Oh ! Vous n'avez pas aimé sortir dans le monde ?

— Mes responsabilités font que je dois rester ici. Je suis juge, et mes métayers ont besoin de moi. Je n'ai pas le temps d'aller à Londres causer intelligemment tout en pratiquant des jeux de société.

— Eh bien, pourquoi pas ? À chacun son destin.

Il ne put retenir un sourire.

— Peut-être accepterez-vous de m'éblouir avec votre talent pour la conversation tout en jouant aux échecs après ce repas… Vous savez jouer aux échecs, non ?

Le rire de Greta eut un son mélodieux.

— Oui, et je pense que vous regretterez de m'avoir lancé un défi. Mes cousines étaient furieuses car je les battais régulièrement.

Alors qu'elle se lançait dans le récit de ses victoires – qui incluait une dispute mémorable avec la dénommée Ava –, Rhodrick hocha la tête à l'adresse d'Ifan afin qu'il prépare le salon rouge.

Et, tandis qu'il achevait son repas, il se rendit compte que jamais il n'avait attendu une partie d'échecs avec autant d'impatience.

14

Elle avait eu tort de boire du vin, se dit Greta. Il avait affaibli ses résolutions d'être ferme et distante, et elle se retrouvait maintenant dans le salon rouge. Lequel n'était pas rouge mais couleur pêche.

Quand Lulu lui avait annoncé qu'elle devrait souper avec le prince, Greta avait d'abord pensé qu'elle préférait la mort par inanition à une soirée en présence du monstre qui la retenait prisonnière. Mais, les affres de la faim se faisant sentir, elle s'était ravisée. Ne disait-on pas que, lorsque toute issue était fermée, mieux valait affronter franchement l'ennemi ?

Elle n'avait pas prévu qu'après le souper, elle se retrouverait installée devant un bon feu, un échiquier entre le prince et elle.

Le menton posé sur le poing, elle regardait son hôte déplacer un cavalier. Relevant la tête, elle croisa son regard vert, brillant comme le feuillage de la forêt sous la pluie.

— Vous êtes sûr de vouloir faire ça, monsieur ?

— Je ne fais que ce que je suis sûr de vouloir. Dans tous les domaines, répliqua-t-il avec un petit sourire.

Son expression indiquait qu'il envisageait d'autres activités qu'une partie d'échecs. Greta affecta de ne pas comprendre.

Tout en étudiant l'échiquier, elle se demanda quel homme il était dans la vie, qui il aimait... et comment il se comportait au lit. Était-il impérieux et doux à la fois, comme lorsqu'il l'avait embrassée dans le corridor ? Un petit frisson parcourut sa colonne vertébrale. De telles pensées n'aidaient pas à réfléchir. Elle secoua la tête, déplaça un pion et se carra dans son fauteuil.

Les sourcils froncés, le prince réfléchissait en pianotant sur l'accoudoir de son fauteuil. Caïn et Abel étaient couchés de part et d'autre de leur maître, la tête posée sur les pattes avant.

Greta profita de ce qu'il ne la regardait pas pour admirer l'élégance de son hôte. Ses épais cheveux noirs étaient brossés en arrière et maintenus en queue-de-cheval. Ses vêtements, d'excellente qualité et coupés à la perfection, mettaient en valeur sa charpente solide. En fait, il possédait naturellement la silhouette que beaucoup de messieurs de Londres n'obtenaient qu'à l'aide de rembourrage et de corsets.

Sa vilaine cicatrice était sûrement la conséquence d'une bagarre. On pouvait facilement l'imaginer se débarrassant de deux ou trois ruffians à la fois.

Il examinait l'échiquier mais, elle le savait, quoi qu'il fasse, il avait perdu.

— Pourquoi appelez-vous cette pièce le salon rouge ? questionna-t-elle.

— C'est un salon, répondit-il en levant les yeux sur elle.

Elle rit doucement.

— Je vois bien que c'est un salon, mais il n'est pas rouge.

— On l'a toujours appelé le salon rouge.

— Vous devriez peut-être le renommer en tenant compte de la couleur qu'il a aujourd'hui.

Fronçant les sourcils, il regarda autour de lui.

— Quelle couleur lui donneriez-vous ?

— Pêche.

— Pêche, répéta-t-il. Ce n'est pas très chaleureux pour un salon.

— Il y a une pièce à Downey House, la maison où j'habite à Londres, dont les murs sont couleur pêche. Mon oncle, lord Downey, aime beaucoup cette couleur et il a fait peindre chaque centimètre de la pièce comme ça. Le plafond, les murs, les lambris, les portes. Même le manteau de la cheminée. Tante Cassandra voulait qu'on la refasse, car elle avait l'impression d'être un noyau.

Le prince sourit, penché sur l'échiquier.

— Mais il a refusé, poursuivit Greta. C'est un homme entêté.

Il déplaça son fou et se rassit au fond de son fauteuil, visiblement satisfait. Elle ne put retenir un petit claquement de la langue.

— Ça, ce n'est pas bien joué du tout, commenta-t-elle.

— Je vous demande pardon ?

— Vous m'avez dégagé le chemin de votre reine. Je n'ai pas le choix, je dois la prendre.

— Pourquoi, au nom du Ciel, ai-je fait cela ? s'écria-t-il avec un petit sourire qui plissa ses tempes, lui donnant soudain un air très jeune.

— Je suppose qu'il reste en vous une once de courtoisie.

Il sourit plus franchement, ce qui le rendit réellement séduisant.

— Vous m'accusez de vous tendre la victoire ?

— Parfaitement, dit-elle en déplaçant son fou. Échec et mat, monsieur.

Il baissa les yeux sur l'échiquier et émit un gloussement.

— Eh bien, mademoiselle Fairchild, vous n'avez aucune pitié.

— Bien sûr que non. Pourquoi en aurais-je ?

Il sourit et fit signe au valet d'emporter l'échiquier. Le garçon vint ramasser les pions et l'échiquier et s'en alla, les laissant seuls.

— Dans certains milieux, on recommande aux jeunes filles d'éviter les tables de jeu, remarqua Rhodrick qui, prenant son verre de cognac, fit tournoyer le liquide ambré. Votre tante ne l'a pas fait ?

Greta ne put retenir un petit rire.

— Non, mais elle m'a prévenue qu'en général, il ne fallait pas faire confiance aux messieurs. Qu'ils jouent avec des cartes, des dés ou des débutantes, cela peut mal se terminer.

Les yeux du prince étincelèrent.

— Tout dépend de la débutante.

Une onde de chaleur envahit Greta.

— Et du gentleman.

Il l'examinait à présent sans vergogne.

— Votre tante et votre oncle ont-ils été heureux ensemble ?

— Heureux ? répéta-t-elle en secouant la tête. Ils étaient compatibles, je suppose, mais je ne dirais pas qu'ils étaient heureux. Pour atteindre le bonheur, il faut, à mon avis, plus qu'une bonne entente.

— Quoi donc ?

— L'amour, répondit-elle sans hésiter. Le désir et la passion. Le respect… Qu'en pensez-vous ?

— Je… je ne sais que dire.

— Vous avez été marié, monsieur. Vous avez sûrement une opinion.

L'expression du prince changea instantanément. Son regard s'éteignit et devint dur.

— C'était il y a très longtemps, mademoiselle Fairchild. Ma femme est morte alors qu'elle n'était encore qu'une enfant.

— Je suis désolée de l'entendre, dit Greta.

— Alors, votre oncle et votre tante ? lui rappela-t-il froidement.

— Eh bien… je suis certaine que ma tante a aimé mon oncle Bingley, son premier mari. La vie était gaie à Bingley Hall, et lord et lady Bingley offraient l'image du bonheur conjugal.

Le prince n'émit pas de commentaire. Il avait repris son attitude distante.

— Puis lord Bingley est mort, poursuivit Greta. Tante Cassandra a épousé lord Downey, et Ava, Phoebe et moi avons…

Mon Dieu, que se passait-il ? À la seule mention de leurs noms, des larmes affluaient !

— Elles me manquent, lâcha-t-elle malgré elle. Nous avons été inséparables depuis l'enfance, et elles me manquent terriblement.

Mon Dieu, ses paupières brûlaient et son visage rougissait, elle le sentait.

— Oh, pardonnez-moi, dit-elle comme une grosse larme glissait sur sa joue. D'habitude, je ne suis pas si sentimentale.

Il sortit un mouchoir de sa poche et le lui tendit.

— Merci, fit-elle. J'ai dû perdre le mien quelque part.

Elle se moucha et s'essuya les yeux.

— Excusez-moi, mais mes cousines me manquent beaucoup. Leurs conseils, leur présence… les façons autoritaires d'Ava et le talent artistique de Phoebe.

Une autre larme courut le long de la joue.

— Ô Seigneur ! s'écria-t-elle, consternée.

Imperturbable, le prince gardait le silence. Certainement, il la trouvait ridicule ou, pire, manquant de courage. Elle avait beau se dire que son opinion lui importait peu, elle ne supportait pas cette idée.

— Vous devez me trouver bien ennuyeuse, à pleurer comme ça, dit-elle lorsqu'elle se sentit capable de parler.

— Pas du tout, protesta-t-il d'une voix à peine audible qui lui fit relever la tête. Au contraire. Je pense que vous êtes la… la créature la plus délicate que j'aie jamais rencontrée.

La remarque la décontenança. Un flot d'émotions la submergea, dont aucune n'était appropriée ou raisonnable. Le prince était resté parfaitement immobile et, à l'exception de ses yeux brillants, son expression était neutre. Un émoi indicible s'empara de Greta, qui frémit intérieurement.

Il la regardait à présent comme si c'était la première fois.

— Et une rudement bonne comédienne, ajouta-t-il posément. Pratiquez-vous le théâtre, mademoiselle Fairchild ?

Choquée, Greta ne put contenir son indignation.

— Vous êtes l'homme le plus mal élevé, le plus grossier du monde ! Tenez ! cracha-t-elle en lui rendant le mouchoir.

La main du prince se referma sur la sienne.

Il se mit debout et la fit se lever. Ils étaient très près l'un de l'autre, si près que Greta dut rejeter la tête en arrière pour voir son visage, si près qu'elle put apercevoir les éclats d'or dans le vert de ses yeux et les extrémités rougies de sa cicatrice.

— Lâchez-moi, souffla-t-elle.

Les doigts du prince ne se desserrèrent aucunement.

— Vous êtes la pire des crapules !

— Combien de crapules avez-vous rencontrées ? demanda-t-il d'une voix caressante.

— Comment osez-vous me parler aussi grossièrement ?

— Qu'est-ce qui vous irrite ? Vous trouvez la question offensante… ou simplement trop personnelle ?

Lâchant un petit cri d'exaspération, elle tenta de dégager sa main, mais il la retint fermement et son regard tomba sur la bouche de Greta. Levant son autre main, il lui effleura les lèvres.

Un geste tout simple, à peine esquissé, mais divinement sensuel.

Alors, il se produisit quelque chose d'inouï, de fou, d'absurde, quelque chose dont, quelques instants plus tôt, elle se serait crue incapable. Parfaitement consciente de courtiser un danger d'où ne pourrait sortir aucun bien, Greta souda son regard à celui du prince, entrouvrit les lèvres et, aspirant le bout du doigt, le caressa de la langue.

— Trop personnel, on dirait, remarqua-t-il.

Elle mordit le doigt.

Le prince rit et s'inclina. Elle sentit son souffle chaud lui caresser la peau, errer sur ses paupières, descendre sur sa joue. Il ne l'avait toujours pas touchée, mais sa proximité l'incendiait.

— Vous savez sûrement que le meilleur moyen de séduire un homme est de le provoquer, murmura-t-il en ôtant son doigt et en enlaçant fermement la jeune femme.

— Ne me touchez pas, dit-elle.

— C'est déjà fait, lui rappela-t-il. Mais vous pouvez tout arrêter, mademoiselle Fairchild, si vous le désirez. Dites un mot – un petit non, tout simple, tout net – et je vous lâche.

Le mot était sur le bout de la langue de Greta mais, ensorcelée par ce regard lourd, le contact du corps puissant contre lequel elle était pressée, la caresse soyeuse de la main sur son bras, elle ne put le prononcer.

— Un mot, répéta-t-il, les yeux rivés sur ses lèvres. Le mot que vous n'avez pas dit à Percy.

— Jaloux ? se moqua-t-elle comme il resserrait son étreinte.

— Désespérément, admit-il en penchant la tête.

Sa langue se promena sur la bouche de Greta avant de s'y insinuer. Elle ne s'y opposa pas.

Toute détermination l'abandonnait. Jamais elle n'avait vécu quelque chose d'aussi bouleversant que ce baiser passionné. Elle se sentit glisser dans un lac de désir.

La main du prince remonta sur sa taille, puis sur son décolleté et s'empara d'un sein, embrasant la peau.

Les caresses se firent plus pressantes, le baiser plus profond. Il se mit à trembler, et elle aussi.

Un orage de désir jeta Greta dans l'oubli de toute convenance. Il lui semblait n'être plus qu'un faisceau de sensations. Il la fit reculer contre un fauteuil, et enfouit le visage dans son cou tandis qu'il glissait une main sous sa cuisse et soulevait sa jambe.

Greta inclina la tête de côté, lui offrant son cou, et s'appuya contre le dossier du fauteuil pour éviter de tomber lorsque ses genoux se déroberaient, ce qui ne manquerait pas d'arriver, elle en était sûre.

De son autre main, le prince retroussa la robe de Greta et, se plaçant entre ses jambes, il frotta la partie la plus rigide de son corps sur la partie la plus tendre du sien, alors que sa bouche s'emparait à nouveau de celle de la jeune fille.

Un plaisir extraordinaire naissait en Greta. Mais quand une main s'immisça entre leurs corps, brûlant ses chairs humides, elle réalisa soudain dans un brouillard ce qu'elle était en train de faire, et paniqua. Dans un geste affolé, elle écarta sa bouche avec un petit cri d'effroi et libéra sa jambe.

— Ô mon Dieu ! souffla-t-elle en tentant de le repousser.

Mais le prince n'avait pas l'intention de la laisser s'éloigner aussi facilement. Il referma les bras autour d'elle, releva son menton et l'embrassa de nouveau avec ardeur. Greta tourna la tête.

— Que vous arrive-t-il ? Mes attentions n'avaient pas l'air de vous déplaire il y a une minute.

— Non. Je ne peux pas, pas avec vous.

Il se figea.

— Ne me dites pas que je vous dégoûte, dit-il en lui pétrissant un sein. Votre corps vous trahit, mademoiselle Fairchild. Votre peau s'échauffe, vos seins s'érigent dans ma main… mes caresses éveillent vos sens.

— Seule ma fureur s'éveille, répliqua-t-elle.

La main du prince s'immobilisa sur sa poitrine.

— Il y a peu de choses aussi satisfaisantes pour un homme qu'une femme en colère dans son lit.

Elle le repoussa brutalement.

— Vous êtes obscène.

— De même qu'il y a peu de choses aussi satisfaisantes pour une femme qu'un homme obscène dans son lit.

N'osant imaginer ce qu'il entendait par là, elle s'efforça de respirer calmement. Lorsqu'il voulut écarter l'une de ses boucles, elle lui tapa la main.

— Arrêtez ! jeta-t-elle hargneusement.

— Pourtant, ce n'est rien de plus que ce que vous avez accordé à Percy.

La remarque la blessa.

Doux Jésus, que lui était-il arrivé ? Elle ne se reconnaissait plus ! À Londres, elle savait où se trouvaient les limites de la décence. Mais ici ! Jamais elle n'avait été aussi imprudente et impudique à la fois ! Jamais elle n'avait laissé ses émotions la gouverner aussi totalement !

Elle lui décocha un regard glacial.

— Avez-vous fini de m'humilier ?

— Je ne cherchais pas à vous humilier, dit-il en la lâchant.

— Menteur.

Il se détourna légèrement.

— Je suis beaucoup de choses, mademoiselle Fairchild, mais pas un menteur.

— Je ne sais pas ce que vous êtes, marmonna-t-elle, exaspérée.

Sur ce, elle tourna les talons et quitta la pièce, espérant éperdument qu'il la rappellerait d'un mot, d'une excuse, espérant tout aussi éperdument qu'il ne le ferait pas car elle se méfiait de sa réaction.

Elle suivit le corridor, les poings serrés, et, comme il ne la rappelait pas, elle dut cligner des yeux pour refouler ses larmes.

15

— Cela fait quarante ans que j'habite Llanmair et j'en suis toujours à tourner à gauche quand il faut aller à droite. Par ici, s'il vous plaît, mademoiselle, dit Mme Bowen qui guidait Greta dans le labyrinthe de corridors menant au jardin d'hiver.

Comme elles passaient devant le cabinet de travail du prince, Greta remarqua que la porte était ouverte et la cheminée éteinte.

Le soulagement l'envahit. Elle n'aurait pu supporter de le voir, alors qu'elle était encore bouleversée de leur étreinte de la veille.

Elles suivirent un autre corridor et Mme Bowen lui désigna différentes pièces : la lingerie, la pièce où l'on rangeait la vaisselle et divers débarras.

Elles descendirent un escalier étroit. Mme Bowen raconta que cet escalier avait aidé les Anglais à envahir Llanmair.

Greta avait lu cet épisode dans le livre qu'elle avait emprunté au prince. En 1283, Edward Ier, qui luttait contre la rébellion des Gallois, avait envahi Llanmair.

Les murs du château portaient encore les éraflures et les trous dus aux divers combats qui, depuis toujours, opposaient Anglais et Gallois.

Lorsqu'elles émergèrent de la cage d'escalier, Mme Bowen pointa le doigt sur leur droite :

— C'est par là, mademoiselle, de l'autre côté de la galerie des portraits.

— Je vous remercie… Mais, s'il vous plaît, auriez-vous un moment pour me dire qui sont les modèles de certains de ces tableaux ?

— C'est que j'ai beaucoup de travail. Si on ne les a pas à l'œil, les servantes en profitent pour bavarder au lieu de travailler.

— Je ne vous retiendrai pas longtemps, insista Greta et, glissant une main sous le coude de la gouvernante, elle la mena devant l'homme déguisé en Grec de l'Antiquité.

— Ah oui, fit Mme Bowen en hochant la tête. C'est le grand-père de Sa Seigneurie. Il était décédé quand je suis entrée au service de la famille, mais on m'a raconté qu'il aimait beaucoup tout ce qui concernait les Grecs d'autrefois.

Et qu'il s'aimait aussi beaucoup lui-même, ajouta Greta en son for intérieur.

— Il a fait construire une orangerie dans le style grec. Mademoiselle l'a peut-être vue ?

— Non, mais j'irai la voir sans faute. Il ressemble au prince, non ?

— Ah, oui ! opina Mme Bowen.

— Et eux, qui sont-ils ? questionna Greta en désignant un portrait de deux enfants qui semblait dater du XVIe siècle.

Sourcils froncés, Mme Bowen examina le tableau.

— Je ne saurais vous le dire.

— Oh, fit Greta. Et cette fille ? demanda-t-elle en pointant le doigt sur le portrait d'une jeune fille vêtue selon une mode récente, juste à côté du tableau représentant la maison blanche.

La vive réaction de Mme Bowen la surprit. Elle pinça les lèvres et jeta un coup d'œil furtif dans le corridor, comme si elle craignait de voir quelqu'un surgir.

— Je ne sais pas.

— Pourtant, ce portrait semble récent.

Les joues de la femme virèrent au rouge vif.

— C'est possible... mais que mademoiselle me pardonne, il faut vraiment que je retourne à mon travail.

L'agitation de la gouvernante, d'ordinaire plutôt placide, intrigua Greta.

— Bien sûr, dit-elle. Mais permettez-moi une dernière question, madame Bowen : connaissez-vous cet endroit ?

Elle désigna la maison blanche. L'expression de Mme Bowen s'adoucit aussitôt.

— C'est Kendrick, mademoiselle. À environ dix kilomètres d'ici. Mais c'est fermé.

— Savez-vous si des gens appelés Vaughan y ont habité ?

— Vaughan ? répéta Mme Bowen en réfléchissant. Non, mademoiselle. C'est Bronwyn, qu'ils s'appelaient.

L'univers de Greta sembla osciller. Elle ne s'était pas attendue que Mme Bowen prononce le nom de jeune fille de sa mère.

— Bronwyn ? murmura-t-elle.

— Il y a longtemps, oui, c'étaient les Bronwyn. J'étais la femme de chambre de madame avant la mort de M. Bronwyn. Après, c'est son cousin qui a repris la maison mais, quand il est mort, je crois qu'elle est restée inoccupée.

Bronwyn ! Ce n'était pas possible, Greta avait toujours cru que sa mère était originaire de Bredwardine !

— Vous êtes sûre, madame Bowen ? Je croyais que les Bronwyn venaient de Bredwardine.

— Bredwardine... répéta Mme Bowen. Non, je ne crois pas. Et regardez, mademoiselle, voilà les Bronwyn, dit-elle en montrant le pique-nique sur l'herbe. M. et Mme Bronwyn. Alice, leur fille aînée, et sa sœur, Fiona. La pauvre petite Fiona est morte de la même fièvre qui a emporté M. Bronwyn.

Greta lâcha un petit cri étouffé et examina la fillette qui regardait le peintre tandis que sa petite sœur chuchotait à son oreille. Cette enfant était sa mère. Sa mère ! La ressemblance avec la miniature qu'elle possédait lui sauta aux yeux. Et elle remarqua une autre chose : le pendentif, celui-là même qu'elle portait.

— Ô Seigneur ! souffla-t-elle en portant la main à son cou.

— Qu'y a-t-il, mademoiselle ? s'inquiéta Mme Bowen.

— C'est ma mère ! s'écria Greta.

— Votre mère ? fit la gouvernante d'un ton sceptique.

— Elle s'appelait Bronwyn de son nom de jeune fille, Alice Bronwyn, et, après son mariage, Alice Vaughan. Regardez, madame Bowen, elle et moi, nous avons le même pendentif !

Mme Bowen scruta la toile, puis le cou de Greta.

— Ah oui, c'est vrai ! Mais c'est un bijou très courant au pays de Galles. Beaucoup de femmes et de jeunes filles le portent. C'est censé protéger.

— C'est elle, insista Greta en effleurant le portrait de sa mère. Vous l'avez connue ? demanda-t-elle, le cœur battant.

— De vue seulement. Elle quittait rarement la nursery. Et après, son père et sa sœur sont morts… Une douzaine de domestiques aussi sont allés rejoindre Jésus, emportés par cette fièvre.

— Que s'est-il passé ensuite ?

— Mme Bronwyn a épousé un Anglais et s'en est allée. Le cousin de M. Bronwyn a repris la maison, comme je l'ai dit, et y a vécu environ dix ans, il me semble. Puis Kendrick a été fermé et l'est resté des années jusqu'à ce que M. Percy…

Son visage s'assombrit. L'air soudain mal à l'aise, elle se gratta la gorge.

— Mais j'y suis allée, j'en suis certaine ! s'écria Greta. Je me souviens de la porte et du vestibule…

— Peut-être quand vous étiez très jeune ? suggéra Mme Bowen. Ce ne peut être qu'à ce moment-là parce que, après la mort du cousin de M. Bronwyn, la maison est restée vide, sauf pendant la très courte période où M. Percy l'a occupée, plusieurs années plus tard. Maintenant, elle est fermée depuis…

Elle s'interrompit. Greta eut la nette impression que la gouvernante avait failli en dire plus.

— Depuis quoi ? insista-t-elle.

Mme Bowen recula de deux pas.

— Depuis qu'elle a été de nouveau abandonnée, voilà tout. Je suis désolée, mademoiselle Fairchild, mais les Bronwyn sont tous morts et je ne sais rien d'autre sur cette maison.

— Il est possible d'aller à Kendrick ? se hâta de demander Greta comme la gouvernante s'éloignait.

— Quoi ? s'exclama Mme Bowen, les yeux écarquillés. Oh, non ! Mademoiselle ne doit pas aller là-bas. Ce n'est qu'une grande maison vide.

— Il y a un chemin ? On peut y aller à pied ?

— Non ! répéta Mme Bowen. Que mademoiselle chasse ces idées de sa tête ! La végétation a envahi les routes et c'est très isolé ! Sa Seigneurie a interdit à quiconque d'approcher. C'est fermé.

Mme Bowen semblait réellement inquiète. Mieux valait éviter de l'alarmer. Sinon, elle raconterait au prince que Greta l'avait pressée de questions. Il devait ignorer qu'elle avait l'intention d'enfreindre ses ordres et aller à Kendrick. Ce qu'elle ferait, bien sûr… si du moins la pluie cessait un jour.

Elle jeta un dernier regard au visage enfantin de sa mère, à son sourire, à ses yeux, si semblables aux siens.

— Oh, madame Bowen, je n'ai pas l'intention de marcher jusque là-bas, affirma-t-elle en riant. J'étais seulement curieuse.

— Bien, fit Mme Bowen en lissant sa jupe. Ce n'est pas un endroit convenable pour une jeune femme.

— Ah bon ? En quoi n'est-ce pas convenable ? Il s'est passé quelque chose ?

Mme Bowen ne répondit pas tout de suite. Ses lèvres se pincèrent, sa tête s'agita de gauche à droite, puis elle lâcha avec componction :

— Il y a des choses dont il vaut mieux ne pas parler. Mais que mademoiselle fasse bien attention à ce que je lui dis…

Elle marqua une pause avant de se pencher pour murmurer :

— Des esprits nous côtoient tous les jours que Dieu fait. Certains sont bons et d'autres sont mauvais. Et personne ne veut provoquer les mauvais, n'est-ce pas ?… Que mademoiselle m'excuse, maintenant, je dois reprendre mon travail.

L'avertissement décontenança Greta, qui hocha la tête.

— Je vous demande pardon. Je ne voulais pas vous retenir aussi longtemps.

Mme Bowen s'inclina et s'éloigna en hâte.

Greta resta un moment à regarder sa mère enfant, la tête confuse de toutes les choses qu'elle venait d'apprendre. Tante Cassandra n'avait jamais parlé de Kendrick, mais dix années séparaient la mère de Greta de sa demi-sœur. Il était donc possible que sa tante n'ait pas connu cette maison. Mais pourquoi Mme Bowen avait-elle fait allusion à un événement mystérieux et dramatique, et pourquoi avait-elle parlé d'esprits vagabondant parmi les vivants ? Greta ne croyait pas aux esprits, mais toutes ces précautions et ces périphrases prouvaient qu'il s'était produit quelque chose de grave dans cette demeure.

Réfléchissant, elle se dirigea vers le jardin d'hiver. À sa surprise, la pièce avait été entièrement redécorée. À présent, elle était chaude et accueillante. Deux fauteuils et un divan couverts de chintz rayé de jaune et vert entouraient la cheminée dans laquelle brûlait un bon feu.

Derrière le divan se trouvait une table à écrire. Greta pianota sur le dessus bien ciré en soupirant de plaisir. Un fauteuil permettait à la personne qui écrivait de se reposer un instant en regardant les jardins. La pluie avait cessé et, bien qu'il fasse toujours sombre, elle pouvait voir la verdure exubérante qui offrait un décor enchanteur. Elle sortirait aujourd'hui, car elle n'en pouvait plus de rester enfermée.

Mais tout d'abord… Des feuilles de vélin étaient empilées sur le bureau, à côté d'encriers en porcelaine, d'un assortiment de plumes, d'un buvard et d'un morceau de cire à cacheter. Un sourire aux lèvres, elle tournoya, ce qui lui fit remarquer les carafes alignées sur une petite desserte.

— C'est merveilleux ! s'écria-t-elle à haute voix. Absolument divin !

Comme elle s'asseyait à la table, une pensée lui traversa la tête. Était-ce le prince qui avait fait cela ? Qui avait ordonné à son personnel de rendre cette pièce aussi accueillante ?

Non, c'était sûrement Mme Bowen. Après la veille au soir, il serait surprenant que son hôte lui adresse la parole, encore plus étonnant qu'il ait veillé à améliorer le confort de cette pièce. Elle remercierait la gouvernante de ces attentions mais, pour l'instant, elle avait hâte d'écrire à ses cousines. Cela faisait plus d'une semaine qu'elle était à Llanmair ; il s'écoulerait plusieurs semaines avant que sa lettre n'atteigne Londres.

On pouvait craindre aussi que sa missive ne s'égare dans quelque bureau de poste isolé du pays de Galles. Qu'elle n'atteigne jamais Londres.

Eh bien, elle écrirait tous les jours jusqu'à ce que quelqu'un vienne à son secours. Sur les dizaines de lettres qu'elle enverrait, il y en aurait bien une qui franchirait tous les obstacles. Elle prit une feuille, trempa une plume dans l'un des encriers et commença à écrire.

16

Plusieurs jours s'écoulèrent avant que les routes deviennent praticables. Dès qu'il le put, Rhodrick partit pour Rhayader.

Dans le vain espoir de se débarrasser de pensées qui se collaient à lui comme des sangsues, il fit le trajet du retour en poussant sa monture au grand galop. La faute en était à Mlle Fairchild à qui il ne cessait de rêver, dans son sommeil ou éveillé. Épisodes dans lesquels il jouait le beau rôle, bien sûr, car son visage était indemne et la jeune femme le trouvait à son goût.

Ni l'un ni l'autre n'avait parlé de l'intermède intime et brûlant qui avait suivi la partie d'échecs. Elle l'avait même évité pendant quelques jours. Quand il avait agité de nouveau la menace de ne plus faire apporter de repas dans sa chambre, elle avait cédé et il avait eu le privilège de l'avoir à sa table, écoutant les récits pétillants de ses promenades entre deux averses, ou bien ses rencontres avec quelques-uns des personnages pittoresques qui résidaient dans le domaine.

Greta l'amusait en lui faisant mille reproches. Il ne nourrissait pas suffisamment Caïn et Abel qui étaient trop maigres. Certaines parties des jardins avaient un besoin urgent de travaux. Lulu, la gentille femme de chambre qui s'occupait d'elle, devrait pouvoir s'absenter le temps d'aller rendre visite à sa famille.

Rhodrick parlait peu. C'était inutile. Mlle Fairchild tenait à combler chaque minute du repas de sa brillante conversation, ce qui le laissait libre d'admirer son joli visage, ses mains élégantes, et de s'abandonner à des rêveries lascives.

Mais, dès que le repas était fini, Mlle Fairchild disparaissait et le laissait à sa solitude…

Éperonnant son cheval, Rhodrick lui fit sauter une clôture pour couper à travers champs. C'était plus fatigant et plus périlleux, mais il espérait chasser ainsi le désir stupide qui le taraudait.

Afin de ménager une barrière en lui et la jeune femme, il avait invité à dîner Margaret et Thomas, et lord et lady Pool, venus d'Aberystwyth rendre visite aux Awbrey.

Il déboula dans la cour. Un palefrenier accourut et prit les rênes, sidéré de voir le cheval haletant et couvert d'écume.

— Brosse-le bien et donne-lui une double ration d'avoine, ordonna Rhodrick en gallois.

Le temps qu'Ifan l'ait rejoint dans le vestibule, il avait ôté veste, chapeau et gants qu'il jeta au majordome.

— Nous serons six pour le souper. Préviens Mlle Fairchild que nous avons des invités, dit-il.

Il siffla ses chiens et alla se changer. Son genou l'élançant cruellement, il prit un bain bouillant. Quand Ifan vint lui annoncer que les Awbrey et leurs amis étaient arrivés, la douleur avait disparu, il se sentait mieux.

— Parfait, dit-il en tirant sur ses manchettes. Tu as prévenu notre invitée à demeure, n'est-ce pas ?

— Oui, monsieur, mais Mlle Fairchild a décliné l'invitation.

— Décliné ? répéta Rhodrick en passant sa cravate sous son col de chemise.

Il était franchement déçu. Après s'être plainte du désert qu'était Llanmair, elle aurait dû sauter de joie à l'idée de souper en bonne compagnie.

— Elle a dit pourquoi ?

— Mademoiselle ne l'a pas dit.

Rhodrick se retourna et fixa son majordome.

— Elle a dit quelque chose ?

Ifan eut l'air très mal à l'aise.

— Eh bien ?

— Mademoiselle a dit qu'en aucun cas elle ne se joindrait à monsieur et ses invités… Elle l'a dit de façon plutôt catégorique.

— Vraiment… marmonna Rhodrick en nouant artistiquement sa cravate. Il n'est pas venu à l'esprit de Mlle Fairchild qu'elle n'avait pas la liberté de décliner ?

Il ajusta son col et recula pour juger de l'effet.

— Je ne crois pas en effet, monsieur, dit Ifan avant de s'incliner.

— Merci, mon ami, fit Rhodrick qui sortit de la pièce d'un pas déterminé.

Cela ne suffisait-il pas qu'il doive souffrir sa présence ? Il avait organisé ce dîner à la seule fin de passer un moment à côté d'elle sans risquer de céder à la tentation de la toucher. Elle pourrait quand même lui faire la politesse de venir !

Il marchait d'un pas si furieux que les femmes de chambre s'effacèrent sur son passage, les valets s'inclinèrent bas, les murs eux-mêmes parurent s'écarter. Il monta l'escalier, suivit un autre corridor et s'arrêta devant un seuil qu'il n'avait pas franchi depuis une chaude nuit d'été treize ans auparavant, lorsque sa femme puis son enfant étaient morts.

Il frappa et sans attendre poussa la porte. Mlle Fairchild émit un cri de surprise. Assise devant la cheminée, un livre à la main, elle se retourna vers lui, bouche bée.

Elle était habillée pour le soir, remarqua-t-il aussitôt. Ses épais cheveux noirs étaient remontés et maintenus avec des perles. Sa robe, parfaitement coupée mais dont il ne pouvait détecter la couleur, soulignait délicieusement ses formes et semblait chatoyer à la lumière des flammes. Aussitôt, le souvenir de leur étreinte l'assaillit, en même temps que le désir éperdu de la couvrir de baisers. Dans le cou. Sous le genou. Sur le ventre. Entre les…

— Pour quelle raison avez-vous décliné mon invitation ? s'enquit-il en entrant dans la pièce.

— Il me faut une raison ?

— Mademoiselle Fairchild, si vous n'êtes pas sur votre lit de mort ni gravement souffrante, vous souperez avec nous.

Elle referma bruyamment son livre.

— Je ne suis pas sur mon lit de mort, mais je n'avais pas réalisé que cette invitation était un ordre.

— Quelle objection pourriez-vous avoir de rencontrer mes invités ?

— Quelle raison pourrais-je avoir de les rencontrer ? Me faut-il tout justifier ? Est-ce la version galloise de l'Inquisition ?

— Vous oubliez que vous êtes censée être galloise. Votre déguisement serait-il en train de s'effilocher ?

— Oh ! gronda-t-elle en jetant son livre sur le fauteuil. En tout cas, pas plus que votre déguisement de gentilhomme courtois et respectueux des lois, car je suis sûre qu'aucun homme ne peut être plus offensant que vous, monsieur !

— Venant de vous, c'est un compliment. Allons-y, maintenant. Les invités attendent.

Croisant les bras, elle le fusilla du regard.

— Je n'irai pas. Je refuse d'être ridiculisée et humiliée devant vos amis !

Il comprit enfin la raison de son refus. Bien sûr ! Il aurait dû y penser. Sa réputation – du moins ce qu'il en restait – était en jeu. C'était une chose de supporter qu'elle soit en lambeaux devant les domestiques de Llanmair, et tout à fait une autre en société.

— Vous n'avez rien à craindre, dit-il d'une voix radoucie. Mes invités n'ont pas entendu votre nom avant ce soir. Ils n'auront de vous que les idées et les impressions que vous leur donnerez... Venez, fit-il en lui tendant la main.

Elle réfléchit une seconde, les yeux baissés sur cette main tendue.

— Très bien, céda-t-elle au bout d'un moment. Je vais rencontrer vos invités. Peut-être verront-ils que vous avez perdu la tête et viendront-ils à mon secours, ajouta-t-elle avant de disparaître dans le dressing-room.

Rhodrick serra les mains dans son dos, inclina la tête et attendit patiemment. Une minute s'écoula, puis une autre. Que fabriquait-elle donc là-dedans ?

— Je n'ai peut-être pas été assez clair, lança-t-il. Je voulais dire que le souper allait être servi *ce soir* !

— Vous êtes toujours très clair, monsieur ! riposta-t-elle.

Elle réapparut une bonne minute plus tard, la bouche et les joues légèrement fardées de rouge. Elle s'arrêta devant le miroir, remit une boucle en place et, dans un bruissement de tissu, passa devant le prince sans lui accorder un regard,

Une fois dans le corridor, il lui prit le coude et la força à ralentir.

— Une demoiselle de Londres ne court pas, c'est inconvenant.

— En quoi cela vous concerne-t-il ? Vous craignez que je ne rejoigne vos amis avant vous ? Que je ne leur parle avant que vous ayez eu la possibilité de me calomnier ?

— Je crains surtout que vous ne bousculiez quelqu'un par inadvertance dans cette galopade effrénée.

— Et qui sont vos invités, si je puis me permettre ?

— De vieux amis.

— Mmm, fit-elle, le cou rigide, les yeux rivés sur le bout du couloir. Comme c'est intéressant ! J'avais la conviction que vous n'aviez pas d'amis. Mais, évidemment, je n'avais pas songé au pouvoir de l'argent et des pressions politiques.

Rhodrick émit un petit rire.

— J'aurais pensé qu'une femme aussi maligne que vous verrait dans cette soirée une occasion de développer son conte larmoyant sur le malheur d'être orpheline, afin d'escroquer quelqu'un de moins soupçonneux que moi.

Elle eut un petit reniflement de mépris tandis qu'ils descendaient l'escalier.

— Ce n'est pas un conte, monsieur. C'est la vérité, et j'aurai peut-être enfin le plaisir de parler à quelqu'un qui aura du bon sens.

— Je prédis que, sans M. Percy pour tout gâcher, mes amis vous trouveront tout à fait charmante.

— Oh ! s'exclama-t-elle en dégageant son coude. Accordez-moi au moins le plaisir d'avoir l'air libre.

— Non seulement je vous accorde ce plaisir bien volontiers, mais je montrerai que vous n'êtes aucunement retenue de force. Ainsi, si l'on propose de vous ramener à Londres, je vous en prie, ne déclinez pas !

Arrivés devant les doubles portes du grand salon, ils firent une pause. Elle leva vers lui son regard bleu que la colère assombrissait.

— Vous pouvez compter sur moi !

— Parfait, jeta-t-il en ouvrant la porte. Après vous, mademoiselle Fairchild.

Elle se tourna vers l'intérieur du grand salon, un sourire si lumineux aux lèvres qu'il en resta momentanément dérouté et la regarda entrer avec la grâce d'une princesse de sang.

Il la suivit, et constata que ses amis étaient sidérés.

Peut-être aurait-il dû leur parler d'elle. La vérité était qu'il n'avait pas su comment expliquer qui elle était.

Margaret fut la première à reprendre ses esprits. Elle se leva, salua la jeune fille d'une révérence et embrassa Rhodrick sur la joue.

— Rhodi, dit-elle en scrutant son visage. Comment allez-vous ce soir ?

— Mieux que jamais, répondit-il et, prenant le coude de Mlle Fairchild, il enchaîna sur les présentations : Mlle Greta Fairchild. M. et Mme Awbrey, de vieux amis. Et leurs invités, lord et lady Pool.

Margaret, aussi blonde que Mlle Fairchild était brune, sourit chaleureusement.

— C'est un plaisir de faire votre connaissance, affirma-t-elle avec sincérité. Pardonnez ma surprise, mais Rhodi ne nous avait pas dit qu'il avait une invitée.

Son regard accusateur fit sourire l'intéressé et rire Mlle Fairchild.

— Oh, cela ne me surprend pas ! C'est tout récemment que j'ai dû devenir son invitée. J'ai eu une mésaventure avec ma voiture, ce qui m'a obligée à rester.

— Ah bon ? fit Margaret tandis que Thomas serrait la main de Rhodrick.

— Oui. La pièce qui relie les roues s'est brisée en deux, expliqua-t-elle en faisant un geste circulaire de la main. Comment s'appelle-t-elle ? demanda-t-elle en regardant son hôte.

— L'essieu.

— L'essieu, répéta-t-elle en lui adressant un sourire plutôt démoniaque. Le réparer prend plus de temps que je ne l'avais prévu. J'ai voulu m'installer à l'auberge de Rhayader, mais le prince est trop généreux… Il a *insisté* pour que je m'installe chez lui, acheva-t-elle en souriant à Rhodrick.

— Oh, fit encore Margaret en jetant un regard intrigué à son ami d'enfance.

— Et d'où avez-vous dit que vous veniez ? s'enquit lady Pool qui, plus âgée que Margaret, semblait aussi plus encline aux soupçons.

— Je ne l'ai pas dit, mais je viens de Londres.

— De Londres ! s'exclama lady Pool. C'est un très long voyage, surtout à cette époque de l'année. Qu'est-ce qui vous a incitée à le faire ?

— Je ne vais pas vous embêter avec des détails ennuyeux, répliqua Mlle Fairchild. En outre, c'est assez compliqué.

Mais lady Pool n'était pas femme à lâcher le morceau. Elle glissa son bras sous celui de Greta en faisant un signe de tête à Margaret.

— Cela ne nous ennuie pas du tout. Venez vous asseoir, ma chère enfant, et racontez-nous comment vous êtes arrivée à Llanmair.

— Eh bien, cher ami, vous êtes plein de surprises, commenta Thomas alors que Margaret et lady Pool faisaient asseoir la jeune fille entre elles.

Rhodrick opina avec un sourire sans quitter des yeux Mlle Fairchild qui, une coupe de champagne à la main, parlait avec animation.

— Oui, vraiment, acquiesça lord Pool. Beaucoup d'hommes se seraient vantés d'avoir un tel trésor sous leur toit.

Rhodrick prit une coupe du plateau que leur présentait Ifan et haussa les épaules en affectant l'indifférence.

Thomas échangea un regard avec lord Pool et reprit en pesant ses mots.

— Elle est… extrêmement séduisante. Un célibataire pourrait être tenté.

— Un homme marié aussi, marmonna lord Pool.

Le col de Rhodrick se mit soudain à le serrer. Il avala une gorgée de champagne pour cacher son désarroi. Ce qui n'empêcha pas ses deux amis de l'observer avec un air narquois.

— Eh bien ? fit Thomas en lui décochant un petit coup de coude.

— Les femmes aussi belles que Mlle Fairchild s'attendent à être courtisées par des hommes de belle apparence. Ceux de mon genre ne les tentent aucunement. En outre, celle-ci sera bientôt partie.

Lord Pool salua la déclaration d'un petit rire poli, mais Thomas examina son ami avec une attention qui le mit mal à l'aise.

Rhodrick parvint à dévier la conversation jusqu'à ce que le dîner soit annoncé. Tous se levèrent et se regroupèrent pour gagner en cortège la salle à manger. Quatre paires d'yeux se posèrent avec intérêt sur Mlle Fairchild.

Elle s'avança et plaça avec aisance la main sur le bras que lui proposait Rhodrick.

— Il ne m'a pas échappé que vous avez régalé les dames de récits hauts en couleur sur Londres, remarqua-t-il à mi-voix.

— Et moi, il ne m'a pas échappé que vous avez prononcé deux phrases de suite, murmura-t-elle en réponse.

— L'histoire de l'essieu brisé a été un coup de maître, je dois l'admettre.

— C'est aussi mon avis, acquiesça-t-elle avec un petit sourire.

— Apparemment, vous avez appris à inventer de bonnes histoires, poursuivit-il comme Ifan ouvrait devant eux les portes de la salle à manger d'apparat.

— J'ai appris à être polie. Si j'avais raconté à vos invités que vous me retenez prisonnière, ils auraient été choqués et auraient pris la fuite, alors que la cuisinière a dû se donner beaucoup de mal pour nous préparer un excellent repas.

Rhodrick ne put retenir un sourire, qui s'agrandit lorsqu'il la vit écarquiller les yeux. Lui-même était toujours impressionné par la façon dont Ifan dressait une table. Quatre chandeliers en argent éclairaient les assiettes en porcelaine blanche ornées d'un filet d'or, les verres en cristal et les couverts en argent. Devant chaque convive, de minuscules vases en cristal soutenaient trois roses. Deux valets attendaient le long du mur.

Rhodrick tira la chaise d'une Mlle Fairchild étrangement silencieuse, et attendit pour s'asseoir à l'extrémité de la table que tous ses invités aient pris place. Les valets commencèrent aussitôt à servir le vin, Ifan s'occupant personnellement du verre de son maître.

Tandis qu'on servait l'entrée, des toasts au fromage, la conversation tourna autour des sujets habituels : le temps, les dernières nouvelles locales, les taxes sur l'agriculture que le Parlement voulait établir et qui mettaient lord Pool en colère.

Rhodrick n'écoutait que d'une oreille. Dieu seul savait pourquoi, voir Mlle Fairchild ainsi élégante et gaie lui rappelait le spectacle de la jeune fille dans les bras d'Owen Percy. Peut-être était-ce l'instinct de conservation qui, sentant qu'il tombait sous son charme, lui rappelait son association avec son ignoble cousin.

— Rhodi, vous êtes bien silencieux ! s'exclama Margaret.

— Pardon ?

— Lord Pool nous racontait que le Parlement avait l'intention de taxer jusqu'aux nerfs de lady Pool, expliqua-t-elle.

— Ah…

Il leva son verre en un toast silencieux à lady Pool.

— En ce qui concerne les nerfs des dames, Sa Seigneurie n'a guère d'humour, intervint Mlle Fairchild avec un sourire espiègle. Ceci, je peux le certifier.

Les dames rirent, et les messieurs sourirent.

— Rhodi, vous devez faire des efforts, s'esclaffa Thomas.

— Mlle Fairchild compare mon caractère à celui des nombreux dandys qu'elle connaît à Londres. Cela ne m'avantage pas.

— Peut-être, admit-elle. Mais vous avez à peine souri depuis mon arrivée.

— Je suis sûr que si.

— Je ne m'en souviens pas.

— Non ? Eh bien, j'ai souri mercredi soir.

Tout le monde rit, y compris Greta dont les yeux scintillèrent.

— Et quand êtes-vous arrivée, mademoiselle Fairchild ? questionna lady Pool. Tout ceci est très mystérieux.

— Il n'y a pas de mystère. Je suis arrivée il y a un peu plus de quinze jours.

— Oh ! s'écria lord Pool en scrutant le contenu de l'assiette que le valet déposait devant lui. Cela fait un très long moment en compagnie d'un homme qui ne sourit pas... Votre voiture était cassée, avez-vous dit ?

— Oui. Une pierre ou un bout de bois l'a heurtée, je n'ai pas tout compris des explications du cocher.

— Vous avez voyagé seule, mademoiselle Fairchild ? demanda lady Pool.

— Non, madame, j'ai quitté Londres en compagnie de Mme Smithington.

— Et où cachez-vous cette Mme Smithington, monsieur ? s'enquit lady Pool en se tournant vers Rhodrick.

Il jeta un coup d'œil à Greta dont les joues se colorèrent.

— C'est que... hélas, cette chère Mme Smithington... est morte.

Tous les regards se portèrent sur la jeune fille, et Rhodrick jubila intérieurement.

— Elle est morte ? répéta Margaret qui avait l'air de n'en pas croire un mot.

— Oui, répondit Mlle Fairchild, les yeux baissés sur son assiette. Cela a été tragique. Nous allions rendre visite à mon oncle, et la pauvre chère femme était en excellente santé jusqu'à ce que nous atteignions Bredwardine...

— Bredwardine ! s'exclama lady Pool. Mais c'est presque au pays de Galles. Comment s'appelle votre oncle, mademoiselle Fairchild ? Je le connais peut-être.

— Vaughan.

— Vaughan ! répéta lady Pool qui pianota une seconde sur la table avant de se tourner vers son époux. Nous connaissons un Vaughan, mon ami ?

— Nous en connaissons un régiment. Il y a des Vaughan dans chaque coin et recoin…

— S'il est votre oncle, reprit lady Pool sans laisser son mari finir, alors vous êtes galloise ? D'ailleurs, vous l'êtes sûrement avec un nom comme Vaughan.

— Mes parents étaient gallois, mais j'ai été élevée en Angleterre.

— Et pourquoi, dans ce cas, votre oncle ne vous a-t-il pas accompagnée ? enchaîna lady Pool qui semblait de plus en plus sceptique.

Mlle Fairchild se tortilla sur sa chaise.

— La réponse à cette question est un autre récit dramatique.

Elle s'interrompit, et Rhodrick eut l'impression que les autres convives se penchaient en avant pour éviter d'en perdre une miette.

— Mon oncle… eh bien… il se trouve qu'il était mort, lui aussi, et enterré depuis longtemps lorsque je suis arrivée à Bredwardine.

— Une coïncidence étonnante autant qu'une tragédie, précisa Rhodrick que la scène enchantait. Surtout que Mlle Fairchild et son oncle avaient été très proches.

Mlle Fairchild lui décocha un regard meurtrier.

— Oh, fit Margaret en regardant attentivement la jeune fille.

— Oui, acquiesça celle-ci. Sa mort m'a beaucoup chagrinée et c'est en entendant cette nouvelle que Mme Smithington s'est sentie soudain très lasse. Elle est montée s'allonger pour faire une sieste... et ne s'est pas réveillée.

— Que c'est... tragique, commenta Margaret, éberluée.

— Oui, oui, c'est très triste, concéda lady Pool, mais cela veut-il dire que vous avez voyagé seule de Bredwardine à Llanmair ?

Mlle Fairchild se gratta nerveusement la gorge, et ses doigts étreignirent le pied de son verre.

— Non, pas exactement... J'étais accompagnée de M. Owen Percy.

Margaret ne put retenir un petit cri étouffé. Thomas jeta un regard étonné à Rhodrick. Lord Pool lâcha sa fourchette dans son assiette, et le regard de lady Pool parut transpercer la jeune fille.

— Qu'y a-t-il ? demanda celle-ci.

Rhodrick se renversa sur sa chaise et attendit de voir comment elle allait se tirer de ce mauvais pas.

— Eh bien, mademoiselle Fairchild, dit lady Pool, cela ne me regarde pas mais cela aurait pu être pire que voyager seule. Peut-être est-ce ainsi que l'on vit aujourd'hui à Londres, mais...

— Mais cela ne vous regarde pas, l'interrompit lord Pool.

Lady Pool pinça les lèvres au point qu'elles disparurent complètement, tandis que son époux se mettait à manger.

— Hmm... délicieux, dit-il.

— Mais... mais je croyais que M. Percy avait quitté Llanmair, déclara Margaret en se tournant vers le maître de maison.

— Il l'a fait.

— Alors...

— Le problème de la voiture a rendu jusqu'à présent impossible le départ de Mlle Fairchild... Je vous en prie, que cela ne vous empêche pas d'apprécier ce repas, acheva-t-il en prenant sa fourchette.

Ses invités revinrent à contrecœur au contenu de leur assiette. Rhodrick croisa le regard de Mlle Fairchild. Si celui-ci avait été capable de jeter des étincelles, la salle à manger aurait pu se passer de chandelier.

17

Lorsque les dames se retirèrent au salon, laissant les hommes se délecter des petits cigares américains que lord Pool avait apportés, Margaret sourit, bavarda et fit de son mieux pour afficher un air serein, mais cela lui coûta de gros efforts tant elle se posait de questions sur le compte de Mlle Fairchild.

Elle avait été si contente de faire sa connaissance, si contente pour Rhodi… jusqu'à ce que la jeune femme mentionne le nom d'Owen Percy.

Heureusement, ce fut lady Pool qui posa à sa place la question brûlante.

— Comment se fait-il, mademoiselle Fairchild, que vous ayez voyagé avec M. Percy ? Vous le connaissiez ?

— Il se trouve que nous sommes cousins, répondit Mlle Fairchild en tripotant le petit pendentif qu'elle portait au cou.

La réponse parut satisfaire lady Pool, mais pas Margaret qui savait que c'était faux.

— Cousins ? répéta-t-elle d'un ton sceptique.

— Éloignés, s'empressa d'ajouter Mlle Fairchild.

— C'est surprenant, dit Margaret en souriant. M. Percy et moi sommes cousins issus de germains et je suis sûre qu'il n'a jamais mentionné d'autre cousine. Rhodi et moi sommes amis depuis l'enfance, et lui non plus n'a jamais…

— C'est un cousinage très, très éloigné... Et si vous ignoriez que M. Percy et moi nous connaissions, c'est normal, puisqu'il est resté longtemps loin du pays de Galles.

— Pas assez longtemps, jeta sèchement lady Pool.

La réplique parut choquer Mlle Fairchild.

— Je suis sûre qu'en Angleterre il a pu passer pour un véritable gentleman car il est très doué pour feindre, déclara Margaret. Mais, dans ce pays, il n'est pas du tout le bienvenu.

— Margaret ! protesta lady Pool. Vous parlez de son cousin !

— Oh... si Mlle Fairchild connaît Owen Percy, cela ne peut pas la surprendre.

Greta rougit.

— Depuis combien de temps avez-vous dit que vous connaissiez le prince ? demanda-t-elle à Margaret pour changer de sujet.

— Depuis toujours. Nos pères ont servi ensemble dans la marine. Rhodrick et moi nous connaissons depuis la nursery.

— Alors, vous avez dû connaître sa femme.

— Bien sûr.

— Vous vous êtes montrée très bonne amie, Margaret, quand Eira est morte, intervint lady Pool.

— J'ai fait ce que toute amie aurait fait.

— La femme du prince est morte en couches, expliqua lady Pool à Greta. Il en était très épris. Son décès lui a brisé le cœur.

— C'est la raison pour laquelle, à mon avis, il ne s'est pas remarié, dit Margaret. Penser à une autre lui est impossible.

— Si je puis me permettre... combien de temps ont-ils été mariés ? questionna Greta.

— Trois ans. Pas plus, répondit Margaret tristement.

— Et il ne s'est pas remarié ?

— Oh, non, répliqua Margaret en songeant au temps durant lequel Rhodrick s'était cloîtré dans son château, seul avec son deuil.

— Et que pensez-vous de lady Freemont ? s'enquit lady Pool. Elle est veuve depuis peu et vit seule dans cette énorme et vieille bâtisse de Llandrindod Wells.

— Il refusera même d'y réfléchir, affirma Margaret. Dieu sait que j'ai essayé, et sa sœur Nell aussi.

— Nell, nous la connaissons bien. Une femme ravissante et charmante, commenta lady Pool avec un sourire ému.

— Comme moi, elle s'est efforcée de trouver une compagne à son frère, mais il ne supporte pas l'idée de repasser par là.

— Excusez-nous, mademoiselle Fairchild, déclara lady Pool. Nous parlions de votre voyage de Londres à Llanmair en compagnie de M. Percy.

— Oh, je ne crois pas qu'il y ait autre chose à en dire…

— Combien de temps comptez-vous rester à Llanmair ? demanda lady Pool.

Mlle Fairchild sourit et croisa les mains sur ses genoux.

— En fait… je désire rester à Llanmair jusqu'à ce que j'aie la possibilité de visiter Kendrick.

Margaret faillit bondir de son fauteuil.

— Kendrick !

— Oui. C'est tout près d'ici, j'ai aperçu la maison de loin. Elle m'a paru très belle. J'aimerais beaucoup y faire un tour.

— Oh, non, protesta Margaret. Kendrick n'est qu'une vieille bâtisse abandonnée. Il n'y a rien à y voir.

— Vous êtes sûre ? Pourtant…

— Je suis tout à fait sûre, coupa Margaret. Il n'y a absolument rien à voir là-bas.

Elle jeta un regard anxieux à la porte. Si Rhodrick entendait parler de Kendrick…

— Je vous en prie, croyez-moi sur parole. Rien de bon n'est jamais arrivé à Kendrick. Il est préférable que cette maison demeure fermée.

Mlle Fairchild sembla sur le point de protester, mais la porte s'ouvrit et les hommes rejoignirent les dames. Margaret remarqua qu'à peine entré, Rhodrick cherchait Greta Fairchild des yeux et, tout en écoutant ce que disait lord Pool, ne la lâchait plus.

Et souriait.

Dès qu'il y eut une pause dans la conversation, il demanda :

— Mademoiselle Fairchild, nous feriez-vous l'honneur de jouer du piano-forte ?

Mlle Fairchild blêmit.

— Oh, monsieur, je joue très mal.

— Vous êtes trop modeste. Je vous ai entendue, vous jouez magnifiquement. Jouez-nous quelque chose, je vous en prie. J'ai fait transporter le piano-forte dans ce salon avec l'espoir que vous accepteriez.

— Oh, oui, s'il vous plaît, mademoiselle Fairchild, insista lady Pool.

La jeune femme jeta un regard inquiet sur l'instrument, hésita une seconde puis, avec un sourire timide, alla s'asseoir sur le tabouret.

Tandis qu'elle commençait à jouer – magnifiquement, en effet – Margaret observa Rhodi. Parfaitement immobile, il paraissait subjugué par sa jeune invitée.

Comme ses doigts exécutaient un morceau de Haendel, Greta réfléchissait. Elle cherchait un moyen d'enfreindre l'interdit et d'aller à Kendrick. Elle avait l'impression qu'une corde invisible l'y attirait. Plus on lui répétait que la maison était fermée, qu'il n'y avait rien à voir là-bas, plus elle sentait que sa mère l'y appelait.

Elle irait le lendemain, décida-t-elle, s'il faisait beau. À pied, si nécessaire, puisque les routes étaient à peu près sèches.

Une heure plus tard, les Awbrey et les Pool firent leurs adieux. Greta les accompagna dans le vestibule et leur souhaita une bonne nuit. Le petit groupe sortit sur le perron. Greta s'apprêtait à se retirer quand le prince la retint fermement par le coude.

— Pas encore, marmonna-t-il.

Avec un soupir, elle se laissa entraîner dans la cour. Un sourire forcé sur les lèvres, elle agita la main alors que les valets portant de grosses lanternes couraient devant la voiture pour la guider vers la route. Et ce ne fut que lorsque le portail se fut refermé que le prince la lâcha.

Elle fit demi-tour et rentra dans le château, son geôlier sur les talons. Les valets refermèrent les lourdes portes et s'éclipsèrent. Le prince alluma un bougeoir et le tendit à Greta.

— Merci, dit-elle.

Leurs doigts se frôlèrent, contact furtif qui déclencha en elle un émoi étrange, et très malvenu. Elle leva les yeux malgré elle et buta sur le regard sombre et la balafre du prince. Le souvenir de leur étreinte revint l'assaillir. Pourquoi, mon Dieu ? Elle l'ignorait, et cela l'exaspérait.

Il se détourna légèrement et sa cicatrice disparut.

— Êtes-vous satisfait ? demanda-t-elle abruptement. Me voilà définitivement perdue de réputation.

La honte incendia ses joues. Elle n'était pas près d'oublier les regards réprobateurs de Mme Awbrey et de lady Pool, lesquels avaient viré à l'accusation muette quand elle avait sottement prétendu être la cousine d'Owen Percy. Ava avait raison, elle était une menteuse déplorable.

— J'imagine ce que vos amis doivent penser et dire de moi, à l'heure actuelle. Les circonstances de mon voyage sonnaient absurdes même à mes oreilles. Vous avez réussi à faire de moi la risée du pays de Galles.

— Ce n'était pas mon intention.

— Alors pourquoi, au nom du Ciel, m'avez-vous obligée à assister à ce dîner ? s'écria-t-elle. À quoi vous attendiez-vous ? Pensiez-vous que personne ne s'étonnerait de voir une femme célibataire vivre sous le toit d'un célibataire qui ne lui est pas apparenté ? Je sais quelle opinion vous avez de moi, monsieur, mais je ne comprends pas pourquoi vous avez insisté...

— Parce que j'avais perdu la tête ! jeta-t-il. Parce que je ne peux plus compter sur mon jugement pour m'aider à déterminer si vous mentez, si vous me trompez, si vous voulez me dépouiller de quatre mille livres, ou bien si vous êtes la femme la plus naïve que j'aie jamais rencontrée et qui mérite ma pitié. Voilà pourquoi !

Elle rit amèrement.

— Je ne veux ni vos quatre mille livres ni votre pitié, monsieur. Si le prix à payer pour récupérer ce qui m'appartient est la ruine de ma réputation, alors gardez l'argent, car il importe peu qu'une femme puisse se nourrir ou avoir un toit au-dessus de la tête : la seule chose qui compte, c'est sa vertu, ou du moins ce qu'en dit l'opinion.

Sur ce, elle voulut s'éloigner, mais il la retint et l'obligea à lui faire face.

— Je n'ai pas nui à votre vertu, mademoiselle Fairchild. Vous l'avez fait toute seule à l'instant où, après la mort de votre Mme Smithington, vous êtes montée dans la même voiture qu'Owen Percy.

— Oui, admit-elle en refoulant des larmes de frustration. C'est effectivement le moment où tout a basculé. Encore eût-il fallu que j'aie sous la main une boule de cristal pour le savoir !

Il la lâcha.

Elle avait hâte de s'éloigner et d'être seule mais, en même temps, elle éprouvait à l'égard du prince une curiosité mêlée d'exaspération.

— Il vous est facile de me juger. Vous ne vous êtes sans doute jamais retrouvé piégé dans un bourbier avec aucune issue honorable accessible. Vous avez toujours agi à la perfection, n'est-ce pas ?

— De quoi parlez-vous, au nom de Dieu ?

— De votre mariage, monsieur ! Une union parfaite avec une femme ravissante ! Même dans ce domaine délicat, vous n'avez pas commis d'erreur.

L'expression du prince s'assombrit. Visiblement, elle avait touché un point sensible.

— Oui, mademoiselle Fairchild, j'ai eu une femme. Je croyais que vous le saviez.

Il avait l'air d'avoir les nerfs à vif. Si Greta avait eu tout son bon sens, elle n'aurait pas insisté et l'aurait prié de pardonner son indiscrétion. Mais la situation était telle qu'aucune des vieilles règles ne semblait plus pouvoir s'appliquer.

— Oui, je le savais. Mais j'ignorais que vous l'aimiez autant.

Il blêmit et s'écarta brusquement, une main sur la nuque comme s'il avait reçu un coup.

— Pourquoi dites-vous cela ? Londres vous a blasée au point de ne pouvoir aimer, ni même concevoir que d'autres y parviennent ?

— Non, bien sûr, dit-elle, même si elle ne savait que penser.

Car il était vrai qu'elle n'avait jamais aimé. Mais pourquoi savoir que lui avait aimé et été aimé la troublait-il à ce point ?

— Ce n'est pas ce que l'on attend d'un ravisseur, voilà tout, ajouta-t-elle.

— Vous n'êtes pas ma prisonnière, lui rappela-t-il avec véhémence.

— Franchement, vous ne me paraissiez pas être le genre d'homme capable d'aimer. Pas même son épouse.

Il pivota si brusquement qu'elle se pétrifia. La prenant par le bras, il l'obligea à reculer contre le mur.

— Vous êtes jeune, Greta Fairchild, si jeune que vous ne pouvez pas comprendre quel trésor j'ai reçu et perdu. Vous pensez que je n'éprouve pas tous les désirs humains ? Vous pensez que je n'éprouve pas le plaisir d'être avec une femme ? L'excitation ? La séduction ? La passion qui unit l'homme et la femme ?

— Je... je... balbutia-t-elle tandis que le regard du prince s'attardait sur ses lèvres.

— Que voulez-vous savoir d'autre ? Comment nous faisions l'amour ? Si j'ai mis les mains sur ses seins nus ? Ou ma tête entre ses cuisses ? Quoi d'autre ?

— Elle... vous manque ? balbutia Greta.

Le regard du prince la transperça.

— Pourquoi une telle curiosité, mademoiselle Fairchild ? Parlons plutôt de vous. Avez-vous jamais aimé ? Éprouvé du désir ?

Greta se sentit prise d'une sorte de vertige, et le bougeoir qu'elle tenait toujours pesa soudain très lourd. Le prince dut le remarquer, car il le lui reprit et le posa sur la console, avant de la presser contre le mur.

— Dites-moi, Greta, murmura-t-il, avez-vous déjà aimé ?

Elle garda le silence, mais ne put s'empêcher de fixer les lèvres humides du prince.

— Était-ce de l'amour que vous éprouviez lorsque je vous ai surprise, vautrée sur mon canapé dans les bras d'Owen Percy ?

— Non.

Vérité pure. Personne ne lui avait fait sentir le grand chamboulement qui lui mettait l'âme à l'envers en cet instant. Le prince s'inclina, et son souffle chaud caressa la joue de Greta tandis que son regard l'incendiait.

— C'est parce que mon cousin ignorait qu'une femme comme vous ne se cueille pas sans quelques efforts de séduction.

Greta s'apprêtait à protester qu'elle était au-dessus de toute manœuvre de séduction, quand il s'empara de sa bouche dans un baiser brûlant, lui relevant le menton afin de l'approfondir.

Elle ne put retenir un gémissement étouffé tandis qu'il pressait son corps contre le sien.

Greta sentit le feu embraser son ventre, sa poitrine, sa gorge, et eut très envie de déchirer son corsage pour s'exposer à l'air libre. Voyons ! Fallait-il qu'elle soit devenue folle ! se morigéna-t-elle. Pourtant, elle ne fit rien pour repousser le prince et, au contraire, se blottit contre lui.

Une main se posa sur sa poitrine, s'introduisit dans le décolleté et libéra un sein. Il en saisit l'extrémité entre le pouce et l'index, le titilla. Poussant un petit cri, Greta jeta un regard éperdu autour d'elle.

— Que...

Il ne la laissa pas terminer : d'une seule main autour de sa taille, il la souleva et l'emmena dans un renfoncement. Il la reposa sur le sol, captura le sein libéré dans sa bouche et le lécha d'une langue fébrile. Appuyant la tête sur la pierre froide, elle ouvrit les yeux et découvrit que le grand miroir du vestibule reflétait la scène. Elle pouvait voir la tête brune qui se pressait sur ses seins et les grandes mains qui la pétrissaient. Un éclair de désir la traversa.

Haletante et oppressée, elle ferma les yeux, sans s'apercevoir que, les doigts plongés dans les cheveux du prince, elle lui maintenait la tête sur son sein. Toute pensée abolie, elle n'était plus que sensations, celles de la pression de ce corps ferme, l'aspiration de cette bouche sur son sein et du frottement de la barbe naissante sur sa peau – ce qui, chose incroyable, avivait son désir.

Sa tête oscilla contre le mur, une soif ardente montait en elle. Sans trop savoir ce qu'elle faisait, Greta releva une jambe et cala le pied sur le mur.

Sentant une main remonter le long de son mollet, elle se dit qu'elle devrait protester, prier le prince d'arrêter cette folie, mais sa voix se déroba. La main glissa jusqu'au genou et elle frémit. Le prince lâcha son sein et, relevant la tête, s'empara de nouveau de sa bouche.

Sans interrompre son baiser, il retroussa la robe dont il coinça le tissu entre eux, laissant le corps de la jeune femme exposé.

Il enfouit son visage dans son cou, en embrassa la chair tendre puis l'oreille, tandis que des doigts furtifs s'ébattaient sur l'intérieur de la cuisse de Greta, si légèrement qu'elle ne put retenir un frisson.

— Oh, gémit-elle comme un doigt s'immisçait dans sa chaleur humide.

Ce n'était pas possible. Et pourtant, si ! Et la sensation était extraordinaire. Écartant la tête, elle se concentra sur la main qui s'activait et l'affolante vague de plaisir qui grandissait en elle. Lorsque les doigts s'introduisirent plus profondément dans ses plis intimes, elle enfonça les ongles dans les épaules du prince et gémit de volupté.

— Dieu…

Il accrut la pression et le rythme de ses caresses tout en buvant à sa peau. Ses doigts se firent fébriles. Des spasmes secouèrent Greta.

Il la caressait, la poussant tête la première dans un lac de plaisir stupéfiant, et il n'était plus question de lui demander de s'arrêter. Son corps se pressait impérativement contre cette main experte.

Les doigts dansaient autour du bouton de rose puis glissaient à l'intérieur et ressortaient, alors que la bouche avide du prince se déplaçait sur sa peau, sur sa joue, ses lèvres, ses paupières, semant l'incendie partout. Quand il inclina de nouveau la tête jusqu'à sa poitrine découverte, le pouls de Greta battait tant qu'elle craignit que son cœur n'en supporte pas davantage.

Il releva la tête, prit le lobe de son oreille dans sa bouche tandis que sa main s'activait frénétiquement.

— Laissez-vous aller, murmura-t-il d'une voix haletante.

Elle se sentit sur le point de basculer. Rouvrant les yeux, elle se vit dans le grand miroir. L'image était provocante : le dos du prince, sa tête contre la sienne, sa main entre ses cuisses.

Avec un sanglot, elle ferma les paupières et s'abandonna aux spasmes de plaisir. La vie parut déserter son corps, laissant une coquille vide et faible.

Il l'incita à baisser la jambe. Épuisée, Greta faillit s'écrouler. Le prince la maintint, le temps qu'elle recouvre son équilibre, et lissa sa robe.

Le brouillard de volupté se dissipant, elle réalisait peu à peu ce qu'elle avait fait. Ou laissé faire. Ce qui pour une femme était la même chose, non ?

Il la regardait, le souffle court lui aussi. Mais, dans ses yeux, elle perçut quelque chose qui la surprit.

Elle s'était attendue à y voir une expression de triomphe, de mépris peut-être, au moins de désinvolture. Ce qu'elle vit était tout à fait inattendu. Le regard du prince était chaleureux et plein de… quelque chose. D'espoir ?

Quel que soit ce sentiment, il lui donnait un air de vulnérabilité dont elle l'aurait cru incapable.

Cédant à une impulsion, elle effleura la cicatrice qui barrait sa joue. Il frémit comme si elle l'avait piqué et écarta sa main.

Sans mot dire et encore vacillante, elle se déplaça prudemment vers la console et reprit le bougeoir. Aucun mot n'aurait pu décrire la myriade d'émotions qui l'emplissaient en cet instant. Elle se sentait nauséeuse et prise de vertige. Qu'avait-elle fait ? Quelle folie s'était emparée d'elle ? Était-il possible qu'elle éprouve un tel désir – et, ô ironie, de l'affection et de l'estime – à l'égard de cet homme ?

— Greta, murmura-t-il.

Honteuse, elle baissa les yeux.

— Je ne comprends pas ce qui nous est arrivé, dit-elle. Je ne comprends pas ce qui m'arrive.

— Moi non plus.

Elle le dévisagea.

— Je voudrais vous haïr… mais je ne peux pas.

Il posa une main sur la joue de Greta :

— Vous êtes très belle.

Le ton tendre, presque révérencieux, la troubla.

— Je ne... Je suis incapable de réfléchir. Je ne sais pas ce que je fais, dit-elle en se détournant de peur de sombrer dans le lac vert des yeux du prince.

Elle sentit son regard s'attacher à elle tandis qu'elle s'éloignait. Peu importait qu'il ait l'air vulnérable, viril ou princier, elle avait laissé son geôlier faire ce qu'elle n'avait accordé à personne jusqu'à présent.

Que lui était-il arrivé ? Tout bon sens l'avait-il désertée ?

Et où diable se trouvaient Ava et Phoebe, quand elle avait tant besoin d'elles ?

18

À Londres, Phoebe drapait d'un échantillon de soie le mannequin qu'Ava lui avait donné pour son anniversaire, lorsque Lucille Pennebacker, la sœur de lord Downey, entra dans la pièce et tendit une missive.

— On dirait que votre cousine n'est pas morte, finalement, annonça-t-elle.

— C'est de Greta ? s'exclama joyeusement Phoebe, qui n'avait pas eu de nouvelles depuis plus d'un mois. Elle écrit sûrement pour annoncer son retour.

Elle fit sauter le cachet et déplia la feuille. Son sourire fit place à une expression de désarroi.

— Ô mon Dieu ! s'écria-t-elle.

Elle chercha de quoi envoyer un mot à Ava, laquelle ne devait rentrer de la campagne que deux semaines plus tard, avec tant de hâte qu'elle se piqua le doigt sur des ciseaux, marcha sur un pan du tissu et renversa le mannequin.

Dire qu'elle avait supplié Ava de ne pas se sauver à Broderick Abbey ! Mais Ava avait-elle jamais écouté ses conseils ? Grands dieux, non !

Rhodrick dormit à peine cette nuit-là et, quand le sommeil vint enfin, il rêva qu'il était auprès de Greta, que son visage était intact et que les sourires de la jeune femme lui étaient destinés. Puis, soudain, Greta se transforma en Alice Bronwyn, la femme aux cheveux bruns qui le hantait, celle pour laquelle il avait pris Greta le premier soir. Il rêva que la jeune fille lui faisait signe d'entrer dans Kendrick, mais qu'il refusait parce qu'il savait ce qu'il y trouverait.

Il était six heures lorsqu'il se réveilla, trempé de sueur. Posant les pieds sur le sol glacé, il se massa le genou. Il avait pensé qu'Alice Bronwyn était sortie de sa vie, car il n'avait pas rêvé d'elle depuis deux ans, sinon trois. Mais voilà qu'elle réapparaissait, ranimant ses vieilles craintes de frôler la folie.

Il s'habilla et, à six heures et demie, il traversait la cour des écuries. Le palefrenier de service dormait profondément, aussi Rhodrick sella son cheval lui-même.

— Est-ce que vous parlez anglais ? demanda Greta à un palefrenier quelques heures plus tard.

— *Aye,* fit l'homme de façon fort peu convaincante.

— Je voudrais un cheval, dit-elle en pointant le doigt sur elle puis sur un cheval qu'on étrillait un peu plus loin.

L'homme opina du chef et disparut dans l'écurie. Cinq minutes plus tard, il en ressortait avec une jolie jument sur laquelle était fixée une selle d'amazone.

— Oh, merci ! s'écria Greta en souriant.

Il hocha de nouveau la tête et jeta les rênes sur l'encolure de l'animal, puis il mit ses mains en coupe afin que Greta y prenne appui. Elle agrippa le pommeau et se hissa sur la selle.

Sortir du domaine après des jours de réclusion à cause des intempéries lui procura une vive impression de liberté. Son seul problème à présent était de trouver Kendrick. Elle l'avait aperçu du sommet de la colline située derrière le château, le jour où le prince l'avait ramenée en plein orage. Eh bien, le plus simple était de remonter sur cette colline et de scruter les alentours.

Une heure s'écoula avant que Greta et sa jument parviennent au sommet de la colline, parce qu'elle ne put retrouver la piste et que la jument dut se frayer un chemin à travers des rochers. Des buses et des milans tournaient dans le ciel, attendant certainement que la cavalière et sa monture s'égarent et meurent afin de festoyer. Elles leur firent la mauvaise surprise de retrouver le sentier étroit qui menait au sommet.

Arrivée presque en haut, Greta s'arrêta et regarda autour d'elle. À sa grande déception, elle ne put voir la maison blanche de ses rêves. Pourtant, elle était sûrement là. Elle la revoyait très clairement, de même qu'elle se souvenait parfaitement de cet horrible après-midi où elle avait failli périr, écrasée sous un arbre. Se serait-elle trompée de sentier ? Elle redescendit un peu, tourna à droite, à gauche, mais un quart d'heure s'écoula encore avant qu'elle s'aperçoive qu'elle ne pouvait pas voir Llanmair non plus. Elle en conclut qu'elle se tenait du mauvais côté de la colline et par conséquent examinait une autre vallée.

— Tu as sûrement peur de ne plus revoir ton picotin, Molly, dit-elle en caressant l'encolure de sa monture, mais je te donne ma parole d'honneur que je saurai te ramener à l'écurie. Supporte-moi seulement encore un peu, acheva-t-elle en poussant l'animal vers le sommet de la colline.

Molly... Se sentant obligée de lui donner un nom, Greta avait choisi celui-là et tentait d'y habituer la jument.

Enfin parvenue au sommet, elle eut la vue qu'elle cherchait : sur sa droite, Llanmair, grand, imposant, à environ huit kilomètres ; sur sa gauche, Kendrick à seulement deux kilomètres à vol d'oiseau. Satisfaite, la jeune femme poussa Molly dans la pente.

Elles durent se frayer un chemin à travers des éboulis et un bois épais jusqu'à ce qu'elles atteignent une route, ou plus exactement les vestiges de ce qui avait été une route. Greta dut progresser lentement, en repoussant de la main les branches d'arbres qui n'avaient pas été taillées depuis une éternité. Elle en perdit même son chapeau. Soudain la route se dégagea, et elle put enfin voir le mur de pierre qui entourait le parc et le toit d'ardoise de la maison.

Le mur lui-même semblait intact, sauf à un endroit qui pouvait être facilement réparé.

L'idée de réparer quelque chose surprit Greta.

Jusqu'à cet instant, son but avait seulement été de voir la maison dont elle rêvait régulièrement, la maison dans laquelle sa mère avait probablement passé son enfance, et d'en apprendre un peu plus, si c'était possible, sur ses origines. Mais, se dit-elle soudain, lorsqu'elle serait riche de quatre mille livres, pourquoi ne louerait-elle pas et ne réparerait-elle pas Kendrick ?

— Louer ce domaine ? s'écria-t-elle tout haut. Pour quoi faire, dis-le-moi. Qu'en penses-tu, Molly ? Suis-je folle au point de m'imaginer vivre à Kendrick, toute seule, en vieille fille à demi ruinée ?

La question la fit rire.

Quand elle atteignit le portail, un nouveau problème se posa : il était fermé.

— Quel ennui…

Elle se laissa glisser à terre, attendit une seconde que le sang circule à nouveau dans ses jambes et alla secouer les battants en bois.

Ce qui ne leur fit aucun effet.

— Non ! fulmina Greta en poussant de toutes ses forces. Je n'ai pas fait tout ce chemin pour buter sur…

Le vieux portail céda en gémissant, mais la végétation exubérante ne permit que de l'entrebâiller. Elle devrait laisser Molly derrière elle.

Elle prit les rênes, obligea la jument à renoncer aux herbes dont elle se régalait et la tira vers un endroit encore plus appétissant, à l'ombre d'un arbre auquel elle l'attacha.

Cela fait, Greta regarda le portail entrouvert. Son cœur battit plus fort, d'un mélange de hâte et de crainte. Jamais elle n'avait autant désiré voir une maison, et en même temps elle ne pouvait oublier les mises en garde qu'on lui avait réitérées.

— Rien de bon n'est jamais arrivé là... avait dit Margaret, qui lui avait pourtant fait l'effet d'une femme raisonnable.

C'est ridicule, songea-t-elle. La maison est déserte.

En tout cas, elle l'espérait.

Elle inspira à fond et se glissa par l'interstice, si étroit que sa robe accrocha quelque chose et se déchira légèrement. De l'autre côté, un mur d'herbes et de broussailles lui arrivait jusqu'à la taille.

La pelouse n'était qu'une forêt vierge, mais Greta n'y prêta pas attention. La maison était dans un état de délabrement et ressemblait peu à celle de ses rêves. Les murs n'étaient plus blancs, mais d'un gris sale. Les vitres de deux fenêtres étaient brisées et la porte d'entrée béait. Néanmoins, c'était la maison dont elle avait rêvé, et la seule chose qui manquait était la silhouette de sa mère sur le seuil, faisant demi-tour et disparaissant à l'intérieur avant que sa fille ait pu la rejoindre.

Greta avait toujours pris cette maison pour un produit de son imagination. Comment se faisait-il qu'elle en rêve si régulièrement ? Mme Bowen avait peut-être raison en suggérant que sa mère avait pu l'y amener alors qu'elle n'était qu'une toute petite fille.

Ses pieds se mirent en mouvement de leur propre initiative et elle se retrouva en train de se frayer un chemin dans les herbes hautes. Tout en marchant, elle prit note mentalement des dégâts : les cheminées à moitié effondrées, les carreaux brisés, les pierres qui s'effritaient, les trous dans le toit. Fallait-il déduire quelque chose du fait que les deux maisons liées à son passé, celle-ci et celle de son oncle à Bredwardine, n'étaient plus habitées ? C'était un peu comme si son patrimoine – ou ce qu'elle en percevait – n'existait que dans sa mémoire défaillante.

Elle monta sur le perron et, la main serrée sur sa cravache, passa la tête par la porte, effrayée de ce qu'elle allait voir. Et ne vit rien, en dehors des innombrables feuilles mortes éparpillées sur le sol du vestibule. Aussi fit-elle appel à tout son courage pour mettre un pied devant l'autre, et entrer.

Elle s'arrêta pour regarder autour d'elle. Kendrick avait été une belle demeure, à en juger par les dalles de marbre et au papier qui pendait, à moitié décollé, des murs. Sur le plafond, une fresque représentait un ciel bleu et des nuages vaporeux. Le courant d'air que laissait passer la porte faisait tinter les gouttes de cristal d'un énorme lustre.

Il faudrait tout nettoyer, se surprit à penser Greta. La tâche n'était pas insurmontable.

Le cœur battant, elle traversa le vestibule et pénétra dans une grande salle tout aussi vide, à l'exception de son papier peint décollé et de ses rideaux mités. Allant de pièce en pièce, elle avisa de grandes cheminées en marbre, des fenêtres qui donnaient sur un petit lac et des lustres encrassés. Aucune n'était meublée, les parquets étaient ternis et couverts de poussière. Deux ou trois couches de cire les feraient revivre, elle en était sûre. Dans l'une des pièces, des rayonnages recouvraient les murs du plafond au sol. Greta en déduisit que c'était la bibliothèque et que les livres n'avaient pas manqué. La salle à manger était de taille à accueillir deux douzaines de convives. La cuisine et l'office auraient pu contenir le rez-de-chaussée d'une maison confortable.

Au premier étage, des chambres solennelles se succédaient, et le seul signe que des êtres humains y avaient vécu était les carrés plus clairs sur les murs, indiquant l'emplacement des tableaux. Fait étonnant, chaque pièce avait une vue exceptionnelle – des collines escarpées, le lac, des forêts si denses qu'on pensait pouvoir les découper au couteau.

Elle trouva la nursery et imagina sa mère enfant, telle que Mme Bowen s'en souvenait. Elle localisa aussi ce qui devait être la chambre des parents, à côté d'un petit salon aux murs de couleur chaude dont les rideaux n'étaient pas trop déchirés.

Au second étage, entre une chambre et un salon, une porte refusa de s'ouvrir. Greta eut beau tirer et pousser, rien n'y fit. Elle apporterait de quoi forcer la serrure lorsqu'elle reviendrait, décida-t-elle. Car elle reviendrait, et plusieurs fois. Elle examinerait chaque centimètre carré de la maison où sa mère avait vécu. Elle la nettoierait de ses mains.

Après avoir visité la demeure, elle sortit sur une terrasse qui donnait sur les jardins. Les rosiers étaient devenus sauvages et leurs longues branches nues dansaient dans la brise. On distinguait à peine le tracé des allées dans la pelouse envahie par les herbes. Comme il se faisait tard, Greta renonça à explorer le parc et contourna la maison afin de rejoindre Molly.

C'est alors qu'elle aperçut le cottage à côté d'un grand portail, sans doute celui de l'entrée principale, et le ruban de fumée qui s'échappait de la cheminée.

Kendrick n'était donc pas complètement abandonné.

Greta se dirigea vers la petite maison. Elle dut escalader la clôture car, s'il y avait une porte, elle aussi était enfouie sous la végétation. Elle s'arrêtait de l'autre côté pour libérer sa robe d'une aspérité, quand elle entendit une brindille craquer derrière elle. Avant qu'elle ait pu se retourner, un petit objet rond et froid se plaquait sur son dos.

Un fusil ! Dieu du ciel, elle allait mourir…

Une voix masculine, rude et hargneuse, prononça quelques mots en gallois. Comme l'effarement l'empêchait de répondre, l'arme s'enfonça un peu plus dans ses reins.

— Je vous en prie, monsieur, je ne parle pas gallois ! s'écria-t-elle.

La pression du canon s'atténua légèrement.

— Eh bé, pourquoi vous le disiez pas ? Bon, retournez-vous. Allez, retournez-vous !

Greta pivota lentement, les doigts serrés sur sa cravache, prête à l'utiliser. L'homme semblait avoir son âge. Ses traits, quoique réguliers, étaient tirés. Ses cheveux blonds étaient emmêlés, sa barbe avait deux ou trois jours et ses yeux verts rappelaient ceux du prince.

Plus important, ce n'était pas un fusil qu'il tenait, mais la tige métallique qu'on utilise pour suspendre une bouilloire au-dessus du feu.

— Qui êtes-vous ? demanda-t-il en l'examinant de la tête aux pieds.

— Greta Fairchild. Et vous ?

Il sourit, et une lueur amusée éclaira ses yeux.

— Ah, vous avez peur de rien, pas vrai ? Moi, c'est Madoc Jones, dit-il en se pliant en deux avec un geste emphatique du bras. Enchanté de faire votre connaissance, mam'selle Fairchild. C'est bien « mam'selle », non ? s'enquit-il en jetant un coup d'œil à la main de la jeune fille. Oui, pour être enchanté, je le suis… mais vous devriez pas être là, acheva-t-il d'un ton sévère.

— Pourquoi ?

Madoc Jones écarquilla les yeux de surprise.

— Parce que ! C'est une propriété privée et elle a été fermée sur ordre du prince.

— Pourquoi le prince fait-il ça ?

— Pourquoi un prince fait quelque chose, à votre avis ? Parce qu'il est prince, voilà tout, répliqua-t-il.

Bon. Je ne sais pas d'où vous venez, mais vous devez vous en retourner. Allez-vous-en... Adieu... Bonne journée.

— Vous êtes le gardien ?

Il rit.

— Je suis plutôt le pensionnaire. J'habite là, dit-il en désignant le cottage. Et, en échange, je dois avoir un œil sur la propriété. Personne n'entre, et ça, mam'selle, ça vous concerne aussi.

— Ce sont les ordres du prince ?

— Mmm, fit-il avec un hochement de tête énergique.

— Mais ma mère est née ici, protesta Greta en croisant les bras. Elle est morte quand j'étais très jeune et je ne l'ai jamais vraiment connue. Cette maison est tout ce qu'il me reste d'elle.

— Vous allez me faire pleurer ! ricana M. Jones en la prenant par le coude. Eh bien, allez raconter cette belle histoire au prince.

— Monsieur Jones ! cria-t-elle tandis qu'il l'entraînait vers le portail proche de son cottage. J'ai fait un long voyage pour voir cette maison, vous pouvez sûrement me laisser jeter un coup d'œil !

— Un long voyage depuis l'Angleterre, vu votre accent !

— Oui ! De Londres !

Il s'arrêta.

— De si loin ?

— Alors, vous allez me laisser jeter un coup d'œil ? demanda Greta qui sentait la victoire proche.

— Non ! Je peux pas ! Vous devez en parler au prince.

— Le prince ! s'écria-t-elle avec colère. Vous aussi, il vous garde prisonnier ici ?

— Prisonnier ? s'esclaffa M. Jones. C'est le contraire, mam'selle. Moi, ça me plaît de vivre seul, dans cette propriété abandonnée.

— Ne me taquinez pas ! gronda-t-elle avec véhémence. Vous n'avez pas idée de ce que j'endure !

— Je suis sûr que je peux pas même pas l'imaginer, admit-il. Mais vous devez l'endurer ailleurs.

— Bon, d'accord, concéda Greta, exaspérée. Mais laissez-moi au moins sortir par l'autre porte. Mon cheval m'attend là-bas.

— L'autre porte ?

Il émit un long sifflement.

— Eh bé ! Je me rappelle même pas quand elle a été ouverte pour la dernière fois. Vous êtes une fille obstinée, pas vrai ?

Il la fit pivoter et l'entraîna vers l'autre sortie.

— Je suis épaté ! Une délicate petite chose comme vous, ouvrir ce vieux portail vermoulu !

Elle n'était ni délicate ni particulièrement forte. Mais elle était déterminée. Et elle reviendrait.

19

Le soleil déclinant jetait de longues ombres sur ce qui restait de la route, la rendant encore plus difficile à suivre. Greta se demandait si elle n'avait pas raté le sentier menant au sommet de la colline. Un gémissement lui échappa lorsqu'elle tomba sur un ruisseau, car elle n'en avait traversé aucun à l'aller. Ce qui signifiait qu'elle s'était perdue.

Elle arrêta Molly et sauta à terre. Tandis que la jument se désaltérait, Greta examina les alentours. Hélas, rien n'indiquait comment rejoindre le sentier !

Elle était fatiguée, affamée et agacée car, plus elle pensait à Kendrick, plus elle s'indignait de l'état de délabrement dans lequel le prince laissait cette belle maison. Agrippant les rênes de Molly, elle entreprit de traverser le ruisseau en marchant sur les pierres qui affleuraient.

Entreprise audacieuse. Elle glissa, ses bottes se remplirent d'eau glacée, et le bas de sa robe fut imbibé.

— Zut, zut et zut !

Elle tira sur les rênes. Molly et elle parvinrent de l'autre côté du ruisseau où ses jolies bottes, achetées à Bond Street, gargouillèrent à chaque pas.

La jeune fille et la jument marchèrent durant des heures, escaladèrent des rochers, dérapèrent sur des pentes raides, contournèrent des buissons inextricables, se retrouvèrent face à d'autres collines. Comme Greta dévalait une pente un peu trop rapidement à son goût, elle tenta de freiner en agrippant un tronc et, ce faisant, déchira son gant et s'écorcha la paume.

C'est à ce moment-là que Molly émit un petit hennissement et tourna la tête sur sa droite, les oreilles pointées. Greta se figea et écouta. Quelqu'un approchait à travers bois. N'importe quel autre jour, elle aurait pris peur, mais elle était si fatiguée, affamée et exaspérée qu'elle contourna Molly et, les mains sur les hanches, scruta le sous-bois.

— Qui va là ? cria-t-elle.

Elle faillit s'évanouir de soulagement lorsque deux gros chiens apparurent et vinrent la renifler gentiment.

Le prince les suivait de peu. Il avait dû travailler quelque part – ses bottes et sa culotte étaient boueuses. Greta était si heureuse de voir quelqu'un qu'elle eut du mal à se retenir de courir le serrer dans ses bras.

Il immobilisa son cheval et souleva son chapeau, comme s'ils se rencontraient lors d'une promenade à Hyde Park.

— Mademoiselle Fairchild.

— Monsieur, fit-elle avec une brève révérence. J'aimerais bien savoir pourquoi, au pays de Galles, il n'y a ni route bien tracée ni panneau de signalisation !

Il sourit.

— Les forêts qui entourent Llanmair sont plutôt grandes. Nos ancêtres aimaient les laisser sans signalisation afin que les Vikings et, plus tard, les Anglais ne trouvent pas leurs sanctuaires et leurs trésors. Mais je peux vous rassurer, il y a quand même beaucoup de routes et de panneaux au pays de Galles, acheva-t-il en sautant à terre.

— Nous sommes très loin de Llanmair ? s'inquiéta-t-elle.

Il secoua la tête tout en la regardant. Elle s'aperçut qu'elle avait perdu son chapeau et que la splendide tenue d'amazone que lui avait faite Phoebe était sale, sinon fichue. Le tissu était déchiré à au moins deux endroits.

— Près de deux kilomètres, répondit-il.

Remarquant sa main blessée, il voulut l'examiner et avança si brusquement vers Greta qu'elle recula et heurta la jument, laquelle protesta en la repoussant de la tête.

— Arrête, Molly.

— Molly ?

— Je… Il fallait bien que je lui donne un nom, marmonna-t-elle en regardant le sang séché qui souillait sa paume et son poignet. Ce n'est pas aussi grave que ça en a l'air.

Il lui adressa un regard désapprobateur et lui prit la main pour l'examiner de plus près.

— Hmm, fit-il en sortant un mouchoir de sa poche. Dites-moi, vous essayiez de quitter Llanmair ? demanda-t-il en essuyant doucement la paume blessée.

Greta lui jeta un coup d'œil, mais ne put croiser son regard. Son instinct lui conseilla de ne pas parler de Kendrick.

— Non, non. Je voulais seulement respirer un peu d'air frais.

— Vous êtes allée bien loin pour respirer un peu d'air frais. Je pensais que peut-être, après hier soir…

Sentant ses joues s'embraser, elle baissa les yeux.

— Non, murmura-t-elle.

Comme il effleurait la plaie, elle ne put retenir un petit soupir. Elle leva les yeux et put, cette fois-ci, croiser le regard du prince. Un regard sombre, mais si incroyablement tendre qu'elle en resta muette. Elle eut la très nette impression qu'il s'inquiétait sincèrement pour elle. Et qu'il ne voulait pas qu'elle quitte Llanmair.

Et, découvrit-elle avec désarroi, elle-même n'aurait pu s'en aller aussi aisément ce jour-ci qu'une semaine auparavant.

— Greta ? Je vous fais mal ?

Que Dieu lui vienne en aide, la façon dont il prononçait son nom la rendait faible. Heureusement, son estomac affamé répondit par un grondement pressant.

Il sourit – de ce sourire charmant qui la surprenait toujours, tant il paraissait incongru chez cet homme à l'allure intimidante. L'estomac de Greta s'exprimant à nouveau, il sourit de plus belle et noua son mouchoir autour de la main blessée.

— Il y a donc deux créatures affamées ici, dit-il en prenant les rênes de Molly. Je vous ramène à Llanmair ?

— Oui, merci.

Il caressa les naseaux de Molly puis, des deux mains il prit la taille de Greta.

Elle pensa qu'il allait l'embrasser. Et le souhaita follement.

Au lieu de quoi, pinçant les lèvres, il souleva la jeune fille et la jucha sur la selle. Mais, avant de s'écarter, il laissa sa main glisser de sa hanche à son genou. Puis il monta sur son cheval et le poussa en avant. Molly n'étant pas idiote, elle s'élança à sa suite dans un grand bruissement de feuilles.

À leur arrivée, Rhodrick constata avec satisfaction qu'aucun membre de son personnel n'écarquillait les yeux devant l'aspect de Greta. Et elle, en femme fière, se comporta comme si tout était normal. Le menton pointé en avant, la nuque rigide et le dos droit, elle entra dans le château en ignorant les gargouillis de ses bottes et l'état de ses cheveux et de ses vêtements.

— Merci, dit-elle dans le vestibule. Je suis sûre que j'aurais fini par retrouver mon chemin, mais cela m'aurait pris au moins une semaine.

Il sourit.

Elle aussi. Puis elle tourna les talons et grimpa l'escalier, accompagnée du glouglou narquois de ses bottes.

Rhodrick demanda à Mme Bowen de préparer un bain chaud pour la jeune fille et de lui apporter quelques-unes des plantes médicinales de Mme Jernigan pour l'écorchure de sa main. Il ne supportait pas l'idée qu'elle ne puisse plus jouer du piano-forte. C'était peu probable, bien sûr, mais mieux valait être prudent.

Il se retira dans son cabinet de travail avec Caïn et Abel, dans l'idée de travailler jusqu'au dîner. Mais chaque craquement, chaque bruit du vieux château lui faisait relever la tête avec l'espoir de voir surgir la jeune femme.

Où était-elle allée ? Était-elle partie avec l'intention de se sauver et s'était-elle perdue ? Ou bien souhaitait-elle prendre l'air comme elle le disait ? Partir à cheval dans une forêt touffue « pour respirer un peu d'air frais » paraissait bizarre.

Était-il possible qu'elle ait retrouvé Percy quelque part ?

Non, c'était ridicule. Aujourd'hui, Percy était à des kilomètres de Llanmair. Vraiment ? Il avait parié que son cousin serait trop content de prendre l'argent et de filer, mais peut-être Greta et lui avaient-ils mis au point un autre plan.

Bon sang, cette obsession qu'il avait développée pour cette fille était insupportable ! Pourtant, il ne pouvait plus nier qu'elle l'attirait follement.

En même temps, il n'avait aucune illusion sur ses chances de la posséder un jour.

D'abord, elle aussi était peut-être un escroc. Et si elle n'était que l'une de ces donzelles que l'on appelait « débutantes », ce n'était pas mieux. Elle parlait avec tant d'entrain des soirées et autres événements mondains auxquels elle avait assisté, qu'il était clair qu'elle ne survivrait pas dans ce coin perdu du pays de Galles.

Une femme comme Greta devait vivre à Londres. Elle était spirituelle, belle et vive. Il ne pouvait l'imaginer supportant l'existence austère d'une châtelaine galloise.

En plus, il était trop vieux pour elle, de dix ans au moins, et plutôt laid. Il n'était pas non plus particulièrement affable. Bref, il n'était pas un bon parti pour une femme habituée aux lumières et aux jeunes gens de Londres.

Il se détestait d'être si faible – mon Dieu, dire que cette femme ne se rendait même pas compte de son pouvoir de séduction… Un sourire, un éclat de rire suffisait pour le faire succomber à son charme et se comporter comme un sauvage. Un sauvage et un imbécile, puisqu'il ne pouvait espérer qu'elle lui accorde son amitié, encore moins son amour.

En même temps, il sentait s'installer en lui la peur de son départ et du vide qui s'ensuivrait forcément. Greta Fairchild avait apporté quelque chose de frais à ce vieux château, qui retomberait dans la mélancolie et l'ennui.

Il tenta de travailler, sans succès : les doutes sur ce qu'elle avait fait durant la journée continuaient à tourner dans sa tête. Il finit par renoncer et alla se changer pour le souper.

Il émergea de sa chambre une demi-heure plus tard, lavé et changé, et se dirigea vers la salle à manger. Ce qui le fit passer devant le jardin d'hiver.

Greta était là, la tête penchée, la plume courant avec vivacité sur le vélin que tenait sa main bandée.

Il hésitait à l'interrompre lorsqu'elle soupira et leva les yeux.

— Monsieur ! s'exclama-t-elle en se dressant.

Rhodrick regarda la lettre qu'elle avait repoussée précipitamment derrière quelques-uns des livres qu'elle lui avait empruntés.

— J'écrivais à mes cousines, expliqua-t-elle avec un sourire forcé. Je leur écris tous les jours.

Ce qui rappela à Rhodrick que les fameuses cousines avaient dû recevoir la première lettre, à présent. L'idée qu'il allait recevoir un jour ou l'autre confirmation de l'identité de Mlle Fairchild, et par conséquent de son départ imminent, l'accabla.

— Comment va votre main ? demanda-t-il.

— Très bien. Mme Bowen a tenu à la nettoyer et à la bander correctement. Je lui ai assuré que cela n'en valait pas la peine, mais elle s'est donné le mal de faire préparer un onguent par Mme Jernigan.

— Cela vous aidera à cicatriser plus vite. Je n'aimerais pas que le monde soit privé de vos talents musicaux.

— Le monde ne perdrait pas grand-chose, dit-elle avec un sourire gracieux en contournant la table.

Sa robe soulignait sa silhouette fine, et sa teinte claire offrait un contraste plaisant avec ses cheveux noirs et ses yeux bleus. Quelle que soit la couleur de ce tissu aérien, la jeune fille était très belle, une véritable princesse. Mais curieusement, cette allure lui fit penser à l'image moins princière – et très provocante – qu'elle lui avait offerte la veille au soir dans le vestibule.

Il serra les mains dans son dos.

— Vous semblez remise de votre expédition.

— Oui. C'est fou le bien que procure un bain chaud.

Et maintenant, aux premières images de Greta qu'il tentait de chasser de sa tête, s'ajouterait celle de la jeune femme en train de prendre un bain !

— La prochaine fois que vous irez prendre l'air, pensez à emporter un peu de nourriture pour Molly et vous, suggéra-t-il d'un ton narquois.

Elle haussa les épaules.

— Molly en sera très heureuse, c'est sûr. Mais j'insiste, monsieur, puisque vous êtes le prince de cette région, vous devez vraiment faire construire des routes.

— Une route vers nulle part ne vaut pas ce que cela coûterait.

— Mais comment peut-on savoir qu'elle ne mène nulle part si on ne la trouve même pas ?

La logique le fit sourire.

— C'était cela, votre destination aujourd'hui ? Nulle part ?

Elle sourit à son tour.

— J'étais sortie prendre l'air. Comme je vous l'ai dit.

— Il y a de l'air frais tout près de Llanmair, en particulier dans les jardins. Ou, si vous préférez, sur la route de Rhayader. La forêt est trop dense pour que l'air y pénètre abondamment.

— Vous ne me croyez pas, remarqua-t-elle en riant.

— Non, effectivement, admit-il. Venez, allons souper.

— Volontiers, dit-elle en prenant le bras qu'il lui offrait. Je meurs de faim.

— Et votre lettre ?

— Je la finirai plus tard.

Elle n'avait pas exagéré en disant mourir de faim. Rhodrick la regarda avec amusement dévorer tout ce qu'on lui servait. À la fin du repas, elle avait oublié son maintien de dame et s'appuyait sur le dossier de sa chaise, un bras sur le ventre, souriant comme un chaton repu.

— Ma parole, je n'ai jamais dîné aussi bien que ce soir. Comment appelez-vous le premier plat ?

— *Caws pobi*. Des toasts au fromage, un grand classique de la cuisine galloise. Nous en avons eu l'autre soir, rappelez-vous.

— Oui, je me souviens. C'était délicieux.

Il inclina la tête. Le valet ôta leurs assiettes tandis qu'Ifan complétait leurs verres de vin.

Greta prit une gorgée, puis jeta un regard au maître de maison.

— Me permettez-vous, monsieur ? J'aimerais apporter quelques modifications à mon salon.

Il fut surpris. Désirerait-elle procéder à des modifications si elle avait hâte de regagner Londres ?

— Pourquoi ? demanda-t-il avec suspicion.

— Parce qu'il est plutôt… triste. Tout est gris et ou brun. Un peu de couleur l'égaierait. Mme Bowen m'a dit qu'il y avait de grands morceaux de tissu dans les débarras… Je ne suis pas près de partir. Avec la pluie que nous avons eue, la lettre que j'attends n'arrivera pas avant plusieurs semaines.

Ce changement d'attitude était troublant. D'abord elle s'absentait toute la journée, ensuite elle écrivait une lettre, la lui cachait et avouait en écrire tous les jours, et maintenant elle faisait mine de vouloir s'installer.

— Mme Bowen pensait que cela ne vous gênerait pas, car il y a des mètres et des mètres de tissu inutilisé.

— Nous pourrions y jeter un œil, suggéra-t-il alors qu'Ifan lui servait un verre de porto.

— Splendide ! s'écria-t-elle. Il est temps que vous descendiez de votre tour d'ivoire. Le salon vert aussi pourrait devenir une pièce très agréable, avec un peu de couleur et des fauteuils confortables.

Ignorant quel était le salon vert, il lui adressa un regard vide.

— Le salon vert, insista-t-elle. Vert comme votre… votre gilet, acheva-t-elle en rougissant.

— Le salon vert, répéta-t-il en cherchant dans sa tête de quelle pièce elle parlait.

Elle le dévisagea avec surprise.

— Le salon vert. Nous devrions y jeter un œil aussi.

— Très bien.

— Merveilleux ! s'exclama-t-elle. Retrouvez-moi dans le salon vert lorsque vous aurez fini votre porto.

Il fit oui de la tête.

— Alors, je vous prie de m'excuser.

Comme elle se levait, le valet se hâta d'écarter sa chaise. Rhodrick suivit des yeux la silhouette élégante qui s'éloignait et admira sa démarche.

Il attendit que la porte soit refermée pour se tourner vers Ifan.

— Qu'est-ce que le salon vert ?

— L'antichambre de la nursery devant le salon de madame, monsieur.

— Merci, marmonna Rhodrick.

20

Un quart d'heure plus tard, Rhodrick se tenait adossé à la porte du salon vert, les sourcils froncés de concentration. Jamais il n'aurait cru se retrouver en train de discuter de l'aménagement d'une pièce, et pourtant il était là et contemplait le mobilier, un grand canapé, une console et une lampe, en se demandant ce qui manquait.

— Ici, il faudrait deux canapés, l'un en face de l'autre pour inciter à la conversation, décréta Greta en indiquant les emplacements souhaités.

— Bien sûr, fit-il comme si cela lui semblait évident.

— Et permettez-moi, monsieur, mais cette couleur est sinistre. Beaucoup trop sombre et terne. Vous n'êtes pas d'accord ?

— Je…

— Et, vraiment, la cheminée ne convient pas. Personne n'aime avoir des gargouilles sous les yeux tout en causant des dernières nouvelles de la ville.

— En fait, je pense que ce sont des faucons, précisa-t-il en la rejoignant pour examiner la cheminée. Mais, en ce qui concerne ce qu'aiment voir les gens tandis qu'ils causent des dernières nouvelles de la ville, j'avoue mon ignorance. De grâce, informez-moi.

Elle lui adressa un regard en coin.

— Ne me taquinez pas. Je suis tout à fait sérieuse.

— Moi aussi.

— Eh bien, n'importe quoi peut convenir sauf d'horribles gargouilles.

— Il ne suffirait pas de regarder ailleurs ?

— Ô mon Dieu… Vous n'avez guère l'habitude des conversations de salon, on dirait ?

— C'est vrai, admit Rhodrick.

— Eh bien, mettons-nous en situation. Imaginons que je sois assise ici, et vous là. Pour commencer, je vous interrogerais sur votre vie. Mais, comme je vous soupçonnerais de ne pas être parfaitement franc, il me faudrait faire preuve d'une grande habileté pour vous extraire le moindre renseignement fiable.

— Tout en regardant ou en évitant de regarder les faucons ? s'étonna-t-il.

— Tout en vous regardant, bien sûr, rectifia-t-elle avec un sourire amusé.

Le regard de Rhodrick passa de la cheminée à la jeune femme. Il était sur un terrain dangereux, il le savait.

— On essaie ?

— Oui ! s'écria-t-elle. Je commence. Cher lord Radnor, je vois que vous vivez seul dans ce grand château. Qui reste-t-il de votre famille ?

— C'est tout ce que vous voulez savoir ? Je m'attendais à des questions plus personnelles, plus révélatrices, telles que l'importance de ma fortune ou l'endroit où je cache la clef du coffre.

— En venir là aussi vite, ce serait impoli. Je ne pourrais m'enquérir de votre fortune qu'une fois la conversation bien avancée. Bon, commençons. Je tiens de source sûre que vous avez une famille – au moins une sœur. C'est vrai ?

— Oui, admit-il avec un sourire. Mes parents, comme vous avez dû le découvrir, sont morts. Ma sœur, lady Wilbarger, habite Cardiff.

Elle hocha la tête et le considéra avec l'air d'attendre la suite.

— Et ? fit-elle comme il gardait le silence.

— Et ? répéta-t-il.

— Vous voyez souvent votre sœur ?

— Non. Deux fois par an, environ.

Nell aimait la vie à Cardiff et, comme Mlle Fairchild, trouvait Llanmair froid et ennuyeux. Y avoir vécu enfant lui suffisait.

— Vous avez des cousins ? Des tantes, des oncles ?

— Une tante. Deux cousins. Et le fils d'un cousin décédé, que vous connaissez bien.

— C'est tout ? Personne d'autre ?

L'insistance de Greta le fit rire.

— Je suis certain d'avoir nommé tout le monde.

— Des enfants ?

— Non, répondit-il et, comme chaque fois qu'il pensait à sa petite fille décédée, son cœur se serra. À mon tour, maintenant. Où êtes-vous allée aujourd'hui ?

Le sourire de Greta s'élargit.

— Pour la troisième fois, je vous confirme que je suis allée respirer un peu. J'ai essayé de retrouver le chemin sur lequel vous m'avez emmenée un jour, au sommet de la colline, mais n'ayant aucun sens de l'orientation, je n'y suis pas arrivée.

Il ne la crut pas. Greta cligna des yeux et porta une main à sa gorge, jouant avec son pendentif.

Non, il ne la croyait pas. Il ne croyait pas qu'elle ait passé une journée entière à errer dans la forêt. Elle était forcément tombée à un moment ou un autre sur un cottage, ou même sur Kendrick, mais pourquoi ne le disait-elle pas ? se demanda-t-il en songeant qu'Owen Percy n'était peut-être pas étranger à l'affaire.

— À moi, décréta-t-elle. Mme Bowen m'a dit que vous logiez gratuitement M. et Mme Jernigan.

Il devrait prier la gouvernante de parler moins librement.

— Mme Jernigan est une respectable guérisseuse. Son mari et elle se sont retrouvés sans maison, à la suite d'un mauvais placement de leurs économies.

— Oui, mais vous leur avez donné un cottage sur votre domaine sans contrepartie aucune.

— Et alors ? s'écria-t-il, gêné de cette intrusion dans ce qu'il considérait comme une affaire privée. Ils sont âgés et hors d'état de travailler. Les loger n'a aucune influence sur l'équilibre des comptes de Llanmair. Que l'on trouve cela digne d'être noté, je ne peux l'imaginer.

Greta sourit.

— Moi, je trouve cela digne d'être noté. Apparemment, vous avez caché une certaine propension à la générosité.

— Je vous assure que non, protesta-t-il.

Il désigna l'unique canapé, et tous deux allèrent s'y asseoir.

— Je crois que c'est mon tour, dit-il, troublé par la proximité du corps gracieux de la jeune fille. Pourquoi n'êtes-vous pas mariée ?

Elle lâcha un petit cri de surprise.

— Je suis franc, mademoiselle Fairchild, reprit-il. Une jeune femme aussi belle que vous et qui fréquente assidûment les salons mondains de Londres aurait dû récolter déjà quelques propositions.

La remarque la fit rire de bon cœur.

— J'en ai eu deux, si vous tenez à le savoir, mais je n'avais pas le genre de sentiments qu'à mon avis on doit éprouver envers son futur époux. Pourquoi cette question ?

— Parce que je trouve bizarre qu'une ravissante jeune personne, parente d'un marquis fortuné, fasse tout ce voyage pour quatre mille livres.

— Ce n'est pas une petite somme !

— Pour une débutante appartenant à l'élite mondaine d'Angleterre, cette somme ne vaut pas tous ces efforts. Un beau parti vous aurait rendue beaucoup plus riche.

— Êtes-vous en train de me conseiller un mariage d'argent, monsieur ? s'enquit-elle avec un sourire narquois.

— Voyons, mademoiselle Fairchild, n'est-ce pas le cas de la plupart des mariages de la bonne société ?

— Du vôtre aussi ?

— Je vous demande pardon. C'est mon tour.

Elle leva les yeux au ciel d'un air excédé.

— Est-il inconcevable qu'une femme, quelle que soit sa situation, veuille récupérer ce qui lui appartient ? Est-il anormal qu'elle veuille vivre sans dépendre de parents qu'elle connaît plus ou moins bien ?

— Dans ce qu'on appelle le monde, oui.

— Et que connaissez-vous du monde ?

— J'en connais au moins autant que vous, affirma-t-il. Lorsque vous en étiez encore à courir avec un filet à papillons, je suivais chaque séance du Parlement dans l'espoir de faire un peu de bien au pays de Galles. J'ai passé quatre saisons là-bas, et durant deux de ses saisons, je servais de cavalier à ma sœur. Je me crois au courant des usages du monde autant que des souhaits, avoués ou non, des femmes.

Greta émit un petit reniflement de mépris.

— Et moi, je pense que vous ne comprenez rien aux femmes.

À cette déclaration, Rhodrick éclata de rire.

— Je vous demande pardon, dit-il devant l'air surpris de Greta, mais je n'aurais jamais l'audace de prétendre le contraire. Je sais deux ou trois choses, certes, mais sans les comprendre.

— Eh bien, si vous compreniez les femmes, vous sauriez qu'elles désirent prendre soin d'elles-mêmes, et d'une façon plus concrète que la société et la loi le permettent. Il est odieux qu'on les prive de la possibilité d'hériter ou de posséder un bien, sauf si celui-ci leur revient par une succession de décès.

Il se rendit compte qu'elle parlait très sérieusement.

— Si vous me disiez quel est votre problème, je pourrais peut-être vous aider.

— Je parle simplement au nom de toutes les femmes opprimées par les hommes depuis des siècles, déclara-t-elle avec véhémence. Elles sont traitées comme ces fleurs, précisa-t-elle en désignant le tissu du canapé. Comme de délicates petites fleurs, cultivées en serre avant d'être mises dans de charmants petits vases, au lieu de pousser en pleine nature afin d'être capables d'affronter les intempéries.

Rhodrick regarda le tissu qu'elle désignait. Qu'il soit pendu s'il pouvait distinguer des fleurs dans ce dessin compliqué !

— Vous voyez comme elles sont délicates ?

Il fronça les sourcils et scruta le tissu. Quand il leva les yeux, il croisa le regard de Greta.

— Vous ne les voyez pas, n'est-ce pas ? murmura-t-elle. Vous ne voyez pas les petites fleurs blanches sur ce tissu beige.

Devant son silence et son expression d'impuissance, elle reprit :

— Vous ne pouvez pas distinguer les couleurs. Mais oui, bien sûr, sinon pourquoi appelleriez-vous salon rouge une pièce qui est couleur pêche ?

— Très bien, soupira-t-il. Je souffre d'une… d'une déficience visuelle. C'est-à-dire que j'ai peine à distinguer certaines couleurs les unes des autres.

— Lesquelles ? demanda-t-elle, curieuse.

— Le rouge et le vert, surtout. Les couleurs en général m'apparaissent ternes, estompées, aussi je les confonds souvent.

— Lesquelles pouvez-vous voir ?

Il contempla Greta, ses yeux bleus, ses cheveux noirs et sa peau rosée.

— Le bleu, répondit-il en sentant son cœur s'émouvoir stupidement. Je peux voir les nuances les plus profondes de bleu.

Les lèvres de Greta s'entrouvrirent.

— Et le noir, poursuivit-il en tendant la main vers ses cheveux. Je peux distinguer le noir de la nuit et celui, plus soyeux, de certains cheveux.

Il baissa les yeux sur ses lèvres humides.

— Je peux voir la teinte foncée de vos lèvres sur le blanc crémeux de votre peau, murmura-t-il en soulevant son menton pour lui caresser la lèvre inférieure du pouce. Mais je pense qu'avant de vous connaître, je n'avais jamais vu de vraie couleur. Et maintenant… je vois en vous toutes les couleurs de l'arc-en-ciel, et je ne comprends pas que cela ait échappé aux gentlemen qui ont eu la chance de vous rencontrer.

Greta eut soudain du mal à respirer. Son regard se promena sur le visage du prince, du front à l'ombre de sa barbe. Puis revint à ses yeux, ces pauvres yeux souffrants, privés de l'enchantement que dispensaient les milliers de couleurs qu'offrait le monde. Sauf celles qu'il imaginait chez elle.

Lorsqu'il prit le poignet de sa main bandée, il s'attendit qu'elle le repousse. Au lieu de quoi, elle se pencha vers lui, battit des paupières et, saisissant sa main, en appuya la paume sur sa joue.

Il l'attira à lui, ferma les yeux, effleurant ses cheveux et humant son parfum frais.

— Pardonnez-moi, chuchota-t-il. Feindre que je ne vous désire pas follement ne m'est plus possible.

Il sentit son souffle sur sa peau quand elle enfouit le visage dans son cou et le goûta du bout des lèvres. Ce contact furtif le fit frissonner et il resserra son étreinte.

— À moi non plus, murmura-t-elle.

Était-ce une promesse ? Il n'osa l'espérer.

— Greta, dit-il d'une voix enrouée. Je ne peux pas mentir… je vous veux.

Il souleva son visage pour l'embrasser.

— Je ne sais que faire de vous, je ne sais que croire. Mais vous m'avez ensorcelé au point que je ne supporte pas d'être auprès de vous sans vous toucher. Je veux vous aimer.

Greta répondit en s'accrochant à son cou et en l'embrassant avec ferveur.

Avec un râle de désir, il se renversa en l'attirant sur lui.

— Arrêtez-moi, souffla-t-il. Dites-moi non, sinon je vais vous ravir, je…

Elle l'interrompit d'un autre baiser.

Tout en la dévorant, Rhodrick caressa son cou, la courbe d'une épaule, le renflement des seins. Puis son dos, ses hanches et ses jambes. Elle avait un corps parfait, tendre et rond là où il le fallait.

Rhodrick la fit basculer sur le dos et se pencha sur elle.

— Que m'avez-vous fait, monsieur ? demanda Greta dans un soupir tremblant tandis qu'il embrassait sa gorge. Comment m'avez-vous persuadée d'oublier toute décence ?

Fermant les yeux, elle caressa les épaules larges du prince et, glissant les mains sous la veste, sa taille et ses côtes.

Poussé par la passion, Rhodrick n'était plus capable de se soucier de la décence.

— Ce n'était pas mon intention, répliqua-t-il.

Le désir de la sentir, de la toucher, de la goûter et d'être en elle le réveillait à la vie. Comme ses mains et sa bouche s'activaient sur le corps de la jeune fille, elle ramena sa tête au niveau de la sienne pour l'embrasser sauvagement.

— Je deviens folle, souffla-t-elle.

— Moi aussi, assura-t-il avant de s'emparcr à nouveau de sa bouche avec une telle avidité qu'il craignit de l'effrayer.

Elle gémit et se pressa contre son érection alors qu'il descendait les lèvres sur les monts du décolleté.

Glissant les mains dans le dos de Greta, il se débattit avec les boutons de la robe et, lorsque les seins furent libérés, il captura une extrémité dans sa bouche et la téta.

Les doigts plongés dans les cheveux de Rhodrick, elle se cambrait pour s'offrir.

Quand donc étaient-ils passés du mépris réciproque à ce désir partagé ? se demandait Rhodrick avec ce qui lui restait de conscience. Le gentleman en lui – le prince qu'il était – exigeait qu'il cesse immédiatement avant de compromettre la vertu de cette jeune fille.

Mais l'homme qu'il était ne pouvait s'arrêter.

Elle aussi semblait près du point de non-retour, à en juger par ses gémissements. Il se redressa soudain et la regarda dans les yeux. Ils étaient d'un bleu profond, ensorcelants.

— Qu'y a-t-il ? s'enquit-elle innocemment.

Sans la quitter des yeux, il se leva et alla verrouiller la porte. Greta se redressa sur un coude, les seins hors de la robe.

Puis, sans mot dire, il revint à elle et l'aida à se mettre debout.

Greta dégagea une épaule de la robe.

— Je suppose qu'il faut se défaire de ceci, non ?

— Permettez-moi, fit-il, la gorge nouée.

Écartant les mains de la jeune fille, il fit tomber la robe et la chemise sur ses hanches.

— Que vous êtes belle ! Au-delà des mots, ajouta-t-il avant de l'embrasser sur le ventre.

Greta émit un soupir tremblotant et prit appui sur la tête de Rhodrick tandis qu'il dessinait de la bouche une ligne depuis son ventre jusqu'au sommet des cuisses. Elle oscilla.

— Ah… Dieu ! souffla-t-il.

Il recula afin d'admirer son corps nu, dévorant des yeux le visage ravissant, les seins hauts et fermes, la plaine du ventre et le petit triangle de boucles.

— Vous êtes belle. Aussi belle que je le pensais.

Il se débarrassa de sa veste et de son gilet, pendant qu'elle dénouait la cravate et tirait la chemise hors du pantalon.

Craignant qu'elle ne le trouve répugnant, il se hâta de déboucler sa ceinture et prit la jeune fille dans ses bras, enfouissant le visage dans son cou. Il la fit se rallonger sur le canapé.

— Ne bougez pas. Laissez-moi vous aimer, dit-il avant de l'embrasser avec révérence.

Il l'installa sur ses genoux – elle était aussi légère qu'une plume. La chaleur de ce délicieux petit corps l'emplit d'une émotion presque insoutenable.

Ils pivotèrent, si bien que Greta se retrouva allongée sous lui, et il glissa sa main vers l'endroit le plus intime de la jeune fille.

— Oh… fit-elle.

La bouche de Rhodrick entreprit le même voyage, s'égarant au passage dans le creux du coude et à l'intérieur du poignet, avant de rejoindre sa main.

Bouleversée par le souffle chaud qui la caressait, Greta écarta les jambes. Quand elle sentit la langue du prince s'aventurer dans les plis secrets de son corps, elle ne put retenir un sursaut et un cri étranglé. Rhodrick plaqua une main sur sa hanche tout en procédant avec une lenteur délibérée. Lorsqu'il referma les lèvres sur le bouton érigé, Greta émit un sanglot sourd. Elle se tortilla comme pour échapper au plaisir, mais il la retint et continua à la téter jusqu'à ce qu'elle supplie :

— Je vous en prie, arrêtez…

Il se redressa et baissa son pantalon qui, vu son état, eut du mal à glisser. Tout en embrassant passionnément la jeune fille, il s'inséra entre ses cuisses et, se mordant les lèvres, marqua une pause.

Les yeux clos, elle haletait.

— Je n'imaginais pas sentir tout cela, chuchota-t-elle.

— Moi non plus, dit-il en s'introduisant légèrement.

Greta gémit. Sans cesser de la caresser, il la pénétra un peu plus profondément et s'immobilisa de nouveau, pour lui donner le temps de l'accepter. Une seconde plus tard, il buta sur l'hymen et songea, dans le brouillard de désir, qu'il en était heureux.

— Je vous veux désespérément, Greta… mais êtes-vous certaine de me vouloir ?

Elle ouvrit grands les yeux. Leur bleu semblait encore plus bleu, et il eut l'impression de plonger dans un lac.

— Oui.

Il soupira de bonheur et l'embrassa, avant de s'enfoncer en elle.

Elle n'émit qu'un petit gémissement. Mais, comme son corps s'ouvrait pour le recevoir, ses mains se plaquèrent sur les reins de Rhodrick qui prit garde de ne pas la malmener. Il se mouvait avec fluidité, observant les yeux de Greta à chaque assaut. Quand il accéléra le rythme, elle les ferma et sa tête roula de côté, ses cheveux recouvrant son visage. Mais son corps se mouvait avec le sien et ses hanches se soulevaient à sa rencontre.

Lorsque le plaisir explosa en lui, il rejeta la tête en arrière et émit un râle sauvage avant de s'effondrer sur elle, le visage dans son cou, le cœur battant très fort.

— Le cœur de mon prince, murmura-t-elle en pressant les mains sur sa poitrine.

La tendresse avec laquelle elle avait prononcé ces mots le mit au bord des larmes. Il l'étreignit, s'efforçant de graver ces instants dans sa mémoire.

Blottis l'un contre l'autre, ils s'endormirent.

Il faisait encore nuit quand Rhodrick se leva et s'habilla rapidement. Il trouva un plaid et en recouvrit Greta, qui gémit doucement et roula sur le côté. Repoussant ses cheveux, il lui caressa la joue et s'accroupit à côté d'elle pour l'embrasser.

Les paupières de Greta frémirent. Elle ouvrit les yeux et le regarda avec un sourire ensommeillé.

— Dormez, dit-il.

À la lueur de l'unique chandelle qui brûlait encore, Rhodrick remit un peu d'ordre dans la pièce, rassembla les braises du foyer, y ajouta une bûche et s'en alla sur la pointe des pieds. Avait-il commis la plus grosse erreur de sa vie, ou bien avait-il tout simplement ouvert une porte sur le bonheur ? Telle était la question qu'il se posait en traversant son château silencieux.

21

Greta se réveilla avant l'aube, seule, bien au chaud sous un plaid. Elle se redressa sur un coude et regarda autour d'elle. Ses vêtements étaient soigneusement pliés sur un fauteuil et le feu avait été ranimé. Mais elle était seule.

Elle se rallongea, un bras sur les yeux, et, avec un frisson d'excitation, elle se remémora chaque instant de la nuit.

Jamais elle ne s'était sentie aussi vivante ! Pas tant à cause de l'acte lui-même, lequel n'avait pas été très confortable – mais n'était-ce pas normal, la première fois ? –, qu'à cause de l'espèce de révérence avec laquelle il l'avait touchée, du soin qu'il avait pris de son plaisir, de sa crainte manifeste de la blesser, comme s'il tenait dans ses mains quelque chose de précieux et fragile, et à cause des mots tendres qu'il avait murmurés.

À cause aussi du plaisir intense qu'il avait visiblement éprouvé, ce dont Greta tirait un sentiment de puissance enivrant.

La béatitude la fit sourire.

Jusqu'à ce qu'elle réalise qu'elle avait laissé son jugement, d'habitude pondéré, perdre de son acuité sous la curiosité, l'excitation et… les sentiments ?

Des sentiments. Mais lesquels ? Ou lequel ? Serait-ce l'amour ? Décontenancée, Greta s'assit en s'enveloppant du plaid. Était-ce cela, ce fameux sentiment qui s'était dérobé à elle toutes ces années ? Lorsque ses amies prétendaient aimer ce gentleman-ci ou cet autre, éprouvaient-elles ce bouleversement intime ? Pourtant, ce qu'elle ressentait lui paraissait plus profond que ce qui faisait glousser sans fin les débutantes.

Ava éprouvait-elle la même chose pour le marquis de Middleton ? Et comment se faisait-il qu'elle-même soit en train de s'éprendre d'un homme beaucoup plus âgé qu'elle, vivant en reclus au fin fond du pays de Galles selon un style de vie très éloigné de celui qu'elle affectionnait ? Un homme dont elle ne savait pratiquement rien, et qu'elle avait d'abord connu sous un jour odieux.

Greta en avait le vertige.

Elle se mit debout, rassembla ses vêtements et, drapée du plaid, regagna sa chambre.

La chambre d'une épouse aimée, se rappela-t-elle comme elle y entrait. Cette idée la dégrisa. Le prince aimait-il toujours Eira ? Un homme pouvait-il aimer deux femmes avec autant de sincérité ?

— Arrête, se sermonna-t-elle en enfilant une chemise de nuit. Rien ne t'autorise à penser qu'il t'aime.

En l'absence d'une déclaration en bonne et due forme, elle ne pouvait lui attribuer de sentiment amoureux. Il avait fait ce que beaucoup de messieurs à Londres pratiquaient sans se soucier des conséquences. Pourquoi serait-il différent ? Après tout, elle séjournait sans chaperon sous son toit. Et, au lieu de protester, elle s'était livrée avec ardeur à ses caresses.

Son univers de petite jeune fille protégée avait explosé.

Mon Dieu, mon Dieu… En quelques semaines, elle avait laissé non pas un homme mais deux l'embrasser, avant de succomber à l'impensable.

Où donc se trouvaient Ava et Phoebe alors qu'elle avait tant besoin d'elles ? De leur affection, de leurs conseils, et aussi de leurs reproches ?

Greta finit par s'endormir, mais ce fut pour rêver de sa mère. Debout sur le seuil de Kendrick, elle lui faisait signe d'entrer puis, sans l'attendre, disparaissait à l'intérieur. Greta montait le perron et franchissait timidement le seuil. Dans la pénombre du vestibule, l'attendait non pas sa mère mais le prince, vêtu d'une cape noire et coiffé d'un chapeau de castor, l'air sombre et inquiétant.

Elle se réveilla en sueur.

Chères Ava et Phoebe,

J'espère que cette lettre vous trouvera en bonne santé. Moi, je vais très bien. J'ai constaté qu'il y a au pays de Galles des journées vraiment magnifiques, pas du tout aussi sinistres que je l'avais d'abord pensé. Aujourd'hui, il est tombé une fine couche de neige qui rend la forêt d'une beauté éblouissante.

Nous avons récemment dîné avec des amis du prince – M. et Mme Awbrey, et lord et lady Pool. Lady Pool qui, il y a quelques années, se rendait souvent à Londres, se demandait si elle n'avait pas connu lady Purnam. Elle n'en était pas absolument certaine mais, après avoir écouté ma description, elle en a été convaincue. Je n'imagine pas qu'on puisse rencontrer lady Purnam et l'oublier aussi facilement, même après des années.

Je ne sais vraiment pas pourquoi, mais une triste histoire m'est revenue en mémoire : celle de Mlle Bethany Randall. Vous rappelez-vous que la pauvre chérie a été l'objet d'un scandale épouvantable impliquant un célèbre débauché ? Pensez-vous que, si elle n'a pas su protéger sa vertu, c'est parce qu'elle se croyait amoureuse de lui ? Qu'est-il arrivé à Mlle Randall par la suite ?

J'entends des voix dans le couloir, aussi je m'arrête. Je vous en prie, faites part de mes sentiments amicaux à lord Middleton, et de mes sentiments respectueux à

Lucille et lord Downey. J'ai désespérément hâte d'avoir de vos nouvelles.

Affectueusement, G.

Elle cachetait la lettre lorsque Mme Bowen entra dans le jardin d'hiver, suivie de deux valets portant des pots d'hortensias qu'elle leur fit déposer sur le sol, de chaque côté de la table à écrire. Greta observa avec surprise la gouvernante, laquelle semblait éviter son regard.

— Qu'est-ce que c'est ?

— Sa Seigneurie a estimé que, comme il neige, mademoiselle serait contente d'avoir des fleurs à côté d'elle… Il les a choisies personnellement, précisa-t-elle avec un haussement de sourcils inhabituel chez cette femme placide.

— Elles sont splendides ! s'exclama Greta en examinant les touffes roses.

— C'est la première fois depuis au moins deux ans que Sa Seigneurie se rend dans la serre, révéla Mme Bowen, dont les sourcils restaient comme arrimés au bord de sa coiffe.

— Comme c'est aimable à lui !

Les valets sortirent. Greta aurait aimé interroger Mme Bowen : qu'avait-il dit ? Un message accompagnait-il ces fleurs ? Avait-il souri en les choisissant, ou en donnant ses ordres ? Mais elle eut la sagesse de se retenir. S'il y avait une chose qu'elle avait apprise à Londres, c'était que les domestiques aimaient à répandre les commérages.

— La main de mademoiselle va mieux ? demanda Mme Bowen en désignant son pansement.

— Oh, oui, dit Greta en bougeant les doigts. L'écorchure était peu profonde. Aujourd'hui, je l'ai à peine sentie. J'ai même écrit cette lettre sans y penser. Est-ce que quelqu'un pourra la poster ?

— Bien sûr.

Mme Bowen saisit la lettre, mais Greta la retint :

— Si je puis me permettre, madame Bowen, pourriez-vous me parler d'Alice Bronwyn ?

— Mlle Alice ? répéta la gouvernante d'un ton dubitatif. Je ne peux en dire plus que ce que j'ai déjà dit à mademoiselle…

— Vous ne pouvez rien me dire au sujet de son enfance ? Par exemple : quel genre de fillette elle était ? Vous ne vous rappelez pas quelque chose de particulier ?

— Eh bien, c'était une jolie petite fille. Avec de longs cheveux noirs et des yeux très bleus. Comme mademoiselle. Et très polie… Ah, je me rappelle qu'elle s'est perdue un jour.

— Perdue ?

— Mmm, fit la gouvernante en hochant la tête. Elle a échappé à sa nurse. Ils ont fouillé la maison et le parc de fond en comble. On a même demandé l'aide du père du prince et de ses hommes pour sonder la rivière.

— La rivière ?

— Oui. Ce n'était qu'une toute petite fille. Ils étaient presque sûrs qu'elle s'était sauvée jusqu'à la rivière et s'était noyée.

— Seigneur ! Eh bien, elle ne s'est pas noyée, manifestement.

— Si je me souviens bien, elle a raconté qu'elle avait suivi deux lapins dans les bois. Elle a réapparu toute seule plusieurs heures plus tard, couverte de boue, et lorsqu'on lui a demandé comment elle avait réussi à rentrer, elle a raconté quelque chose de très bizarre. Elle a dit qu'un vieil homme vêtu d'un manteau rouge l'avait aidée à retrouver son chemin.

— Un vieil homme en manteau rouge, répéta Greta. Qui était-ce, à votre avis ?

— Un esprit, bien sûr, répondit Mme Bowen comme si la chose était évidente. Il y avait à ce moment-là dans le vestibule un portrait de son grand-père avec la tunique rouge des soldats anglais. Elle a dit que c'était lui, mais le vieil homme était décédé depuis longtemps. C'est donc son esprit qui l'a ramenée à la maison.

— Un miracle, murmura Greta.

— Pour sûr, acquiesça Mme Bowen. Je ne me rappelle rien d'autre. Mademoiselle pourrait interroger Sa Seigneurie.

— Oui, fit Greta, songeuse. Oh, regardez, on dirait que la neige a cessé de tomber.

La gouvernante jeta un œil dehors.

— Oui. S'il n'y a rien d'autre pour le service de mademoiselle, je vais ajouter cette lettre aux autres tout de suite. Sa Seigneurie l'emportera demain en partant pour Rhayader.

— Je vous remercie.

De nouveau seule dans le jardin d'hiver, Greta prit le livre sur l'histoire du pays de Galles et se mit à lire le chapitre racontant la conversion des Gallois au méthodisme. Le feu déclinant, la pièce se refroidit et elle se recouvrit du plaid qu'elle avait rapporté de sa chambre.

Elle dut s'endormir, car ce fut le bruit du livre heurtant le sol qui la réveilla en sursaut. Se redressant, elle vit que le prince se tenait debout sur le seuil du jardin d'hiver, les mains dans le dos et les yeux fixés sur elle. Elle ne put retenir un sourire.

— Je ne voulais pas vous déranger, dit-il en lui rendant son sourire.

— La faute en revient au méthodisme, répliqua-t-elle en ramassant le livre. Non que je trouve cela ennuyeux. Pas du tout ! se hâta-t-elle de corriger. C'est très édifiant, et cela fait réfléchir.

— Je ne savais pas que vous aimiez l'histoire.

— L'histoire du pays de Galles est vraiment intéressante. Et, en outre, j'ai l'étrange impression de revenir chez moi.

Il soutint son regard. Elle put le voir déglutir.

— Merci pour les fleurs, monsieur, balbutia-t-elle.

— C'est pour égayer votre cabinet de travail. J'ignore de quelle couleur elles sont…

— Roses.

— Ah… Il fait plutôt froid ici, non ? demanda-t-il en faisant quelques pas dans la pièce.

— Cela ne me gêne pas, assura-t-elle en se levant. C'est revigorant.

— Eh bien, si vous n'avez pas peur du froid, je voudrais vous montrer quelque chose. Dehors. Pas loin.

— Je vais chercher ma cape, dit Greta.

Comme elle passait devant lui, elle lui sourit et perçut dans les yeux du prince la même émotion dont elle se sentait la proie.

22

Elle le retrouva dans le vestibule, accompagné de ses chiens et portant la même cape noire que dans son rêve et un chapeau de castor. Il l'aida à s'habiller chaudement et lui tendit une écharpe en laine.

— Pour votre gorge. Je ne voudrais pas que vous preniez froid, expliqua-t-il en jetant un œil à son cou gracile.

— Je vous remercie.

Elle enroula autour de son cou l'écharpe brune qui sentait l'eau de Cologne. Ne la trouvant pas suffisamment empaquetée, il y ajouta un bonnet doublé de fourrure et un manchon en renard pour les mains.

— Ils appartiennent à ma sœur, révéla-t-il. Cela lui serait égal que vous les portiez.

Un valet leur ouvrit la porte.

Le prince se retourna et tendit la main à Greta.

C'était un geste très simple, mais la jeune femme eut l'impression qu'elle l'avait attendu toute sa vie. Ils sortirent dans la cour où Caïn et Abel avaient déjà bondi.

Seul le cheval noir du prince les attendait.

— Où est Molly ? s'étonna-t-elle.

— Nous n'allons pas loin, mais il y a une pente très raide. Vous monterez avec moi… si cela ne vous ennuie pas, ajouta-t-il en lui jetant un regard en coin.

L'idée de monter à califourchon devant un homme aurait fait s'évanouir d'horreur une débutante. Heureusement, Greta avait passé ce stade.

— Comment s'appelle-t-il ? demanda-t-elle en regardant les énormes yeux noirs de l'animal.

— Cadfael. Cela veut dire le prince des batailles. Je vous aide ?

Elle se tourna vers lui. Il lui semblait qu'après avoir partagé une telle intimité, ils devraient pouvoir s'appeler par leur prénom.

— Et vous, quel est votre nom ? s'enquit-elle. Votre nom complet ?

La prenant par la taille, il la souleva et l'installa sur Cadfael.

— Rhodrick. Rhodrick William Glendower.

Rhodrick. Elle sourit. Le nom lui allait bien. Il se hissa derrière elle et saisit les rênes de la main gauche tout en maintenant de la main droite la jeune fille contre lui.

— Prête ? demanda-t-il.

Il ne put voir le sourire de Greta tandis qu'elle faisait oui de la tête.

Ils suivirent un sentier pentu, envahi par la végétation, que Cadfael grimpa sans effort apparent. Un vent glacial les accueillit sur la crête. Rhodrick enveloppa Greta d'un pan de sa cape.

Le contact délicieux du corps blotti contre le sien lui rappelait leur nuit. Il revoyait ses cheveux noirs d'encre sur sa peau crémeuse, ses lèvres sombres et humides, et les petites mers bleues de ses yeux dans l'univers gris auquel le condamnait sa mauvaise vue.

Comme, pour une raison qui lui avait échappé, elle bavardait sur les méthodistes, les conversions forcées ou volontaires, Rhodrick se rendit compte qu'il était soulagé. Toute la matinée, il avait redouté de lire le regret dans son regard – ou pire. Cela tenait du miracle. Dans aucun de ses rêves, pas même les plus fous, il n'avait espéré faire l'amour à une femme aussi belle, aussi vive, aussi gentille que Greta Fairchild. Et encore moins découvrir son sourire le lendemain matin.

Le chemin bifurqua et s'enfonça dans la forêt.

— À votre avis, qu'est-ce qu'ils voulaient en faire ? questionna Greta.

— Comment ?

— Les bibles en gallois. Qu'est-ce qu'ils voulaient en faire ?

— Qui ?

Greta éclata de rire et se retourna à moitié vers lui.

— Vous n'avez pas écouté un mot de ce que je disais ! Eh bien, je racontais que, lorsque la Bible a été traduite en gallois, les églises ont été dévalisées. Pourquoi, à votre avis ?

— C'est très simple. Les Gallois n'avaient aucune confiance dans les Anglais, et ils ont eu peur qu'on les leur reprenne. Nous en avons une à Llanmair. Mon ancêtre l'a prise à l'église de la paroisse et l'a rangée sous clef.

— Vous reconnaissez avec fierté un vol !

— Et vous, vous avez vécu trop longtemps en Angleterre. Vous vous fiez trop à eux.

Elle rit de nouveau et se réinstalla confortablement à l'abri de sa cape.

— Et vous avez la susceptibilité d'un homme d'un autre siècle.

— Je ne suis pas d'accord. J'ai la susceptibilité d'un homme qui a souvent eu affaire aux Anglais. Ils ne sont pas fiables.

— Peut-être que vous... Oh ! s'exclama-t-elle comme ils entraient dans une clairière au centre de laquelle des pierres étaient disposées en cercle.

Rhodrick sauta à terre et aida Greta à descendre. Elle courut vers la pierre la plus proche.

— Qu'est-ce que c'est ?

— Un lieu de culte druidique. Ou bien des tombes vikings. Les savants, qui sont venus étudier ce site, hésitent.

Greta s'accroupit pour examiner les marques gravées sur le flanc de la pierre. Puis, franchissant le cercle, elle gagna celle qui occupait le centre, plus grosse et taillée différemment.

— C'est merveilleux, Rhodrick, dit-elle en revenant auprès de lui, les joues rosies et les yeux brillants.

Entendre son prénom le combla de bonheur.

— Il y a autre chose.

— Où donc ?

Il la prit par le coude et l'entraîna dans la forêt jusqu'à une autre clairière, où se trouvaient un cottage et un abreuvoir pour chevaux.

— Qu'est-ce que c'est ? s'exclama Greta, ravie.

— J'ai construit de mes mains cette maisonnette il y a des années pour abriter les savants qui étaient venus examiner les ruines. Ensuite, je ne m'en suis plus occupé jusqu'à ce qu'un jour, au milieu d'un violent orage, j'aie dû m'y réfugier. J'ai trouvé l'endroit tranquille et… et voilà…

Il ouvrit la porte.

Greta lui jeta un regard intrigué, puis entra.

Durant un bref instant, Rhodrick paniqua. Cette maison, il l'avait construite tout seul, sous le regard indifférent de Cadfael, Caïn et Abel, et il n'y avait amené personne. C'était son sanctuaire. Allait-elle se moquer de lui ? Le trouver ridicule de chercher refuge dans une demeure aussi modeste alors qu'il disposait d'un énorme château ?

Il suivit Greta à l'intérieur. Caïn et Abel s'étaient déjà couchés côte à côte sur la paillasse qu'il leur avait installée, leurs langues roses pendant des bouches béantes. Greta regardait les tableaux accrochés aux murs, des peintures qu'il avait réalisées en secret et n'avait jamais montrées à quiconque.

Le mobilier se limitait à un fauteuil et une table en bois qu'il avait fabriquée de ses mains. À quoi s'ajoutaient un tapis élimé, un chandelier terni et son matériel de peinture.

Greta tourna sur elle-même, notant chaque détail, puis se dirigea vers la toile disposée sur le chevalet. Il avait voulu saisir la lumière du soir sur les monts Cambriens, mais, déçu du résultat, il n'y avait plus touché depuis des semaines. La jeune femme caressa du bout des doigts les montagnes.

Il regretta soudain de l'avoir amenée ici. D'avoir agi comme un gamin qui cherche à épater une fille. Comment se faisait-il qu'il ait cru pouvoir lui révéler sans risque son jardin secret ?

Elle se retourna et le regarda avec stupéfaction.

— C'est vous… c'est vous qui avez peint ces tableaux ?

Il hocha légèrement la tête, sans un mot.

— C'est magnifique… vraiment magnifique ! Mais pourquoi sont-ils là ? Vous avez tout Llanmair pour pratiquer votre art et exposer vos œuvres.

Il regarda autour de lui.

— Il y a des moments où j'ai envie de m'éloigner des signes extérieurs attachés à mon titre et des responsabilités. Il y a des moments où j'ai envie d'être libre de peindre loin du regard des domestiques ou des visiteurs éventuels. Et… et puis… je ne sais pas s'il y a de la couleur. Ni si c'est la bonne couleur.

Elle regarda de nouveau les tableaux accrochés aux murs et, quand elle pivota vers lui, elle affichait un grand sourire.

— Il y a de la couleur. Des couleurs vives, Rhodrick. Les montagnes sont jaunes, le ciel est bleu, les arbres sont rouges… et c'est splendide !

En cet instant, Rhodrick sut qu'il l'adorait, qu'il l'avait adorée avant même de la connaître. Il la prit dans ses bras et ce geste lui sembla naturel et parfait, comme s'il n'avait vécu que pour cela.

Il souleva son visage et le contempla – les yeux, bien sûr, puisqu'ils avaient la seule couleur qu'il voyait bien, le nez droit très légèrement retroussé, les lèvres pleines, les taches de rousseur dispersées sur le nez et les joues…

— Que voyez-vous ? s'enquit-elle.

— Je vois de la couleur, répliqua-t-il avant de s'incliner pour embrasser sa joue.

Puis un œil, et l'autre, et enfin l'arête du nez.

Greta pressa une main sur la joue de Rhodrick. Tournant la tête, il lui embrassa la paume. Le regard ému de la jeune fille le bouleversa. Il l'attira dans ses bras et s'empara de sa bouche.

Une seconde plus tard, la cape de Rhodrick et celle de Greta furent jetées à terre, matelas de fortune sur lequel ils s'allongèrent.

Les vestes volèrent dans la pièce, le gilet de Rhodrick suivit le même chemin, et les chemises. Greta souleva les hanches pour qu'il puisse faire glisser la jupe d'amazone. Lorsqu'elle fut nue, ils commencèrent par s'étreindre, tendrement, doucement, comme pour se rassurer avant de se livrer aux affres de la passion. Puis les lèvres de Rhodrick tracèrent un chemin humide de la gorge de Greta à son ventre, avec quelques petites pauses ici et là. Parvenu à l'entrejambe, il s'arrêta, et Greta eut l'impression que des flammes la consumaient.

Avec un sourire vorace, il souleva ses deux jambes, les plaça sur ses épaules et descendit sur sa chair gonflée de désir.

Alors, ce fut la tempête. Greta avançait par vagues vers l'assouvissement tandis que les mains de Rhodrick tenaient fermement ses fesses.

L'orgasme survint, violent, ouvrant un abîme vertigineux dans lequel elle sombra avec un râle de volupté.

Rhodrick se redressa, le temps d'ôter son pantalon.

— Vous me rendez fou de désir, dit-il en s'allongeant sur elle.

Il lui prit la main et la guida afin qu'elle le caresse, ce qu'elle apprit très vite à faire. Puis, écartant sa main, il roula sur le dos et hissa la jeune femme sur lui. Elle émit un cri de surprise. Ses longs cheveux tombèrent en rideau devant son visage et caressèrent la poitrine de Rhodrick.

Jamais avant cet instant Greta n'avait réalisé le pouvoir immense que détenaient les femmes. Les yeux de Rhodrick étaient emplis d'un désir sauvage qu'elle se savait en mesure d'attiser – d'un sourire, d'un geste de la main, d'un soupir. Sensation grisante. Elle se souleva de façon à engloutir le membre érigé.

Et la chevauchée s'ébranla sur un rythme frénétique. Rhodrick se soulevait à la rencontre de Greta dont les cheveux dansaient en mesure. Soudain, il la prit dans ses bras et la fit basculer sur le dos.

Enveloppée de ce grand corps, Greta se sentit plus féminine que jamais. Il glissa une main entre eux et se remit à la caresser tandis qu'il la martelait sans faiblir.

Cette fois-ci, ils atteignirent l'extase ensemble. Tendant les bras, Rhodrick se retint d'écraser la jeune femme.

Il écarta ses cheveux et ils se contemplèrent en silence. Jamais Greta ne s'était sentie aussi vivante.

Rhodrick l'embrassa, puis posa une paume sur son sein.

— Vous avez froid.

— Non, j'ai même plutôt chaud.

— Nous devrions rentrer avant qu'il ne fasse nuit, suggéra-t-il en se dégageant.

Il la recouvrit de sa cape avant de s'habiller, apparemment indifférent au regard émerveillé de Greta.

Elle fit un peu plus de manières et utilisa la cape de Rhodrick pour protéger sa pudeur.

Il l'aida à boutonner sa jupe, son chemisier, et enfin sa veste. Lorsqu'il eut fini, il la regarda dans les yeux.

— Greta, commença-t-il.

Elle devina qu'il souhaitait parler du péché qu'ils venaient de commettre. Non, elle ne voulait pas l'entendre. Elle avait perdu la tête, c'était la vérité, mais elle avait besoin de temps pour y réfléchir.

— Mme Bowen m'a dit que vous devez aller à Rhayader demain, lâcha-t-elle avant qu'il ait pu continuer.

— Oui. Vous voulez m'accompagner ?

— Moi ? Non. J'ai un siècle entier de l'histoire des Gallois à lire.

Il ramassa la cape de la jeune femme et l'en drapa.

— Cela représente un gros travail. Je peux peut-être vous l'éviter et vous raconter ce qui s'est passé.

— Non, monsieur, je ne vous le permettrai pas, déclara-t-elle en attachant le bonnet de fourrure sur sa tête. Sinon, comment vous impressionnerais-je ?

Il sourit et plaça un bras autour de ses épaules.

— Vous m'avez impressionné bien au-delà de ce que je croyais possible. Rentrons-nous ?

Les deux chiens avaient déjà compris et s'étaient mis debout.

Ils sortirent, la main de Rhodrick posée sur les reins de Greta.

23

Dès que Rhodrick entra dans son salon, Margaret Awbrey remarqua quelque chose de différent. Son pas semblait plus léger. Et surtout, son très cher ami souriait. Il souriait ! Non pas du sourire forcé qu'il prodiguait par politesse, mais d'un vrai et grand sourire.

Il s'inclina et lui baisa la main, avant de saluer Thomas avec chaleur. Celui-ci le regarda attentivement comme s'il cherchait à discerner la cause de cette attitude inhabituelle.

— Qu'est-ce qui vous amène à Rhayader ? demanda Margaret en lui faisant signe de s'asseoir à côté d'elle.

— La même chose que d'habitude, les affaires. Et puis, une si belle journée, je ne pouvais la laisser passer sans m'arrêter un instant chez mes plus chers amis.

— Vous voilà bien joyeux, tout d'un coup ! Que vous arrive-t-il, au nom du Ciel ?

Il secoua la tête en riant.

— Rien d'autre que le coup de fouet que donnent toujours les changements de saison.

— Ah bon ? Je n'avais pas remarqué que l'approche de l'hiver vous faisait cet effet-là.

Avec un petit rire, il se leva et, les mains dans le dos, s'approcha de la fenêtre qui donnait sur la rivière Wye.

— J'envisageais d'organiser une fête à Llanmair. Qu'en pensez-vous ? Une idée qui m'est venue l'autre jour.

Thomas manqua s'étouffer avec son thé et Margaret faillit choir de son siège. Ni l'un ni l'autre ne prenant la parole, Rhodi se retourna.

— Vous trouvez cela déraisonnable ?

— Non… non ! s'écria aussitôt Margaret tandis que son époux, bouche bée, regardait fixement leur ami. Je trouve que c'est merveilleux. Nous sommes surpris, c'est tout. Après toutes ces années de…

— C'est tout à fait exact, Meg. Après toutes ces années d'une vie de reclus, j'aimerais fêter Noël.

— C'est merveilleux, répéta Margaret sans le quitter des yeux.

— Vous m'aiderez ? J'avoue être totalement incompétent en ce qui concerne la décoration, les fleurs, le buffet… tout, en réalité.

— Bien sûr, Rhodi, je vous aiderai.

— Splendide, fit-il avec une telle expression de béatitude que Margaret eut l'impression qu'il allait entrer en lévitation. Rien de très important, notez bien. Peut-être deux cents personnes.

Deux cents ! Où trouverait-il autant de gens à inviter ?

— Parfait, approuva-t-elle en souriant.

— Je savais que je pouvais compter sur vous, Meg. Merci.

Il prit sa main, l'embrassa et se dirigea vers la porte.

— Vous partez déjà ?

— Je vous demande pardon, mais je dois rentrer à Llanmair. J'ai beaucoup de travail.

Il leur souhaita une bonne journée et sortit à grands pas décidés.

Après son départ, Margaret et Thomas restèrent immobiles un moment.

— Que lui est-il arrivé ? s'enquit-elle enfin.

— Vous ne devinez pas ? s'esclaffa Thomas.

— Deviner quoi ?

— Que votre très cher ami est amoureux.

— Amoureux ? s'écria Margaret en sursautant.

Elle se leva.

— C'est absurde, Thomas ! Amoureux de qui ?

— De Mlle Fairchild.

Évidemment, songea Margaret en retombant sur le canapé. Mon Dieu, ce n'était pas possible ! Elle ne pouvait croire que le sévère Rhodrick se soit épris de cette femme mystérieuse et… dévergondée. Car c'était une dévergondée, non ?

Elle aurait dû se réjouir. Personne ne méritait plus que Rhodi d'être heureux. Elle avait prié pendant des années pour que ce miracle arrive. Pourquoi, dans ce cas, n'éprouvait-elle pas de la joie mais un vague pressentiment ? Pourquoi cette crainte diffuse ?

Greta avait attendu le départ de Rhodrick pour aller fouiller dans la lingerie à la recherche de chiffons, de lessive et de cire. Elle rangea le tout dans un panier et alla quémander à la cuisinière quelques provisions. Elle comptait sortir se promener un moment et le grand air ouvrait l'appétit, non ?

Greta portait un panier et en poussait un autre du pied lorsqu'elle croisa Ifan. Stupéfait, il se chargea des deux et sortit pour les faire fixer à la selle de Molly.

— Dois-je dire à Sa Seigneurie que mademoiselle est partie ? s'enquit-il en revenant.

— Non merci, répondit Greta qui mettait son bonnet.

— Et si Sa Seigneurie demande où est mademoiselle, que dois-je lui dire ?

— Hmm, fit Greta en feignant de réfléchir tandis qu'elle nouait les rubans du bonnet. Eh bien, si j'étais vous, je dirais que je ne sais pas.

Elle enfila la cape que lui tenait Ifan.

— Bonne journée, jeta-t-elle en sortant.

Heureusement, la neige avait fondu et on pouvait voir la piste. Autre avantage : cette fois-ci, Greta savait précisément où elle se rendait. Molly aussi, sembla-t-il, car il ne leur fallut qu'une heure pour atteindre Kendrick. Greta se dirigea directement vers le cottage de Madoc Jones.

Pas plus d'une pièce, estima-t-elle en regardant la maisonnette coincée entre un potager et une cour en terre battue dans laquelle s'ébattaient un coq et trois poules.

Greta escalada la clôture et alla frapper à la porte. La fenêtre ouverte lui permit d'entendre un homme grommeler.

Elle frappa de nouveau.

Comme il ne réagissait pas, Greta s'approcha de la fenêtre et cria :

— Monsieur Jones !

Ce qui lui valut une bordée de propos peu amènes, certainement, mais qu'elle ne put comprendre puisque c'était du gallois.

— Monsieur Jones, s'il vous plaît. C'est moi, Mlle Fairchild !

— Vertudieu ! fut la réponse, suivie de bruits sourds comme si, en se dirigeant vers la porte, M. Jones ricochait de mur en mur.

Il apparut enfin, clignant des yeux à la lumière du jour et sentant fort le whisky.

Se calant du coude contre le chambranle, il coinça un pouce dans la ceinture de sa culotte crasseuse et la fusilla du regard.

— Mam'selle Fairchild, ch'ui sûr qu'on s'était mis d'accord pour que vous n'entriez pas sans la permission du prince.

— Je vous demande pardon, monsieur, mais nous ne nous sommes mis d'accord sur rien et je ne m'en irai pas. Aussi, donnez-moi un coup de main, s'il vous plaît. J'ai apporté de quoi nettoyer la maison.

— Quelle maison ?

— Kendrick, bien sûr !

M. Jones se remit à cligner des yeux, avant d'éclater d'un rire d'ivrogne.

— Pourquoi qu'une dame de la haute voudrait nettoyer cette vieille bâtisse ?

— Elle est dégoûtante, voilà pourquoi, riposta Greta. Donnez-moi un coup de main, s'il vous plaît, monsieur Jones.

— Voyons, mam'selle Fairchild, je peux pas. Vous savez bien que je peux pas.

— Mais si, vous pouvez ! rétorqua-t-elle avec un sourire. Vraiment, quel mal y a-t-il à nettoyer une maison vide ? Sa Seigneurie ne le saura jamais.

— Pourquoi vous voulez nettoyer ce vieux truc ? insista-t-il en la regardant avec curiosité.

Parce que c'était la seule chose qui lui restait d'un passé dont elle ignorait presque tout.

— Pour avoir la satisfaction de voir une belle maison rendue à sa splendeur originelle. Venez.

Les yeux de M. Jones la fixèrent longuement, et Greta pensa qu'il allait l'envoyer promener. Puis, soudain, il laissa tomber son bras et ferma brièvement les yeux.

— Par tous les saints, vous me ferez perdre la tête, ça, c'est sûr…

M. Jones fit plus que l'aider à trimballer ses paniers : il remplit deux seaux d'eau et les lui apporta, avant de déambuler avec elle dans la maison. Elle était si grande qu'il était difficile de savoir par où commencer. Finalement, Greta décida de s'attaquer à une pièce du premier étage qui semblait avoir été la salle de musique. Rien ne l'indiquait, mais elle imaginait très bien le piano-forte installé devant l'une des fenêtres surplombant le jardin. Et comme elle se représentait sa mère en train de jouer, elle se demanda si elle n'en avait pas été témoin.

— C'est là que je vais commencer, dit-elle. J'ai l'impression que c'était la salle de musique.

— Je vois pas d'où vous tenez cette idée. Pour moi, elle est pas différente des autres, grommela M. Jones.

— Je le sais, c'est tout.

Madoc Jones s'adossa au mur et la regarda ôter sa veste et retrousser ses manches, sans faire mine de vouloir l'aider ou partir. Au contraire, quand elle entreprit de frotter le manteau de la cheminée, il s'assit sur le rebord d'une fenêtre et balança les jambes.

— J'aurais jamais pensé que je verrais un jour une dame de la haute dépenser de l'huile de coude dans un travail honnête, remarqua-t-il.

Greta ne releva pas. De toute façon, combien de « dames de la haute » connaissaient ce pauvre homme ?

La vérité était qu'à la lumière des deux derniers jours – deux jours d'enchantement – elle avait envisagé de ne pas regagner Londres. Car pourquoi y retournerait-elle ? Sa longue absence, en compagnie d'hommes célibataires, avait probablement ruiné sa réputation. Si, avant son départ, elle pouvait espérer faire un bon mariage malgré sa pauvreté, à présent il ne fallait plus y songer.

Mais elle pouvait convaincre Rhodrick de la laisser s'installer à Kendrick – à une petite heure de chevauchée de Llanmair.

Avec les quatre mille livres qui lui étaient dues, elle restaurerait la maison et demeurerait à proximité de Rhodrick. Elle en sourit de plaisir. Dire qu'elle avait eu peur de lui ! Il y avait de quoi rire. Ce qu'elle craignait à présent, c'était de ne plus le voir.

Son imagination s'emballa tandis qu'elle frottait, lavait, cirait. Peut-être l'épouserait-elle. La princesse de Powys. Cela sonnait bien. Ils utiliseraient Kendrick pour recevoir, la maison étant plus accueillante que Llanmair. Ils auraient des enfants, n'est-ce pas ? Des enfants qui auraient leurs cheveux noirs et les yeux verts de leur père.

À moins qu'elle ne vive seule dans cette grande maison, indépendante comme un homme, avec le prince pour amant. L'idée lui rappela un roman osé que Phoebe et elle avaient volé à tante Cassandra. Elles l'avaient lu à haute voix la nuit, les yeux écarquillés ou gloussant follement lors des passages suggestifs, puis se réjouissant quand après la mort de son mari, l'héroïne, Mary Anderson, réussissait à se faire une place dans la société par ses propres mérites.

Greta serait cette femme. Elle serait la Mary Anderson du pays de Galles, capable de prendre soin d'elle-même en dépit des usages. Ou bien elle serait une princesse élégante, connue dans tout le pays pour la magnificence de ses réceptions et sa générosité envers les nécessiteux.

— Je me demande bien ce qui vous fait sourire aux anges comme ça, dit M. Jones en examinant ses ongles noirs. Cette baraque est tout bonnement inhabitable.

— Non, monsieur Jones, vous vous trompez, protesta Greta avec assurance. Un peu de nettoyage, quelques réparations, et la maison sera comme neuve.

Madoc Jones émit un petit reniflement dubitatif.

— Pourquoi y a-t-il une pièce verrouillée juste au-dessus de nous ? s'enquit-elle soudain.

— Ah… Ça doit être celle où Mlle Yates a été enfermée.

Greta cessa de travailler et le regarda.

— Enfermée ? Que voulez-vous dire ?

— Vous savez pas pourquoi on a fermé Kendrick, alors ? demanda M. Jones. Personne vous l'a dit ? Évidemment, si vous aviez entendu parler de Mlle Yates, vous auriez pas voulu entrer dans cette baraque, et encore moins la nettoyer !

Un frisson parcourut la jeune femme.

— Qui est Mlle Yates ?

— La pauvre fille qu'a aimée le prince ou son cousin, tout dépend de qui raconte l'histoire. Elle a été enfermée dans cette pièce et elle est devenue folle… Une triste fin, pour sûr, acheva-t-il en secouant la tête.

— Que… s'est-il passé ?

— Elle s'est sauvée, elle est tombée dans un ravin – à moins qu'elle ait sauté – et s'est cassé le cou. Il y en a qui disent que le coupable, c'est le cousin du prince. D'autres que c'est le prince. Personnellement, j'ai toujours trouvé bizarre la façon dont le prince l'a découverte. Elle était au fond d'un ravin, loin d'ici, et il était tout seul quand il l'a retrouvée.

Il se pencha et chuchota :

— Y en a qui disent que, s'il l'a repérée si facilement, c'est parce qu'il l'avait d'abord mise là.

— C'est grotesque, protesta Greta.

L'homme avec qui elle avait fait l'amour ne pouvait être mêlé à cette histoire. C'était inimaginable. Ne lui avait-il pas sauvé la vie quelques semaines plus tôt ? Il lui aurait été facile de la laisser se faire écraser par l'arbre foudroyé et de passer son chemin.

— Votre imagination s'est emballée, monsieur Jones.

— Peut-être que oui, mam'selle Fairchild, mais faut admettre que c'est troublant.

C'était troublant, en effet, parce que c'était l'histoire que Percy lui avait racontée. Greta se remit à frotter avec énergie.

M. Jones se leva et s'étira.

— Elle est toujours ici.

— Qui ?

— Mlle Yates.

Il attendit que Greta cesse de travailler et le regarde, pour reprendre avec un sourire satisfait :

— Je la vois souvent. Elle se tient debout devant la porte d'entrée, comme si elle attendait quelqu'un.

Un frisson glacial serpenta dans le dos de Greta.

— Avez-vous bu avant d'avoir cette apparition, monsieur Jones ?

Il ricana.

— P'têt ben que oui, mam'selle. Mais quand on est tout seul dans une pièce, comment savoir si c'est la faute du whisky, hein ? Bon, je vais vous laisser à votre ménage, conclut-il en se dirigeant vers la porte. J'ai du travail qui m'attend.

Greta écouta le bruit de ses pas décroître. Puis elle regarda autour d'elle. Un fantôme. C'était ridicule. Elle trouverait un moyen d'entrer dans la pièce fermée, voilà tout ! Et il y avait sûrement une explication au fait que le prince avait retrouvé la pauvre Mlle Yates.

Mais se débarrasser des doutes qui s'étaient insinués dans son esprit n'était pas chose facile. Et lorsqu'elle entendit craquer le plancher de la pièce verrouillée, comme si quelqu'un y marchait, elle décida qu'elle avait fait assez de ménage pour aujourd'hui. Elle rassembla ses affaires et quitta la maison plutôt rapidement.

M. Jones fendait du bois. Il ricana en la voyant arriver à si vive allure que sa cape flottait derrière elle.

— Vous avez tout nettoyé ? demanda-t-il.

— Juste une pièce.

— Quel dommage ! Moi qui espérais voir cette maison toute propre de nouveau, je suis déçu.

— Je ne renonce pas, monsieur Jones. Je reviendrai demain, si le temps le permet.

Elle lui adressa un bref hochement de tête et passa son chemin. Arrivée au portail, elle se retourna.

— Monsieur Jones ?

— Oui ? fit-il en reposant sa hache.

— Si vous croyez que le prince a quelque chose à voir avec la mort de cette pauvre femme, pourquoi continuez-vous à travailler pour lui ?

— J'ai pas dit que j'y croyais. Et, de toute façon, j'ai pas le choix. Je paye une dette.

La confusion de Greta dut être visible, car il reprit :

— Je suis un ivrogne, mam'selle Fairchild. Esclave du démon de la boisson, comme on dit. Le prince m'a donné un endroit où vivre, alors que beaucoup auraient voulu me voir la corde au cou. Sans lui, je n'aurais nulle part où aller… Suivez bien mon conseil, mam'selle Fairchild : gardez vos distances avec la boisson.

Sur ce, il balança son outil et fendit une bûche.

Greta se détourna. Comme elle franchissait le portail, le bruit d'une autre bûche qui cédait sous la hache la mit mal à l'aise.

Lorsque M. Morris, le majordome de Downey House, apporta à Phoebe la dernière lettre de Greta, elle ne se donna pas la peine de l'ouvrir mais rassembla son manteau, son bonnet et toutes les lettres reçues du pays de Galles, et courut jusqu'à Middleton House d'où Ava lui avait écrit qu'elle venait d'arriver.

La dernière missive lue, Ava se renversa sur le dossier de son fauteuil en poussant un soupir exaspéré.

— Qu'est-ce qu'elle a donc fait, au nom du Ciel ?

— Je n'en ai pas la moindre idée, Ava, mais il faut que quelqu'un aille la chercher ! Middleton voudra bien envoyer une voiture, non ?

— Bien sûr qu'il le fera, dit Ava en regardant la dernière lettre. Mais il pleut terriblement cette année, et il neigera bientôt. Cela pourrait prendre énormément de temps d'aller jusque là-bas.

— Justement, il faut partir tout de suite ! insista Phoebe. Elle est au bord de la ruine !

Ava jeta un œil compatissant à sa jeune sœur.

— Arme-toi de courage, ma chérie, car je crains que Greta n'ait basculé par-dessus bord et ne soit en train de carrément patauger dans la ruine.

24

Cela faisait des années – des décennies, peut-être – que Rhodrick ne s'était pas senti aussi léger, gai et efficace.

Il mena ses affaires comme si un incendie faisait rage à Llanmair et qu'il devait se hâter d'y retourner. Il fit cependant un dernier arrêt chez un joaillier dont il avait été plusieurs fois client du vivant de Eira.

L'artisan fut heureux de le voir, bien sûr, et se prit à imaginer une pluie de pièces d'or tombant dans son escarcelle. Quand il comprit que Rhodrick cherchait un cadeau pour une femme, il commença à le dévisager avec curiosité et à lui poser des questions dont les réponses, Rhodrick le savait, se répandraient dans la région plus vite que la peste.

— Puis-je demander à Sa Seigneurie le motif du cadeau ? Un anniversaire ? La célébration d'un événement ?

Absorbé dans l'examen des bijoux que le commerçant avait disposés sous ses yeux, Rhodrick n'adressa pas un regard au curieux.

— Un cadeau, répéta-t-il obstinément.

— Peut-être que si Sa Seigneurie me disait l'âge de la dame…

— Cette pierre-là, fit Rhodrick en désignant une bague ornée d'une pierre aussi bleue que les yeux de Greta. Qu'est-ce que c'est ?

— Un saphir, dit le joaillier en tendant le bijou à son client.

La pierre était entourée de petits diamants.

— Je le prends, décréta-t-il en le rendant au joaillier. Faites un paquet, s'il vous plaît.

L'homme remit la bague dans son écrin, qu'il enveloppa de papier et ficela d'un ruban.

— Un aussi beau cadeau mérite de commémorer un événement important, remarqua-t-il en jetant un regard en coin à son client.

— Mmm.

— Voilà qui fera bonne figure dans le patrimoine familial, tenta de nouveau l'artisan en tendant à Rhodrick le petit paquet. Comment dois-je libeller la facture ?

— Une bague avec saphir, répliqua Rhodrick en le regardant dans les yeux. Et vous la mettrez sur mon compte.

Couché sur l'encolure de sa monture, le chapeau enfoncé sur les yeux, la bague en sécurité au fond d'une poche, il regagna Llanmair à vive allure.

Il déboucha en trombe dans la cour. Deux palefreniers sortirent en courant des écuries et attrapèrent au vol les rênes. Ifan, qui avait entendu le martèlement des sabots, était déjà dans le vestibule, les bras tendus pour recevoir le chapeau et la cape de son maître.

— Dis à Mlle Fairchild de venir me retrouver dans mon cabinet de travail.

Ifan baissa les yeux.

— Mlle Fairchild n'est pas là.

Rhodrick s'immobilisa.

— Quoi ? Où est-elle ?

— Elle a pris la petite jument et est partie juste après Sa Seigneurie.

L'euphorie de Rhodrick se dissipa brutalement.

— Elle a dit où elle allait ?

— Non, monsieur. Elle a expressément refusé de le dire.

Expressément refusé ? Les doutes revinrent s'insinuer dans l'esprit de Rhodrick. Il ôta ses gants.

— Quand elle rentrera, veille à ce qu'elle vienne me voir, grommela-t-il.

Ifan s'inclina et, les vêtements de son maître sur le bras, il quitta le vestibule.

Rhodrick secoua la tête. Il n'avait pas à s'inquiéter. Il avait fait l'amour avec Greta et il savait deviner quand on lui mentait. Elle avait pris autant de plaisir que lui à leurs ébats, et n'avait pas feint l'émotion.

Mais lorsque son regard accrocha le grand miroir, le doute revint.

Greta pénétra dans le cabinet de travail, les joues roses de l'air froid du dehors.

— Mademoiselle Fairchild, fit Rhodrick sans bouger de son fauteuil. Heureux de vous voir de retour.

— Merci, dit-elle en se penchant pour caresser Caïn et Abel. C'était une si belle journée que je n'ai pu supporter de rester à l'intérieur… J'espère que cela ne vous ennuie pas, ajouta-t-elle en lui lançant un coup d'œil.

— Bien sûr que non. Vous ne vous êtes pas de nouveau perdue, il me semble.

— Pas du tout, répondit-elle en reportant son attention sur les chiens. Les environs de Llanmair n'ont plus de secret pour moi.

Il ne pouvait imaginer que ce fût possible, puisque Llanmair était un domaine de plus de mille hectares et que le mauvais temps avait interdit les promenades jusqu'à il y avait peu.

— Je croyais que vous aviez un siècle d'histoire galloise à lire, reprit-il en contemplant les papiers étalés devant lui.

— En fait, j'ai lu hier soir.

Prenant appui des deux mains sur le dossier d'un fauteuil, elle le regarda étrangement, comme si elle tentait de percer sa personnalité.

— Le chapitre consacré à la construction des canaux qui traversent le pays de Galles est vraiment passionnant.

Tiens donc… La veille, c'était au méthodisme qu'elle s'intéressait. Tant d'éclectisme était suspect.

— Êtes-vous tombée sur l'un des canaux construits pour transporter le charbon, au cours de vos balades ?

— Non. Il y en a dans les environs ?

Et voilà pour sa grande connaissance du domaine. Rhodrick se leva et, les mains sur les hanches, alla se camper devant la fenêtre.

— Si vous n'avez pas vu les canaux, où donc êtes-vous allée ?

— Ici et là, répliqua-t-elle en le rejoignant, les mains dans le dos. Aux abords de la forêt.

— Vous avez rencontré quelqu'un ?

Elle lui jeta un regard noir.

— Je constate que vous n'avez toujours pas confiance en moi.

Il garda le silence une fraction de seconde.

— Pas complètement, en effet, admit-il.

— Qui aurais-je pu voir, selon vous ?

— Owen Percy, par exemple.

— M. Percy ? s'exclama-t-elle avec un rire amer. J'ai pu être bernée une fois, mais on ne m'y reprendra pas.

Il fut grandement soulagé d'entendre cela, mais l'inquiétude demeurait.

Elle soupira.

— Je n'ai rencontré personne de ma connaissance. Comment l'aurais-je pu ? Il y a des kilomètres de forêt autour du château.

Rhodrick pivota face à elle.

— Peut-être, alors, avez-vous rencontré quelqu'un que vous ne connaissez pas ? Je ne comprends pas pourquoi vous répugnez à me dire quelle partie de mon domaine vous avez explorée.

Elle ouvrit la bouche, la ferma comme si elle se ravisait. Elle fit quelques pas dans la pièce, eut l'air de réfléchir puis, redressant le menton, lâcha :

— Vous pouvez clore votre interrogatoire, monsieur, car je ne vous répondrai pas. Il se trouve que je prépare une surprise.

— Quelle surprise ? s'inquiéta-t-il.

— Si je vous le disais, ce ne serait plus une surprise, n'est-ce pas ?

Rhodrick ne put se retenir : il prit le visage de la jeune femme et le scruta. Elle battit des cils, et lui sourit aimablement.

Était-il idiot ? Était-il resté si longtemps solitaire qu'il ne savait plus se protéger de ses émotions ? Il lui était impossible de contempler ces yeux bleus et de la soupçonner d'une quelconque perfidie.

D'un autre côté, cette histoire de surprise le tracassait.

Oui, il était un sacré idiot, qui ne pensait plus qu'à l'embrasser. Et comme il s'emparait de sa bouche, il sut qu'il avait perdu tout espoir de recouvrer la raison.

— Moi aussi, j'ai une surprise pour vous, déclara-t-il peu après.

— J'adore les surprises ! s'écria-t-elle joyeusement.

Avec un petit rire satisfait, il alla prendre un papier sur son bureau.

— Votre héritage, dit-il en le lui tendant.

— Comment ?

Son regard se posa brièvement sur la feuille et elle comprit, bien qu'elle n'en ait jamais vu, que ce devait une traite bancaire.

— Rhodrick ! s'exclama-t-elle en se jetant dans ses bras pour l'embrasser. Mais… et la lettre ? demanda-t-elle, hors d'haleine.

— Je n'en ai pas besoin. Ceci vous appartient, vous pouvez en faire ce que bon vous semblera.

— Ô Seigneur…

Greta prit le papier et l'examina.

— J'ai l'impression d'avoir mené à bien une mission, avoua-t-elle.

Il rit et l'embrassa de nouveau. Et il évita de l'interroger davantage sur ses pérégrinations de la journée.

Ce soir-là, après le souper, elle l'enchanta en racontant ce qu'elle avait appris sur le pays de Galles depuis son arrivée. C'est alors qu'il lui fit part de son intention de donner une réception pour fêter Noël.

Le sourire de Greta s'effaça.

— Une réception ?

— Oui. Cela vous déplaît ?

— Mais… que penseront les gens ?

— Que vous êtes mon invitée. À moins… à moins qu'il n'y ait un changement.

— Vous voulez dire… à moins que je ne sois rentrée à Londres ?

Comme s'il pouvait la laisser partir ! Il sortit un petit paquet de sa poche et le posa sur la table qui les séparait.

— Je n'ai aucune intention de vous laisser partir, déclara-t-il.

D'un signe du menton, il pria les deux valets de sortir.

— Qu'est-ce que c'est ? demanda Greta d'un ton intrigué.

— Ouvrez, vous verrez bien.

Un petit sourire hésitant sur les lèvres, elle dénoua le ruban et ôta le papier. Lorsqu'elle ouvrit l'écrin, ses yeux s'écarquillèrent.

— Oh là là ! souffla-t-elle en prenant le bijou. C'est… c'est magnifique.

— J'espérais que vous l'aimeriez.

— L'aimer ? s'exclama-t-elle. Je n'ai jamais rien vu d'aussi beau. Mais Rhodrick… je ne peux pas accepter quelque chose d'aussi extravagant.

Il rit.

— J'ai l'impression que vous ne comprenez pas quelles sont mes intentions, chérie. C'est entièrement ma faute, puisque je n'ai rien dit. Je veux vous épouser, Greta. Maintenant. Le plus vite possible.

Greta reposa la bague.

— Quoi ?

La peur étreignit Rhodrick.

— Avez-vous sincèrement cru qu'après avoir pris votre vertu, je vous abandonnerais ?

— Non, dit-elle en secouant la tête. Enfin, si ! Je veux dire… comme je suis arrivée à Llanmair d'une manière peu respectable, et que j'ai vécu ici sans chaperon…

— Cela n'a pas d'importance, l'interrompit-il.

— Cela en a beaucoup, riposta-t-elle avec véhémence en se levant.

— Il y a longtemps que j'ai cessé de me soucier de ce que les gens peuvent penser ou dire…

— Pas moi, rétorqua-t-elle. Et puis, il y a Londres. Chez moi, c'est Londres, et pas un château isolé au milieu de milliers d'hectares de forêts ! Ma famille… ma vie… mes amis sont à Londres !

— Vous pourriez avoir une vie agréable ici, grommela Rhodrick.

— Oui, bien sûr, mais…

Elle gémit et enfouit la figure dans ses mains.

— En toute franchise, reprit-elle, je n'avais pas envisagé le mariage comme une éventualité !

Il fut troublé qu'elle l'ait estimé capable de lui faire l'amour sans se sentir concerné par son avenir. Et qu'elle lui ait offert sa virginité sans y songer elle-même. Il se leva, s'approcha d'elle et posa les mains sur ses bras.

— Bien sûr que c'est une éventualité et, honnêtement, après ce que nous avons partagé, il n'y en a pas d'autre. Il faut que vous ayez une piètre opinion de moi pour avoir imaginé que je vous laisserais subir les conséquences de nos actes !

Elle parut se recroqueviller et s'écarta sans répondre. Oui, il était bel et bien un parfait idiot, se dit Rhodrick. Il s'était permis de tomber amoureux de cette femme alors qu'il aurait dû deviner qu'un homme comme lui ne pouvait espérer s'unir définitivement à une femme comme elle. Pourquoi le voudrait-elle ? Elle était jeune, belle, intelligente...

— Je vous en prie, essayez de me comprendre, déclara-t-elle d'une voix emplie de détresse. Votre proposition me touche, mais je suis... Je ne m'y attendais pas du tout.

Elle s'interrompit, le regard égaré. On aurait dit un petit animal qui cherchait vainement la sortie de sa cage. Elle inspira plusieurs fois à fond et reprit en le regardant enfin :

— J'apprécie que vous vous souciiez de ce qui reste de ma réputation, mais je ne suis pas prête à prendre une décision aussi importante que... celle-ci, dit-elle en désignant la bague.

— Je vous demande pardon, mais quels sont vos projets ? s'enquit-il, tendu.

— C'est... assez compliqué.

Compliqué ? Mon Dieu... Il s'efforça de demeurer impassible.

— Greta, ayez la politesse de me dire la vérité. Y a-t-il un autre homme à qui vous auriez promis votre affection ?

Elle le fusilla du regard.

— Je suppose que vous voulez encore me parler de M. Percy ?

Il haussa les épaules.

— Vous semblez avoir du mal à me croire, mais je vous répète, très franchement, qu'aucun gentleman n'attend ma main à Londres, et qu'à l'égard de M. Percy je n'éprouve aucune affection particulière, et n'en ai éprouvé aucune !

Son indignation resta sans effet sur Rhodrick.

— Alors, quelle objection opposez-vous à notre mariage ? Ma fortune n'est pas assez grande ? Mon titre, trop mesquin ? Mon visage, trop laid ?

— Vous m'insultez, protesta-t-elle. J'ignore comment vous le faire comprendre mais, durant ces dernières semaines, j'ai vécu comme dans un rêve, ou dans un conte de fées. J'ai joué à être une princesse, mais ce n'est pas la réalité ! Ma vie est à Londres, mes cousines sont à Londres. Tandis que votre vie est ici. Je ne crois pas que nous étions destinés à nous rencontrer.

Rhodrick contempla la bague sur la table, cette preuve de son estime à l'égard d'une femme qui, bien évidemment, ne pouvait lui rendre son affection.

— Mais nous nous sommes rencontrés, c'est un fait, et de façon plutôt saisissante, riposta-t-il calmement alors que son cœur hurlait.

Un silence pénible emplit la pièce. Rhodrick remit l'écrin dans sa poche et s'inclina.

— La journée a été longue. Bonne nuit, dit-il d'une voix posée.

Elle parut décontenancée. Peut-être avait-elle prévu un épilogue plus heureux à la soirée. Elle fit deux pas et posa la main sur le bras de Rhodrick.

Il dut faire appel à toutes ses réserves de courage pour demeurer impassible.

— Rhodrick, essayez de comprendre, je vous en prie…

Il plongea les yeux dans le regard bleu qu'il adorait, tenta de déchiffrer ce qu'elle avait en tête, et s'aperçut avec chagrin qu'en réalité, Mlle Fairchild était pour lui une inconnue.

— Je comprends parfaitement.

Il ôta la main de Greta de son bras et quitta la pièce.

25

Greta regagna son appartement. Des pensées contradictoires tourbillonnaient dans sa tête, et autant d'émotions lui serraient le cœur.

La demande en mariage l'avait sidérée et effrayée à la fois. Entre Rhodrick et elle, l'incompréhension était totale. Dès qu'elle avait vu la bague, elle n'avait plus été capable de rassembler ses esprits.

À présent, dans le calme de son appartement, elle tentait désespérément de trier ses pensées et ses sentiments.

Elle marchait de long en large en tripotant son porte-bonheur. Elle était émue qu'il ait songé à l'épouser, bien sûr – et l'idée de devenir princesse l'émerveillait. Mais à Londres ! Pas au pays de Galles. Auprès de ses cousines afin que leurs enfants grandissent ensemble, au sein d'une société nombreuse et animée. Pas ici dans ce trou perdu, loin de toute civilisation.

À ceci s'ajoutait qu'elle avait pris plaisir à jouer avec l'idée d'être indépendante, de s'établir en maîtresse de Kendrick et d'y vivre d'une façon dont peu de femmes osaient rêver. Il y avait une puissante séduction dans la possibilité de planifier sa destinée. C'était un cadeau, surtout après avoir vu lord Downey, son oncle par alliance, capter en un après-midi l'héritage de ses cousines et annoncer froidement qu'il les marierait aux premiers des prétendants qui en formuleraient la demande.

De ce jour, Greta avait compris qu'en dehors de l'estime que les hommes leur portaient, les femmes n'avaient rien sur quoi s'appuyer. Leur situation était précaire et, étant orpheline, la sienne était encore pire ; elle n'existait jour après jour que grâce à l'affection qu'on lui témoignait.

Maintenant qu'elle pouvait mener la vie qu'elle estimait lui convenir, il lui était impossible d'y renoncer et de se livrer à un homme qu'elle connaissait à peine. En outre, la franchise l'obligeait à reconnaître que les propos de M. Jones lui donnaient à réfléchir.

En même temps, elle souffrait d'avoir laissé croire à Rhodrick qu'elle ne l'aimait pas. Si sa proposition l'avait surprise, lui-même avait été autant surpris de la réponse, et sans doute cruellement blessé.

Elle l'aimait. Quoi qu'elle espère de l'avenir, elle l'aimait.

Elle jeta un coup d'œil à l'horloge de la cheminée. Minuit et demi passé – elle pouvait se rendre à son cabinet de travail sans croiser personne. Elle voulait juste lui parler, expliquer ses sentiments, justifier son refus.

Elle enfila une robe de chambre sur sa chemise de nuit et les pantoufles que Mme Bowen lui avait données, et laissa ses cheveux dénoués.

Elle avait suffisamment exploré le château pour ne plus se perdre, même dans l'obscurité. Ses doigts suivaient le mur en pierre et, par intermittence, une fenêtre laissait passer un rayon de lune qui éclairait son chemin.

Malheureusement, il n'y avait personne dans le cabinet de travail et l'âtre était presque froid. Greta songea à regagner sa chambre. N'avait-elle pas fait assez de bêtises comme cela ? De l'instant où elle était montée dans la voiture de Mme Smithington, elle avait dévalé une falaise invisible, laissant en chemin tout ce qu'on lui avait enseigné sur la décence et la morale. Mais se faufiler la nuit dans la chambre d'un homme, n'était-ce pas pire ?

Non. Elle était tombée trop bas pour faire la distinction.

Haussant les épaules, elle retraversa le château, empruntant prudemment des corridors qu'elle connaissait moins bien, et atteignit l'appartement du prince sans le moindre problème. Néanmoins, l'indécision la fit s'arrêter sur le seuil.

— Sacrément trop tard pour ce sursaut de conscience, murmura-t-elle avant d'ouvrir la porte.

Les lueurs d'un feu mourant éclairaient à peine le petit salon dont l'aspect austère ne surprit pas Greta : un fauteuil en cuir, un divan, une table et des livres. Marchant sur la pointe des pieds, elle le traversa jusqu'à la porte opposée.

Celle-ci s'ouvrait sur une autre pièce, si sombre qu'elle dut suivre le mur. Tout se passa bien et dans le plus grand silence, jusqu'à ce qu'elle heurte une troisième porte et lâche un petit cri. Elle attendit une seconde, puis chercha des deux mains la poignée. Inspirant à fond, elle entrouvrit la porte et tendit l'oreille.

Un feu brûlait dans la cheminée et, si elle ne pouvait distinguer le lit, elle entendait Rhodrick respirer. Elle pénétra dans la pièce – et fut aussitôt clouée au mur par deux bras puissants, tandis qu'une main se plaquait sur sa bouche.

Elle sut à l'haleine chargée de whisky et aux clignements d'yeux de Rhodrick qu'il avait bu et la prenait pour une apparition. Sa chemise était largement déboutonnée et ses manchettes pendaient, défaites. L'ombre d'une barbe assombrissait ses joues et son menton, des cernes sombres entouraient ses yeux.

La reconnaissant enfin, il la lâcha et lui tourna le dos pour renfoncer sa chemise dans son pantalon. Tâche compliquée à laquelle il renonça vite.

Comme il lui faisait face de nouveau, elle se souvint de sa première nuit à Llanmair, du baiser fiévreux qu'il lui avait donné, de son expression égarée, la même qu'en cet instant.

Toutes ses résolutions se volatilisèrent et elle se jeta dans ses bras.

Rhodrick réagit en s'emparant voracement de sa bouche. Elle reconnut le goût du whisky et perçut les battements fous de son cœur si près du sien. Elle se sentait fragile ainsi étreinte, comme si à tout instant elle risquait de se briser en mille morceaux. La vague irrésistible du désir montait, prenait de l'ampleur, la submergeait.

La bouche de Rhodrick se déporta vers son oreille.

— *Rwy'n dy garu.* Aimez-moi, Greta, souffla-t-il.

L'accent de désespoir la bouleversa. Il n'avait pas à demander : elle l'aimait sauvagement, profondément. Elle enfouit le visage dans son col ouvert, humant l'odeur de son corps, tandis qu'il agrippait sa robe de chambre et l'ouvrait sans ménagement.

— Aimez-moi, répéta-t-il en la poussant contre le mur.

Avec un sanglot, elle rejeta la tête en arrière pendant que la bouche de Rhodrick se refermait sur son sein sous le fin tissu de la chemise. Elle agrippa ses épaules. La bouche avide poursuivait son chemin sur le ventre plat et Rhodrick s'agenouilla. Il retroussa la chemise, plaqua les lèvres sur la chair dévoilée.

Un plaisir exquis arracha un gémissement à Greta qui se cambra pour mieux s'offrir. Mais juste comme elle se sentait basculer dans l'assouvissement, il se releva, se dévêtit et, poussant la jeune femme contre le mur, la pénétra très doucement sans cesser de la caresser.

Greta haletait de plaisir. Peu importait leur dispute précédente, la passion avait tout balayé.

L'orgasme la prit par surprise. Une fraction de seconde plus tard, Rhodrick émit un son grave, presque animal. Ils restèrent ainsi une longue minute, cramponnés l'un à l'autre. Puis il souleva Greta dans ses bras et alla la déposer sur le lit.

Il s'allongea à côté d'elle et l'étreignit comme s'il craignait qu'elle ne se sauve.

Greta s'assoupissait lorsqu'il lui caressa la tête.

— Je vous aime, vous savez, dit-il d'une voix rauque d'émotion. Je vous ai toujours aimée.

Elle rouvrit les yeux dans l'obscurité et sourit.

Une demi-heure plus tard, la respiration de Rhodrick prouvant qu'il dormait, elle murmura :

— Moi aussi, je vous aime.

26

Rhodrick réveilla Greta bien avant l'aube, l'enveloppa dans une couverture et la raccompagna jusqu'à sa chambre. Il ne voulait pas que les domestiques jasent sur leur compte plus qu'ils ne le faisaient sans doute déjà.

Il aida la jeune femme à se recoucher puis regagna ses quartiers tout en réfléchissant.

Il avait l'impression que les chaînes qui entravaient son cœur et son cerveau avaient été brisées, et qu'il découvrait enfin le bonheur d'être libre.

Jusque-là, il n'avait connu que des aventures purement physiques puis, une fois marié, un amour très pudique avec Eira, qu'il avait eu trop peur de blesser ou d'inquiéter pour jouir vraiment de son corps. Greta lui faisait découvrir l'accord parfait entre passion des sens et passion du cœur. Il se jura qu'il ne ferait plus l'amour que de cette façon. Des rapports sexuels privés de sentiments n'étaient qu'un substitut dérisoire au vrai plaisir.

Il se coucha et retrouva avec joie le parfum de Greta qu'avaient gardé les draps. Mais, comme il sombrait dans le sommeil, il rêva de Kendrick une fois de plus.

La maison était délabrée. Il y avait des fissures dans les murs et le toit s'affaissait. La femme qui le hantait se tenait sur le seuil, lui faisant signe d'avancer.

Le sang de Rhodrick se figea – il fit demi-tour, mais ce fut pour se retrouver dans les bois, comme les jours maudits où il cherchait une jeune fille égarée. Cette fois-ci, au bout d'un sentier, c'est Greta qu'il trouva, gisant sans vie.

Il se réveilla en sueur, et il lui fallut plusieurs minutes pour reprendre son calme. Que lui voulait ce fantôme ? Il craignait que ces rêves récurrents ne signalent sa descente le long du chemin menant à la folie.

Lulu, qui réveillait Greta avec un bol de chocolat chaud, ouvrit grands les yeux devant la tignasse hirsute de la jeune femme. Sans émettre de commentaire, elle alla s'accroupir devant la cheminée pour ranimer le feu.

Comprenant que ses ébats nocturnes avaient laissé des traces, Greta passa les doigts dans ses cheveux pour tenter de les démêler. Lulu et les autres domestiques se doutaient-ils qu'elle était la maîtresse de leur maître ?

Si c'était le cas, la jeune servante n'en montrait aucun signe.

— Mademoiselle veut-elle que je l'aide à s'habiller ? demanda-t-elle avec entrain tandis que Greta buvait son chocolat.

— Je ne sais pas quelle robe mettre…

— Je conseille à mademoiselle de s'habiller chaudement. La cuisinière a mal partout et il paraît que c'est signe de neige.

— Oh… loin de moi l'idée d'ignorer ce qu'annoncent les douleurs de la cuisinière. Sors-moi la robe en laine grise, alors.

— Mademoiselle prendra-t-elle le petit déjeuner avec Sa Seigneurie ?

Greta s'immobilisa, le bol près de la bouche.

— Il a réclamé ma compagnie ?

L'imagina-t-elle, ou bien Lulu lui jeta-t-elle un regard espiègle ?

— Non, mademoiselle… enfin, on ne m'a rien dit.

Ils savaient. Tout le personnel savait comment avaient évolué ses relations avec le prince. Du coup, il était impératif qu'elle prenne une décision. Elle réfléchissait aux choix qui se présentaient à elle lorsqu'on frappa à la porte. Lulu alla ouvrir et revint avec un mot.

— C'est Demetrius, le valet, mademoiselle. Il a apporté un message. Sa Seigneurie prie mademoiselle de se joindre à Mme Awbrey et lui pour le déjeuner.

Oh, flûte ! Elle n'avait pas de temps à gaspiller en déjeuners mondains ! Si les articulations de la cuisinière ne mentaient pas, elle devait se hâter d'aller à Kendrick, tant que l'état des chemins le permettait. Mais comment refuser sans éveiller de soupçons ? Ou blesser Rhodrick ?

— Très bien, dit-elle.

Margaret Awbrey sut, elle aussi, qu'il allait neiger en voyant Rhodrick sortir sur le perron pour l'accueillir. Il n'arrivait plus à masquer sa claudication.

— Meg, quelle bonne surprise ! s'écria-t-il en l'aidant à descendre de voiture. Votre petit mot de ce matin m'a fait grand plaisir, car je ne m'attendais pas à vous revoir si tôt.

— C'est que, depuis votre visite d'hier, je n'ai pas cessé de penser à votre projet de réception, dit-elle en glissant un bras sous celui de son vieil ami. Vous rendez-vous compte que, pour faire les choses bien, il faut y réfléchir dès maintenant ?

— J'avoue que je n'y connais rien.

— Vous avez de la chance de m'avoir, alors, non ? Est-ce que Mlle Fairchild sera des nôtres ?

À l'énoncé de ce nom, il ne put retenir un sourire.

— Je le crois, répliqua-t-il en couvrant sa main de la sienne.

Rhodrick mena Margaret au grand salon où les attendait Mlle Fairchild, vêtue d'une jolie robe en laine grise. Eh bien, se dit Margaret, voilà une jeune femme qui ferait une merveilleuse maîtresse de maison, tant elle a d'allure et d'élégance. Là-dessus, elle jeta un coup d'œil à Rhodi et convint que Thomas avait raison.

Pour un observateur négligent, Rhodi avait l'air aussi imperturbable que d'ordinaire. Mais elle, son amie d'enfance, pouvait détecter en lui une énergie difficilement contenue. Tel un chat impatient de bondir sur sa proie, il suivait des yeux chacun des gestes de Mlle Fairchild.

Encore plus significatif : il ne cessait de serrer et desserrer le poing droit, comme s'il souffrait de ne pouvoir toucher la jeune femme.

Ils parlèrent de la fête. Mlle Fairchild décrivit une soirée de Noël à laquelle elle s'était rendue à Londres et, comme les deux femmes commençaient à discuter avec animation, Rhodi les pria de l'excuser car il devait écrire quelques lettres urgentes.

— Veuillez pardonner ma visite inopinée, mademoiselle Fairchild, déclara Margaret, mais Rhodi et moi avons toujours eu des relations très spontanées.

— Je suis contente de vous voir, madame.

— Il est si bon, notre Rhodi, poursuivit Margaret en regardant la jeune femme. Un si bon cœur.

Les joues de Mlle Fairchild rosirent légèrement.

— Il a été très gentil. Je n'aurais sans doute pas été aussi gentille à sa place, hélas.

— Oh, s'écria Margaret en riant, il y a eu une époque où Rhodi n'aurait pas été aussi gentil... mais il a souffert plus que beaucoup de gens, et cela l'a adouci.

— Si je puis me permettre... de quoi le prince a-t-il tant souffert ? questionna Greta, intriguée.

Margaret se renversa dans son fauteuil, très à l'aise dans son rôle de confidente.

— Eh bien, des morts prématurées de sa femme, Eira, et de leur bébé. Et avant cela, de cet affreux accident de cheval qui aurait rendu définitivement infirme un homme moins solide. Vous avez sûrement remarqué qu'il boite ?

— Oui.

— Et enfin de son physique, bien sûr, sur lequel des imbéciles prenaient plaisir à plaisanter. Vraiment, des choses atroces ont été dites.

— Son physique ?

Surprise, Margaret dévisagea la jeune femme, y cherchant une trace de ruse. Mais l'étonnement de Mlle Fairchild semblait sincère.

— Il n'est pas beau, vous le voyez bien, dit Margaret. Sa sœur est très belle et il n'y en avait que pour elle lorsqu'ils étaient enfants. Rhodi était grand et plutôt laid, et on se moquait de lui sans pitié. On l'appelait Goliath... Vous avez quand même remarqué sa cicatrice ? demanda-t-elle devant le regard toujours perplexe de la jeune femme.

— Bien sûr, mais elle est à peine visible. Je vous l'accorde, il n'est pas beau selon la beauté prisée à Londres, mais il n'est pas laid non plus. Et il a les plus extraordinaires yeux verts que j'aie jamais vus.

Margaret, décontenancée, ne sut que répondre.

— Pour moi, il a une beauté très particulière, reprit Mlle Fairchild en réfléchissant. Je cherche les mots exacts... une beauté virile, oui, c'est cela.

Margaret se sentit réconfortée. Il n'était pas étonnant que Rhodi se soit épris de cette femme. Pourtant, pourquoi éprouvait-elle un mauvais pressentiment ?

Elle sourit.

— Tout le monde n'a pas été aussi généreux que vous, mademoiselle Fairchild. Son allure peu ordinaire et la méchanceté de certaines personnes en ont fait un reclus, ces cinq dernières années.

— La méchanceté ?

Devait-elle raconter le mal qu'avait causé Owen Percy ? songea Margaret. Non, c'était trop ignoble et Rhodi l'avait supporté avec vaillance. On pouvait espérer que la page était définitivement tournée.

— Je suis sûre que le prince vous mettra au courant quand il le jugera bon.

Greta se pencha vers elle.

— Dites-moi la vérité, s'il vous plaît, madame Awbrey. Est-ce que cela concerne d'une façon ou d'une autre Kendrick ?

— Comment êtes-vous au courant ? s'écria Margaret, stupéfaite.

— Je ne le suis pas. Je l'ai deviné à partir de choses qu'il a dites.

— Je vous en supplie, ne lui en parlez pas. Aucun de ses amis n'en parle, ajouta-t-elle sans pouvoir retenir un frisson.

Rhodi ne s'était jamais complètement débarrassé de toute culpabilité en ce qui concernait la mort de la fille du notaire et du temps qu'avaient pris les recherches. Lorsqu'ils avaient enfin découvert le corps, les bêtes l'avaient à moitié dévoré. Rhodi étant un homme d'honneur, il estimait qu'il aurait dû deviner quel être malfaisant était Owen et prévenir le drame.

Mais si Rhodi éprouvait des remords, tous les habitants de Powys auraient dû les partager avec lui, car chacun savait quel ignoble individu était devenu Owen Percy. Le pire était que, puisque l'on ignorait les faits exacts – c'est-à-dire si Morwena Yates devait sa fin prématurée à la folie ou la perversité –, les reproches que s'adressait Rhodi jetaient la suspicion sur ses actes.

— Je ne comprends pas, dit Greta.

— Mademoiselle Fairchild, soupira Margaret, ce n'est pas quelque chose dont l'on peut discuter dans une société soucieuse de la bienséance.

Greta n'insista pas. Mais, comme la conversation revenait au projet de réception, elle perdit son entrain, et se contenta de hocher la tête et d'émettre des commentaires polis sans s'engager, comme si elle pensait à autre chose.

De nouveau, un pressentiment fit frissonner Margaret.

27

Le déjeuner parut durer une éternité. Greta n'en pouvait plus de rester assise tandis que Mme Awbrey émettait ses suggestions pour la réception que Rhodrick comptait donner.

Elle n'écoutait que d'une oreille, focalisée sur Kendrick. C'était comme une énorme bête tapie dans un coin de la pièce et dont les tentacules virevoltaient autour d'eux.

Greta était dévorée de curiosité. Pourquoi Rhodrick en interdisait-il l'accès ? Owen Percy et M. Jones avaient laissé entendre des choses affreuses, auxquelles même la gentille Margaret avait fait allusion.

Le doute la rendait malade. Un homme capable d'aimer aussi passionnément était-il capable de séquestration et de meurtre ?

La passion. Elle se souvint d'un drame qu'avait raconté tante Cassandra : le comte de Plymouth avait publiquement frappé sa femme. Ce dont tout le monde s'était ébaubi, car il l'aimait passionnément.

Tout le monde sauf tante Cassandra, qui avait commenté :

— Un homme passionné l'est autant dans la colère qu'au lit. Je ne comprends pas pourquoi l'on s'étonne.

Peut-être Greta avait-elle été aveuglée par la passion que le prince lui manifestait, car que savait-elle de lui ? Violemment attirée dès leur première rencontre, elle n'avait plus été en mesure de réfléchir. Et maintenant, malgré tout ce qui avait eu lieu, il lui semblait qu'elle ne le connaissait pas davantage.

Il lui fallait se rendre aujourd'hui même à Kendrick. Elle n'était pas sûre d'y trouver les réponses à ses questions, mais un aimant puissant l'y attirait.

Lorsque enfin Mme Awbrey s'en alla, Rhodrick et Greta regagnèrent le salon sans mot dire. Il renvoya le valet et referma la porte, puis se tourna vers elle et la contempla avec faim.

— J'ai un secret, lâcha-t-elle avant qu'il ne la prenne dans ses bras.

— Me voilà intrigué. Quel est votre secret ?

Elle lui tendit la main.

— Allons nous promener, vous voulez bien ?

Il baissa les yeux sur la main tendue. Quelque chose avait changé, il le sentait.

— Je suppose que vous voulez m'annoncer votre départ. À moins que vous ne souhaitiez pas me dire où vous comptez vous rendre en partant d'ici. En tout cas, je vois à votre regard que vous ne vous attendez pas que je m'en réjouisse.

— Si vous venez avec moi, je vous montrerai…

— Où donc ?

Une fraction de seconde, elle eut peur de perdre courage, de céder aux avertissements de Margaret Awbrey. Mais elle ne pouvait plus feindre.

— Je suis allée à Kendrick, lâcha-t-elle tout à trac.

Elle le vit se raidir.

— Et comment se fait-il que vous soyez allée là-bas ? demanda-t-il d'une voix tremblante.

— J'avais aperçu la maison le jour où j'ai tenté de fuir, et j'ai retrouvé le chemin.

La réaction de Rhodrick stupéfia Greta. Pivotant sur place, il attrapa une chaise et l'envoya bouler sur le sol. S'ensuivit une bordée de mots gallois sans doute peu aimables puis, les épaules soulevées par sa respiration haletante, il tenta de recouvrer son calme en fixant les jardins. Quand il se sentit capable de parler, il se retourna. Son regard brûlait, son menton tremblait.

— Je vous en prie, Greta, balbutia-t-il, dites-moi que j'ai mal compris.

Elle sentit une première fissure attaquer sa détermination.

— Vous aviez dit que je pouvais aller partout.

— Partout sauf à Kendrick. Ça, je l'avais formellement interdit. Je l'ai interdit à tout le monde ! tonna-t-il. Le portail est fermé !

— M. Jones n'y est pour rien ! se hâta-t-elle d'assurer.

— Jones ? rugit-il.

Elle releva la chaise qu'il avait envoyée à terre et la plaça entre eux.

— Pourquoi êtes-vous aussi en colère ? C'est une maison vide, dit-elle d'une voix qui trahissait sa peur. Laissez-moi vous montrer quelque chose, Rhodrick…

— Vous ne pourrez rien me montrer qui pourrait m'inciter à…

— Je vous en prie ! Je vous donne ma parole que j'avais une raison légitime de voir cette maison.

Cela lui cloua momentanément le bec. Il fronça les sourcils et scruta son visage.

— Une raison légitime ? répéta-t-il, sarcastique. Très bien. Montrez-moi cette raison légitime.

— Ce n'est pas ce que vous pensez, insista-t-elle en désignant la porte.

— Montrez-la-moi, cette raison, dit-il en lui faisant signe de le précéder.

Greta se dirigea d'un pas vif dans le corridor. Sans chercher à cacher sa claudication, Rhodrick la rejoignit. Ils grimpèrent l'escalier et suivirent en silence le dédale des corridors.

— C'est là, annonça-t-elle en poussant la porte de la galerie des portraits.

Hâtant le pas, elle alla se planter devant la scène du pique-nique tandis que Rhodrick restait à la porte, les bras croisés sur la poitrine, l'expression amère.

Greta pointa le doigt sur le tableau.

— C'est dans cette maison que ma mère est née. C'est elle, là, sur ce tableau. Vous pouvez constater la ressemblance avec la miniature que j'ai d'elle, dit-elle en sortant l'objet de sa poche.

Il la rejoignit et prit la miniature.

— Et Mme Bowen confirmera qu'il s'agit bien d'Alice Bronwyn Vaughan, conclut Greta.

Quoi qu'elle ait espéré, ce n'était pas de voir Rhodrick devenir livide et la fixer avec un mélange d'incrédulité et de consternation.

— Je vous l'accorde, Greta, je me suis jusque-là conduit en imbécile, mais je ne le serai pas au point de croire à votre mensonge.

— Ce n'est pas un mensonge ! C'est... stupéfiant, je le reconnais, mais c'est la vérité. Voilà ma mère ! cria-t-elle en désignant la miniature puis le tableau sur le mur.

Rhodrick s'approcha.

— Regardez ! s'écria Greta avec le ton du désespoir. Vous vous souvenez de ce bijou ? demanda-t-elle en soulevant le pendentif qu'elle portait au cou. Vous m'avez dit que c'était un porte-bonheur gallois, et ma mère le porte sur ce tableau !

Rhodrick se pencha sur la peinture.

— C'est un objet très courant. Beaucoup de femmes du pays en possèdent.

— Il me vient de ma mère. Tante Cassandra me l'a donné pour mes seize ans.

Rhodrick ferma les paupières et s'appuya contre le mur, comme en proie à une douleur violente. Il marmonna quelques mots de gallois, puis rouvrit les yeux et regarda Greta avec une expression d'horreur.

— Qui êtes-vous ? s'enquit-il enfin. À quelle sorte de jeu odieux jouez-vous ?

— Je trouve que la question serait plutôt : qui êtes-vous, vous ? rétorqua-t-elle. Pourquoi interdisez-vous Kendrick à tout le monde ? Quel secret cachez-vous là-bas ?

— Vous ne comprenez pas…

— Eh bien, si ! Je sais ce qui s'est passé là-bas, je sais ce que vous tenez à cacher !

— De quoi parlez-vous, grands dieux ? rugit-il. Est-ce encore un mensonge d'Owen Percy ?

Il lui empoigna le bras si brutalement qu'elle ne put retenir un cri de frayeur.

— Êtes-vous capable d'admettre la vérité ? enchaîna-t-il. Si vous le pouvez, vous verrez Kendrick comme je l'ai vu. Mais sachez-le, madame, si vous voulez la vérité, vous devrez l'écouter en entier !

Greta eut l'impression qu'elle allait étouffer. Elle n'arrivait plus ni à respirer ni à parler. La peur la paralysait.

Mais il n'eut pas pitié. Agrippant son bras, il l'entraîna à vive allure malgré son genou fragile.

Déboulant dans le vestibule, il ordonna qu'on leur selle des chevaux, envoya une servante terrorisée chercher la cape de Greta et ignora Ifan qui lui demandait d'une voix inquiète s'il y avait quelque chose pour son service.

Une éternité s'écoula avant que les chevaux ne soient sellés, une éternité durant laquelle l'humeur du prince ne s'adoucit aucunement. La mâchoire serrée, il respirait bruyamment. Dès que les chevaux furent amenés, il poussa Greta devant lui et, ignorant le montoir qu'un valet avait disposé à côté de Molly, souleva la jeune femme et l'installa sans ménagement sur sa selle.

Il grimpa sur son cheval et aboya un ordre en gallois. Un palefrenier aux yeux exorbités attrapa les rênes de la jument et les tendit au prince.

Sans un mot ni même un regard à Greta, il éperonna sa monture. Molly protesta d'un hennissement, mais ne put faire autrement que de s'élancer derrière Cadfael.

Le trajet fut périlleux. Greta eut du mal à rester en selle. Rhodrick galopait sans se soucier de sa sécurité. Il lui fit dévaler une piste envahie par la végétation, prendre des virages serrés, grimper des éboulis, sauter un ruisseau. Sa hâte d'arriver à Kendrick le rendait impitoyable.

Devant les murs de la propriété, il sauta à terre et, avant qu'elle ait pu lâcher le pommeau, il la souleva et la reposa brutalement à terre. Puis, la prenant par le coude, il l'entraîna vers le portail qu'il ouvrit d'un coup de pied. Le battant en chêne heurta lourdement le mur.

Lâchant Greta, il se dirigea à grands pas furieux vers le cottage de M. Jones.

— Rhodrick, ne lui faites pas de mal ! cria-t-elle en courant derrière lui.

Rhodrick ne l'entendit pas. Un rugissement lui emplissait la tête, rameutant les images, les sons, les odeurs de cette horrible semaine. Alice Bronwyn ! Comment n'avait-il pas remarqué la ressemblance ? Il n'avait vu Alice Bronwyn que les deux fois où elle était venue rendre visite à son oncle à Kendrick. Une beauté brune et élégante comme sa fille, et si Rhodrick savait qu'elle s'était mariée, il ignorait qu'elle avait épousé un Vaughan.

Il eut peur de tuer Jones. Il l'avait sauvé de la prison et lui avait procuré un refuge et un travail. Rhodrick avait perçu en lui quelque chose de bon, quelque chose que son ivrognerie n'avait pas complètement noyé.

C'était ainsi qu'il le remerciait ? Il n'était donc même pas capable d'empêcher une femme d'entrer ?

Jones dormait, bien sûr, sur son matelas crasseux. Une bouteille renversée gisait sur le sol à côté de lui.

La pièce empestait le whisky. Rhodrick botta les pieds de Jones – trois fois avant que l'ivrogne ouvre des yeux hagards – puis il l'agrippa par le col et le mit debout.

— Je t'avais dit de ne laisser entrer personne ! hurla-t-il.

— Je l'ai pas fait, monsieur ! Je vous le jure, je l'ai pas fait, gémit Jones en riboulant des yeux.

— Alors, Mlle Fairchild ment quand elle prétend qu'elle est venue à Kendrick, c'est ça ? gronda Rhodrick en tirant Jones dehors.

Il le jeta sur le sol au milieu des poules qui s'éparpillèrent dans des caquètements furieux et de grands battements d'ailes.

— Écoutez-moi, monsieur !

— Il n'y a rien à entendre ! rugit Rhodrick. La seule chose que je te demandais était de garder cette maison fermée !

— S'il vous plaît, mam'selle, lança Jones. Dites à Sa Seigneurie que vous m'avez pas laissé le choix !

— C'est vrai, déclara Greta en dominant sa peur. Il m'a interdit d'entrer mais je n'ai pas obéi. Le pauvre homme n'avait aucun moyen de me retenir, en dehors de la force physique.

— Pourquoi ? hurla Rhodrick tandis que M. Jones s'écartait prudemment. Pourquoi tenez-vous tant à y aller ? Il est temps de dire la vérité, Greta. Est-ce encore un stratagème de cette ordure de Percy ? Veut-il souiller de nouveau cette maison ?

— Pour l'amour de Dieu, s'écria Greta, exaspérée, cela n'a rien à voir avec M. Percy ! Je vous l'ai dit ! C'est dans cette maison que ma mère est née. Elle y a vécu toute son enfance et sa jeunesse ! Et il ne me reste rien d'elle, en dehors de quelques babioles, et cette maison !

— Eh bien, fit Rhodrick en lui prenant le bras, je vais vous la montrer, cette maison ! Et je vais vous raconter comment M. Percy l'a dévastée à jamais. Armez-vous de courage, madame, car l'histoire n'est pas de celles qu'on raconte pour enchanter l'imagination des jeunes filles.

— Je pense que c'est vous qui craignez la vérité, protesta-t-elle en trottant à côté de lui. Vous ne supportez pas l'idée que je puisse connaître la vérité.

— Que vous êtes naïve ! Vous ne savez rien de la vérité.

Elle se tut, hors d'haleine.

— Croyez-vous sincèrement qu'Owen Percy vous a dit la vérité ? Comment, après la façon dont il vous a bernée, pouvez-nous ne pas voir que c'est un menteur et un débauché ?

Il lui fit traverser la pelouse au pas de course, la poussa sur les marches du perron et la propulsa dans la maison.

Personne ne les y accueillit, ni fantôme ni Alice Bronwyn revenue de l'autre monde. Rhodrick entraîna Greta dans l'escalier.

— Dites-moi donc quelle incroyable fiction Percy vous a servie ? demanda-t-il tandis que Greta s'efforçait de ne pas tomber.

La jeune femme gardant le silence, il rugit :

— Alors, qu'est-ce qu'il vous a dit ?

Greta secoua le bras pour se libérer.

— Que vous aviez compromis la fille d'un notaire de Rhayader. Et qu'ensuite vous l'aviez abandonnée.

— Dommage qu'il ne se soit pas fait auteur de contes. Il a du talent, remarqua Rhodi avec un reniflement de méfiance. Quoi d'autre ?

— Qu'après avoir été rejetée, elle a disparu.

— Le salopard ! fulmina Rhodi.

Il ne connaissait pas d'âme plus noire que celle de Percy Owen. Dès l'enfance, il y avait eu quelque chose de déplaisant en lui. Son propre père s'en était aperçu, mais n'avait rien pu y faire.

— Continuez !

— Il a dit... il a dit qu'on ne l'avait plus revue vivante.

— Et comment me mêle-t-il à cette disparition ?

— Eh bien, il a raconté que personne ne la retrouvait. Que vous seul y êtes parvenu, parce que vous saviez où la chercher dans l'immensité du domaine.

Il s'arrêta devant la porte fermée et regarda Greta, la femme dont il était désespérément amoureux, et frémit intérieurement. Qui donc était-elle pour s'être livrée à lui, si elle pensait tant d'horreurs sur son compte ?

— C'est tout ? s'enquit-il avec froideur, toute émotion l'ayant quitté.

Elle avala sa salive.

— Il a dit que beaucoup de gens du pays pensent que vous l'avez tuée car, si vous l'avez retrouvée aussi facilement, c'est parce que vous l'aviez déposée à cet endroit.

— Tiens, tiens, il a dit ça ? fit Rhodrick en introduisant une clef dans la serrure.

La porte résista. Le bois avait gonflé et il dut l'enfoncer de l'épaule. Dès qu'elle céda, une forte odeur de moisi lui souleva le cœur.

Il entra et, guidé par la lumière grise que laissaient passer les carreaux sales de la fenêtre, il alluma une bougie.

Greta était demeurée sur le seuil, visiblement mal à l'aise.

— Entrez et regardez ! ordonna-t-il. Vous l'avez voulu, non ?

Elle obéit timidement.

La pièce était visiblement restée telle que Mlle Yates l'avait laissée la nuit de son évasion. Les preuves de sa folie se voyaient partout. Une table avait été renversée et l'huile d'une lampe s'était répandue, imprégnant le parquet. Des débris de porcelaine se trouvaient au pied d'un mur sur lequel elle avait sans doute jeté sa tasse et sa théière.

Greta fit quelques pas, une main plaquée sur la bouche.

— Vous m'avez donné la version de Percy, déclara Rhodrick. Maintenant, je vais vous donner la mienne. C'est Owen Percy qui a compromis Mlle Morwena Yates – pas moi. Il a séduit une jeune fille aussi naïve et innocente que vous, il a pris sa virginité un jour où, contrairement à ses habitudes, il n'était pas dans le lit d'une femme mariée, et pour arriver à ses fins, il a prétendu éprouver à l'égard de cette pauvre petite un amour qu'il ne ressentait pas, qu'il était incapable de ressentir.

Greta ramassa une broderie toujours fixée à son tambour, dont les années avaient jauni la toile.

— Lorsque Mlle Yates a annoncé à Percy qu'elle attendait un enfant, au lieu de se comporter honorablement – ce qui n'a jamais fait partie des objectifs de mon cousin – il l'a envoyé promener. Comme vous pouvez l'imaginer, la honte qui, à cause d'elle, retombait sur sa famille était à peine supportable. J'ai assumé les responsabilités dont Percy ne voulait pas et envoyé la jeune femme dans un endroit où elle pourrait attendre en toute sécurité la naissance de son enfant. Elle a donné une fille à Percy… mais elle n'a pas pris le poste d'institutrice que je lui avais trouvé en Cornouailles. Convaincue d'être amoureuse de Percy, elle est revenue avec l'espoir de recouvrer son affection et son soutien.

Greta se détourna légèrement afin qu'il ne voie pas le choc sur son visage.

— Entre-temps, j'avais loué Kendrick à Percy en imaginant stupidement qu'il se stabiliserait et mènerait une vie moins scandaleuse. Mlle Yates est arrivée un soir avec l'idée qu'il allait réparer ses torts envers elle. Il l'a tout simplement renvoyée car elle ne l'intéressait plus. Désespérée, elle est revenue une fois encore à Kendrick. Malheureusement, ce soir-là, mon misérable cousin avait rassemblé des hommes influents de la région avec l'idée de leur emprunter de l'argent pour l'une des ridicules entreprises dont il était coutumier... Bref, Mlle Yates tombait mal, elle le gênait, et il a eu peur de ce que ses investisseurs potentiels puissent penser de la situation. Aussi, il l'a emmenée ici, dans cette chambre, pour discuter. Quand il devint évident qu'elle ne partirait pas, il l'a enfermée pour éviter un esclandre. Et il l'a gardée dans cette aile inutilisée de la maison durant presque deux semaines.

— Dans ce cas, pourquoi M. Percy n'a-t-il pas été traîné en justice ?

— Parce que Mlle Yates a disparu.

Levant haut la bougie, il alla se planter au milieu de la pièce.

— Il s'est écoulé plusieurs jours avant que son père affronte ce qu'il pensait être la vérité, à savoir qu'elle avait fui sa honte. Ce que Percy confirma. Il raconta qu'elle était venue à Kendrick et qu'ils avaient discuté. Il avoua même l'avoir gardée dans une chambre jusqu'au départ de ses invités. Mais il jura qu'ensuite, il lui avait conseillé de retourner chez sa mère et qu'il ne l'avait plus revue. En réalité, il la maintenait prisonnière dans cette pièce tout en réfléchissant aux moyens de la faire taire, de l'envoyer au bout du monde, n'importe quoi du moment qu'il n'en entendrait plus parler. La pauvre enfant a fini par devenir folle. Regardez ces vêtements découpés en lanières. Regardez le mobilier renversé, le service à thé jeté contre le mur. Vous voyez ces traces, là ? demanda-t-il en désignant des signes impossibles à déchiffrer sous la fenêtre. Elle a écrit avec ses ongles.

— Mais... que s'est-il passé ensuite ? questionna Greta, le souffle court.

— Un jour, elle s'est ruée sur la vieille bique que Percy avait engagée pour s'occuper d'elle, elle l'a jetée à terre et s'est sauvée dans la forêt.

— Ô mon Dieu...

Rhodrick regarda autour de lui.

— J'ai laissé cette pièce dans l'état où nous l'avons trouvée, dans l'espoir vain qu'un jour, justice serait rendue.

Il pivota vers Greta dont le regard n'exprimait plus que la tristesse.

— Comment savez-vous ce qui s'est passé ? C'est Percy qui vous l'a dit ?

Au souvenir du jour où il avait interrogé son cousin, il se sentit blêmir.

— Pas exactement. Owen a d'abord paniqué en trouvant la chambre vide. Il a changé de version et inventé une nouvelle histoire, selon laquelle une Mlle Yates complètement démente avait déboulé à Kendrick avant de s'enfuir dans la forêt. Tous les hommes valides de la région se sont lancés à la recherche de la jeune fille. Du lever du soleil à la tombée de la nuit. Mais on ne l'a retrouvée que le cinquième jour. Entre-temps, la vieille bique, que Percy avait omis de payer pour le travail effectué, m'a avoué son rôle de geôlière et a accusé Percy d'avoir enfermé Mlle Yates.

— Mais pourquoi Mlle Yates n'est-elle pas allée retrouver sa famille ?

Rhodrick soupira.

— Malheureusement, nous ne saurons jamais ce qui s'est réellement passé. Lorsqu'on a retrouvé la pauvre fille, son corps avait été à moitié dévoré par les bêtes. On a quand même pu constater que son cou était brisé. Le plus probable est qu'elle s'est perdue dans la forêt, qu'elle n'a pas vu le ravin et a fait une chute mortelle.

Greta émit un gémissement et se détourna en chancelant, sans lâcher la broderie.

— Je ne comprends pas ! Encore une fois, si c'est vrai, pourquoi M. Percy n'a-t-il pas été traîné en justice ?

Rhodrick haussa les épaules.

— Parce que c'était la parole d'un gentleman contre celle d'une vieille femme dont tout le monde connaissait le penchant pour la boisson.

— Comment avez-vous fait pour retrouver Mlle Yates ? Il a dit qu'au milieu de ces milliers d'hectares, vous seul avez pu la trouver. Comment ?

Rhodrick hésita. Devait-il le lui dire ? Il n'avait jamais raconté à personne cette histoire extraordinaire, et il ne pouvait s'y résoudre.

— La chance, éluda-t-il.

— La chance ? Vous voulez me faire croire que c'est la chance qui vous a guidé à travers ces milliers d'hectares ?

La main de Rhodrick se crispa autour du bougeoir.

— Quelle autre explication y a-t-il ? Vous croyez peut-être toujours à la version de Percy ?

— Cessez de vous méfier de moi, protesta-t-elle. Je m'étonnais seulement que vous soyez tombé par hasard sur ce corps à moitié dévoré, et sans doute recouvert de feuilles et de brindilles au fond d'un ravin. C'est un oiseau qui vous a mis sur la piste ? Ou bien vous gardez le silence pour protéger quelqu'un ? Vous ne trouvez pas étonnant que vous seul ayez su où chercher cette pauvre fille ?

— Je vous ai répondu.

Elle pivota vers la porte.

— Je ne supporte plus d'être dans cette pièce… et d'être avec vous.

— Le sentiment est mutuel.

Il souffla la flamme de la bougie, rejetant la chambre et son propre cœur dans l'obscurité.

Ils revinrent auprès des chevaux sans mot dire. Comme il s'apprêtait à la soulever pour l'installer sur sa selle, Greta le repoussa.

— Laissez-moi faire, dit-elle en se hissant à grand-peine.

Rhodrick éperonna Cadfael sans regarder si la jeune femme suivait.

Son genou le faisait souffrir plus que d'ordinaire et l'air s'était refroidi. Une tempête de neige s'annonçait, comprit-il, et il eut hâte de se retrouver dans son cabinet de travail pour se masser le genou.

Et pour être seul. Seul comme il l'avait toujours été, et comme il le serait jusqu'à son dernier souffle. Tel était son destin.

Le temps qu'ils atteignent le château, les premiers flocons de neige tombaient. Greta ne parut pas s'en apercevoir. Elle passa devant lui et entra dans le château. Lorsqu'il la rejoignit, elle avait repoussé la capuche de sa cape et luttait avec l'agrafe. Rhodrick s'apprêtait à la laisser, quand il avisa un homme debout dans la pénombre.

Greta le vit au même instant.

— Lord Harrison ! s'exclama-t-elle.

— Mademoiselle Fairchild, fit l'homme en s'inclinant. Je vous ai apporté une lettre du marquis de Middleton.

— Oh, merci ! cria Greta en prenant le vélin qu'il lui tendait.

Le nouveau venu tourna un regard froid vers Rhodrick.

— Geoffrey Godwin, vicomte de Harrison, pour vous servir, monsieur. Je suis venu à la demande du marquis de Middleton pour ramener la cousine de son épouse chez elle. Immédiatement.

28

Chère Greta,

Nous sommes follement inquiètes et nous espérons que cette lettre te trouvera en bonne santé ! La situation a l'air d'être véritablement épouvantable et tu dois rentrer tout de suite, chérie ! Tu trouveras ci-joint une lettre du marquis de Middleton dans laquelle il confirme ton identité et, bien sûr, lord Harrison a les fonds nécessaires pour te ramener le plus vite possible !

— Ne t'inquiète pas, Phoebe, marmonna Greta qui marchait de long en large dans sa chambre. Je partirai dès l'aube !

Sois sûre que je ne tirerai aucune satisfaction d'avoir eu raison en ce qui concerne ce voyage – je savais dès le début que c'était une très mauvaise idée ! Tu as de la chance de ne pas t'être fait assassiner. Ava, qui est à côté de moi, me charge de te rappeler que tu ne devais t'absenter qu'un mois, deux tout au plus, et on en est à presque neuf ! Nous te pensions définitivement perdue !

— Si seulement je vous avais écoutées ! s'écria Greta en agitant le vélin.

J'ai le regret de t'informer que, contrairement à ce que tu espérais, ton M. Percy n'est pas venu voir le marquis pour nous expliquer la situation. Ava dit que c'est parce que l'automne a été inhabituellement pluvieux, et qu'il est sûrement retenu quelque part malgré lui. Je trouve qu'au contraire, étant seul, il aurait dû pouvoir voyager plus rapidement que la poste royale. Ava et moi avons eu une vraie dispute à ce sujet, mais cela n'a plus d'importance puisque nous avons appris que tu es vivante, Dieu soit loué !

Maintenant, tu peux rentrer à la maison car nos finances sont excellentes. Sans la fortune de notre mère, bien sûr, car lord Downey ne montre aucune intention de nous rendre ne fût-ce qu'une partie et, selon M. Laramie, le notaire, il a parfaitement le droit de tout garder. Mais le marquis est un homme très généreux, surtout envers moi, car il comprend ce que j'ai enduré en vivant avec Ava toutes ces années. Il a rendu disponible des fonds suffisants pour que nous fassions, toi et moi, de beaux mariages. Aussi, je t'en prie, rentre vite à la maison.

Je dois cacheter cette lettre. Ava se sent lasse et a besoin de moi, bien qu'elle refuse de l'admettre. Elle endure sa délicate situation sans aucune délicatesse, et la moindre migraine la met de mauvaise humeur.

— Sa délicate situation ? Ava ? gémit Greta en s'effondrant sur le divan.

Nous te l'avons dit, n'est-ce pas, qu'elle attendait un enfant ?

— Non, Phoebe, vous ne me l'avez pas dit ! Pour quand ?

Nous attendons impatiemment ton retour ! Avec tout notre amour,

P. F.

— Oh, Phoebe ! grommela Greta en fermant les yeux. Tu aurais pu au moins me dire depuis combien de temps Ava est enceinte !

Elle relut la lettre, puis celle du marquis qui, après avoir salué le comte de Radnor comme s'ils se connaissaient de longue date, se portait garant de Greta et l'informait qu'elle partirait en compagnie de lord Harrison dès que possible.

Et voilà !

Elle avait récupéré son héritage et allait quitter définitivement cet horrible endroit.

Car il était horrible, n'est-ce pas ? Sans aucune des commodités que l'on trouvait à Londres. En outre, on devenait fou au milieu de tout ce silence et de cette solitude. Il fallait faire des kilomètres pour prendre le thé avec quelqu'un qui ne fasse pas partie du personnel.

Évidemment, l'idée de renoncer à Kendrick lui était pénible, mais, vu les horribles événements qui s'y étaient déroulés, songer à s'y installer n'était plus possible. Au souvenir du récit de Rhodrick, elle frissonna et la question essentielle revint la hanter : comment avait-il fait pour retrouver Mlle Yates ? Avait-il suivi une piste oubliée ? Quelqu'un l'avait-il guidé, quelqu'un dont il voulait protéger l'identité ?

Quelle que soit la façon dont il avait retrouvé la jeune fille, l'histoire était affreuse et Kendrick en resterait à jamais souillé. À la place du prince, elle aurait entrepris de laver à grande eau toute trace du drame. Elle aurait repeint la chambre d'une couleur gaie. Elle aurait procédé à tant d'améliorations que la tragédie aurait été effacée et la demeure aurait repris vie.

Mais elle n'était pas le prince. Elle n'était même pas une vraie Galloise. Revoir Harrison – vêtu élégamment comme on ne pouvait l'être qu'à Londres ou Paris – lui avait rappelé tout ce que la capitale avait à offrir. C'était là-bas qu'elle était chez elle.

Elle avait consacré quelques semaines à une sorte de folie sensuelle, mais l'arrivée de Harrison l'avait fait se ressaisir. Elle n'était pas chez elle ici. Sa vie était auprès d'Ava et Phoebe qui l'attendaient et qu'elle avait hâte de revoir.

Tout était décidé. Elle devait partir. Elle devait quitter cet endroit et tous ses secrets. Et Kendrick. Et elle devait le quitter, lui, Rhodrick.

Greta s'affala sur le divan, les lettres sur les genoux.

Cette nuit, elle avait rêvé de sa mère, debout comme d'habitude sur le seuil de Kendrick et faisant signe à sa fille d'entrer dans la maison. Et comme d'habitude, Greta s'était efforcée de la rejoindre, d'agripper son bras avant qu'elle ne disparaisse. Et comme d'habitude, elle n'y était pas parvenue.

C'est sur Rhodrick qu'elle était tombée. Il était dans le salon de Kendrick. Il lui avait souri et l'avait prise dans ses bras. Et la maison n'était plus une coquille vide mais un palais avec des lustres en cristal, des chandelles en cire d'abeille et un parquet magnifique. Elle portait une ravissante robe en soie bleu pâle et un orchestre invisible jouait un air de danse.

Et ils avaient dansé avec grâce sous le lustre étincelant.

Tandis qu'il la guidait, elle avait éprouvé une merveilleuse impression de sécurité. Elle ne le craignait pas. Elle l'aimait.

Lorsque Lulu entra dans la chambre, le lendemain matin, Greta avait déjà mis une robe de voyage afin de partir dès que possible. La jeune servante parut surprise, mais ne posa pas de question quand Greta lui demanda de préparer sa malle. Elle lui signala cependant que lord Harrison l'attendait dans le salon rouge.

— Dis-lui que je vais venir bientôt, mais que je dois d'abord avoir un mot avec le prince.

Greta trouva celui-ci dans son cabinet de travail, la tête penchée sur des papiers épars. À son entrée, il leva à peine les yeux. Comme d'habitude, Caïn et Abel l'accueillirent avec enthousiasme.

— Oui ? fit-il comme il l'eût fait à l'égard d'un domestique.

— Voici une lettre du marquis, dit-elle en s'approchant pour la lui donner. Elle devrait répondre à toutes vos questions.

— Je n'ai pas de question.

— Prenez-la quand même, elle vous est adressée.

Avec un soupir, il prit la lettre. Il avait un regard un peu perdu, remarqua-t-elle avec une pointe de douleur. Elle nota aussi que, malgré l'heure matinale, il s'était servi un petit verre de whisky, et en déduisit que son genou le faisait souffrir.

Il ouvrit la lettre, la parcourut et la rendit à Greta.

— Eh bien, voilà. Vous êtes réellement Greta Fairchild, de Mayfair. Toutes mes félicitations. Vous partirez de Llanmair dès que possible.

— C'est la meilleure solution.

— Nous sommes d'accord. Malheureusement, ce n'est pas le cas du temps.

— Ah oui, le temps... murmura Greta qui s'efforçait de détecter sur le visage du prince, ou dans sa voix, quelque signe de tristesse ou de regret.

— Je ne pense pas que vous pourrez partir aujourd'hui, ni même demain, dit-il en revenant ostensiblement à son travail. Vous devrez endurer la vie austère de Llanmair un peu plus longtemps.

Greta se rua vers la fenêtre et tira les rideaux. Le château était devenu une île au milieu d'un océan de neige.

Et il continuait à neiger.

— Mais je ne peux pas attendre ! Je suis prête à partir tout de suite ! Il y a sûrement une solution !

— Vous pouvez partir à pied, si vous vous en croyez capable. Mais je ne risquerai ni un homme ni un animal pour vous emmener.

Maintenant que Greta avait pris sa décision, l'idée de rester était odieuse.

— Je ne supporterai aucun retard ! s'écria-t-elle, exaspérée.

Il se leva et la rejoignit, l'enlaçant d'un bras comme un étau contre lui.

— Vous croyez que vous êtes seule à souffrir ? souffla-t-il à son oreille. Vous croyez que c'est facile pour moi de voir qu'après avoir tant désiré mes étreintes, vous ne supportez même plus de me regarder ?

— Ce n'est pas vrai…

Il la fit pivoter face à lui.

— Vous me trouvez vraiment hideux ? Pourtant, quand nous faisions l'amour, vous n'aviez pas l'air dégoûtée. Vous aimiez mes caresses.

Se sentant dangereusement troublée, elle tenta de le repousser.

— Rhodrick, arrêtez !

Un baiser dans le cou accrut son trouble.

— Êtes-vous vraiment insensible au point de coucher avec un homme sans vous soucier de ce qu'il a dans le cœur ? chuchota-t-il à son oreille.

Elle détourna la tête et ferma les yeux pour refouler ses larmes.

— Dieu du ciel, Rhodrick, je ne suis pas insensible. Mais nous ne serions pas heureux. Je ne suis pas chez moi ici, je ne veux pas vivre ici !

Il garda le silence un long moment. Elle rouvrit les yeux et constata qu'il la regardait avec une ardeur qui éveilla son désir.

— Je m'en rends compte, Greta. Vous n'êtes pas d'ici, je le reconnais, et c'est pourquoi je vous renverrai dès que possible.

Ces mots étaient ceux qu'elle avait voulu entendre, mais au lieu de soulagement, ils n'apportèrent qu'un surcroît de chagrin. Elle ne pouvait plus parler. Des sanglots lui obstruaient la gorge.

Il la prit dans ses bras et appuya sa tête sur celle de Greta.

— Fiez-vous à votre instinct, dit-il avant de s'emparer de sa bouche.

Le désir lui ôtait toutes ses forces, sapait sa détermination, et le pire était que l'amour et la tendresse s'en mêlaient.

Il la lâcha soudain et recula, le regard brûlant de passion et de chagrin.

— Laissez-moi, car j'en ai plus qu'assez de notre brève et folle relation.

Retenant un sanglot, elle ramassa ses jupes d'une main et sortit de la pièce sans un regard derrière elle. Ce ne fut qu'après avoir tourné au coin du corridor qu'elle se mit à courir vers son appartement pour y pleurer tout son soûl.

29

La neige cessa de tomber dans l'après-midi, mais le vent se déchaîna durant la nuit et le château gémit comme un chœur d'âmes déchirées par le remords. Greta n'émergea, pâle et fatiguée, de ses appartements que le lendemain pour le déjeuner.

Rhodrick avait hâte que s'achève le repas, car la vue de la jeune femme lui était insupportable.

Il se sentait désorienté comme s'il errait dans le blizzard. Comment était-il passé de l'euphorie de l'amour au regret que Greta soit venue à Llanmair ? S'il en avait eu le pouvoir, il aurait déchiré de ses mains les nuages et ramené de force le soleil pour qu'il éclaire Llanmair, pour que la neige fonde, qu'elle puisse partir et que ses tourments s'achèvent.

Bientôt, il reprendrait sa vie habituelle et ne penserait plus à elle.

Malheureusement, il ne cessait de rêver d'elle, de son sourire, de ses yeux bleus qui se détachaient sur un océan de couleurs fades. Le souvenir de son corps contre le sien était comme une plaie ouverte.

Comment se faisait-il que lui, un homme raisonnable dont tout le monde vantait le bon sens et le souci de l'ordre, ait pu devenir fou d'amour à ce point ? Et surtout pourquoi, après l'avoir guidé vers le corps de Mlle Yates, Alice Bronwyn lui avait-elle amené Greta ? Que lui voulait cette femme décédée des années auparavant ? Pourquoi le harcelait-elle ? Voulait-elle le rendre fou ? Eh bien, elle allait gagner !

Ce jour-là, il renonça à travailler et somnola sur le divan de son cabinet de travail, malgré les élancements de son genou et les images aberrantes qu'il ne pouvait écarter de sa tête. Au moins le soleil brillait et la neige fondait, remarqua-t-il en se relevant. Les routes seraient bientôt carrossables. Accompagné de ses chiens, il sortit de la pièce.

Harrison lisait devant la cheminée de la bibliothèque.

— Radnor, bon après-midi, fit-il en se levant.

— Bon après-midi, monsieur, répondit Rhodrick en allant se servir un whisky. J'espère que vous êtes satisfait de votre installation. Vous en voulez ? demanda-t-il en montrant la carafe.

— Oui, merci, dit Harrison. Je regrette que nous devions vous imposer notre présence.

Rhodrick haussa les épaules et servit un second verre.

— Cela ne me gêne aucunement... Tenez. Cela vous réchauffera.

Harrison prit le petit verre et but une gorgée.

— Je pensais que Mlle Fairchild était avec vous, remarqua Rhodrick en s'asseyant.

— Elle est dans sa chambre... En vérité, monsieur, elle a l'air plutôt partagée.

— Partagée ? Elle l'a dit ? s'enquit Rhodrick d'un ton vif qu'il se reprocha aussitôt.

— Elle l'a dit, c'est un fait. Mlle Fairchild semble aimer Llanmair et ses habitants. Elle m'a longuement parlé de son séjour ici.

Rhodrick ne put retenir un sourire.

— Elle m'a mis au courant pour son héritage, ajouta Harrison. C'était très aimable de votre part.

— Aimable ? Mais je n'ai fait que lui rendre son bien. Pour être franc, je m'étais dit que plus vite elle l'aurait, plus vite elle partirait.

La remarque décontenança Harrison.

— Je suis certain qu'elle n'a pas voulu s'imposer.

— Oh, fit Rhodrick avec un geste désinvolte de la main, vous vous méprenez. Je voulais seulement dire que cet endroit ne convient pas à une jeune femme comme Mlle Fairchild. Il est temps qu'elle retrouve sa famille, ses amis et sa vie de mondanités.

— Oui, admit Harrison en reposant son verre vide. Je serai heureux d'y veiller. Merci pour le whisky. Si vous voulez bien m'excuser, je vais aller la voir.

— Je vous en prie, répliqua Rhodrick, qui s'absorba dans la contemplation du feu tandis que le bruit des pas de Harrison s'estompait.

L'heure du souper approchant, Lulu demanda à Greta si elle le prendrait avec lord Harrison seul, puisque le prince s'était retiré.

— Retiré ? Déjà ?

— Sa jambe, mademoiselle. Je crois qu'il a beaucoup souffert aujourd'hui.

— Oh… fit-elle, emplie de compassion.

Harrison et Greta dînèrent côte à côte devant le feu afin de se tenir chaud.

— Vous n'avez pas beaucoup d'appétit ce soir, commenta-t-il.

Greta sourit tristement.

— C'est à cause du froid, je pense.

Lord Harrison hocha la tête et se servit une autre portion de ragoût de bœuf.

— Moi, c'est le contraire. Le froid me donne faim. La nature me pousse à engraisser en prévision des longs mois d'hiver.

— Ah…

Greta prit un morceau de pomme de terre qu'elle reposa aussitôt, incapable de manger tant son estomac était noué.

— Je vous demande pardon, monsieur, mais pouvez-vous m'excuser ? Je sens venir une migraine.

— Encore ?

— Le froid, sans doute.

— Bien sûr.

Il se leva et lui tira sa chaise.

— Mademoiselle Fairchild ? appela-t-il comme elle se dirigeait vers la porte.

Elle s'arrêta et se retourna.

— Pensez-vous que vos migraines se feront moins fréquentes lorsque vous serez à Londres ? Ou qu'elles empireront ?

Elle se sentit rougir.

— Je… ne sais pas, monsieur.

— Peut-être devriez-vous vous demander quel endroit sied mieux à votre santé, conclut-il avec un sourire.

C'était une bonne question, se dit Greta en regagnant sa chambre. Mais elle en connaissait la réponse. Ce qui la rendait malade, c'était l'idée de ne plus jamais revoir le prince, une fois qu'elle aurait quitté le château.

Trop de choses tournoyaient dans son esprit ces derniers jours, trop d'émotions contradictoires, trop de doutes, trop de questions sur ce qui était important dans la vie.

Mais il y avait une question dont elle ne pouvait se débarrasser, une question qui lui mettait la tête à l'envers : comment le prince avait-il su où retrouver Mlle Yates ?

30

Le lendemain matin, Harrison envoya son cocher jusqu'à Rhayader afin de vérifier l'état des routes. L'homme revint peu après midi et déclara que c'était boueux mais carrossable.

— Je vais ramener notre jeune amie à sa famille, annonça Harrison à Rhodrick qu'il était allé trouver dans son cabinet de travail. Sauf, bien sûr, si vous pensez qu'il n'est pas prudent de voyager si tôt après la fonte de neige.

— Non, non, répliqua Rhodrick en évitant son regard. Si votre homme dit que les routes sont carrossables, n'attendez pas. Il peut neiger à nouveau demain, vous savez. Ou même cette nuit.

Harrison le regarda, puis hocha la tête.

— Nous partirons donc aujourd'hui, dit-il avant de sortir.

Rhodrick ravala sa déception et boitilla jusqu'au cordon de la sonnette.

— Va voir si les affaires de Mlle Fairchild sont prêtes, ordonna-t-il à Ifan. Elle partira dans la journée.

Comme Ifan quittait la pièce, Rhodrick caressa la grosse tête de Caïn et contempla le ciel bleu qui s'étirait au-dessus de la forêt. Il était temps de cesser de rêver et de se remettre au travail, se dit-il. Il était temps d'oublier.

Sa seule peur était de passer chaque journée de sa vie à tenter d'oublier. Sans jamais y parvenir.

Lord Harrison trouva Greta dans la bibliothèque. Elle lisait.

— Les routes sont carrossables, mademoiselle Fairchild. Nous pouvons partir dès aujourd'hui.

— Aujourd'hui ? s'exclama-t-elle, abasourdie.

— Oui, aujourd'hui, répéta Harrison. Vos bagages sont prêts ?

Greta secoua la tête. Elle savait que cet instant viendrait, mais elle avait pensé qu'il s'écoulerait un petit moment entre l'annonce et la réalité du départ.

— Vous êtes sûr qu'une voiture peut prendre la route aujourd'hui ?

— Oui, répondit-il avec un sourire triste.

— On ne devrait pas attendre qu'il fasse meilleur temps ? suggéra-t-elle anxieusement.

— Greta, votre famille vous attend. Je n'ai sûrement pas besoin de vous dire que rester plus longtemps que nécessaire est déraisonnable pour quantité de raisons.

Il faisait allusion à sa réputation, comprit-elle. S'il savait, le pauvre !

— En outre, reprit-il, votre famille a hâte de vous revoir.

Zut, zut, zut ! Des larmes brûlantes s'amoncelaient sous ses paupières.

— Oui, bien sûr, vous avez raison. Je dois revenir auprès de mes cousines.

Comme cela sonnait raisonnable et ennuyeux ! Maintenant qu'Ava était mariée, Phoebe ne tarderait pas à l'imiter, et elle... eh bien, même si sa réputation survivait à ce long voyage, elle n'avait pas de perspectives précises. Elle serait leur fardeau.

— Très bien, dit-elle en se levant. Excusez-moi, j'ai beaucoup à faire.

L'approche du départ la rendait soudain très nerveuse. Elle porta machinalement la main à son pendentif – un porte-bonheur, avait dit le prince.

Parfaitement inefficace.

Deux heures plus tard, Greta était habillée pour le voyage, sa malle avait été emportée, et il ne lui restait plus qu'à monter en voiture. Mme Bowen et Lulu l'attendaient dans la petite entrée. Lulu l'aidait à enfiler sa cape lorsque Rhodrick apparut. S'appuyant de l'épaule à la porte, il croisa les bras.

Greta tira la capuche de sa cape afin de cacher son visage.

— L'adresse de la maison de mes cousines est sur la coiffeuse de ma chambre, dit-elle à Lulu. Tu demanderas à quelqu'un de m'écrire de tes nouvelles ?

— Bien sûr, mademoiselle.

Greta lui pressa la main en souriant, avant de se tourner vers la gouvernante.

— Merci… pour tout, dit-elle en s'efforçant de retenir ses larmes. Vous avez été très gentille.

— Mademoiselle nous manquera, assura Mme Bowen.

Greta hocha la tête, avant de s'obliger à faire face au prince.

Ne sachant que dire, elle fit une révérence – geste absurde, vu ce qu'ils avaient été l'un pour l'autre. Son air impassible la blessa. Apparemment, elle était la seule à souffrir de cette séparation définitive.

Il s'écarta du mur et sortit de sa poche de poitrine une feuille pliée, entourée d'un ruban.

— J'ai pris la liberté d'écrire au marquis pour me porter garant de votre conduite sous l'œil attentif de Mme Bowen durant votre séjour à Llanmair.

Ce geste attentionné la toucha. Ce petit mot aurait un effet bénéfique sur sa réputation et son avenir dans la société.

— Je… je vous remercie.

— Eh bien, je vous souhaite un bon voyage.

— Mademoiselle Fairchild ? appela lord Harrison, près de la porte.

Le prince pivota et s'éloigna de sa démarche bancale en serrant et desserrant les poings.

— Attendez ! cria Greta.

Elle courut le rattraper et, détachant son pendentif, le lui tendit.

— Je veux que vous le preniez. Il doit rester ici, au pays de Galles.

Il jeta un œil sur le porte-bonheur, puis sur elle.

— Je vous en prie, murmura-t-elle.

Elle prit sa main et y déposa le pendentif. Il le glissa dans sa poche.

— Merci, dit-elle.

Il hocha la tête et s'éloigna de nouveau.

— La cuisinière a préparé un panier pour mademoiselle, expliqua la gouvernante. Du fromage et du pain.

— Comme c'est gentil ! soupira Greta qui ne pensait qu'à Rhodrick disparaissant de sa vie.

— J'ai ajouté le livre que mademoiselle lisait, précisa Lulu. Sa Seigneurie a dit que je pouvais.

— Oh, fit Greta, submergée par l'émotion. Je te remercie. C'est… trop gentil.

Elle s'obligea à sourire et ajusta de nouveau sa capuche tandis qu'Ifan ouvrait la porte. Un courant d'air glacial envahit la pièce. Le panache blanc du souffle des chevaux s'élevait dans la cour.

— Je vous attends dans la voiture, dit Harrison qui avait visiblement envie d'abréger les adieux.

Mme Bowen serra les bras sur sa poitrine pour se réchauffer. Lulu ne put retenir un frisson.

— Eh bien, fit Greta, je suppose qu'il faut que j'y aille… Vous me manquerez tous beaucoup.

— Et mademoiselle nous manquera aussi, affirma Mme Bowen qui tremblait à présent autant que Lulu.

— Bon, je m'en vais, marmonna Greta.

Ifan la regardait avec l'air d'avoir hâte de refermer la porte. Pourtant, les pieds de Greta semblaient s'être enracinés dans le dallage.

— Mademoiselle ? fit Ifan.

— Oui...

Mettant un pied devant l'autre, elle traversa l'entrée et franchit le seuil. Ifan la suivit, referma la porte derrière lui et l'accompagna jusqu'à la portière de la voiture devant laquelle se tenait Harrison, la main tendue.

Elle la prit à contrecœur et monta dans la voiture. Harrison la suivit.

— Je souhaite à mademoiselle un bon voyage, dit Ifan avant de refermer la portière.

Elle l'entendit crier quelque chose au cocher, puis il se hâta de rentrer dans le château.

— Courage, murmura Harrison gentiment.

La voiture s'ébranla lourdement, et les murs gris du château avec ses nids, ses recoins et les traces des batailles du passé commencèrent à défiler. Le portail était ouvert et la voiture n'eut pas à s'arrêter pour se retrouver sur la route.

Greta se retourna et vit deux milans s'élever dans le ciel bleu.

Et, sans qu'elle comprît pourquoi, la vue de ces oiseaux de proie lui fit réaliser qu'elle ne pouvait pas partir sans savoir comment Rhodrick avait retrouvé Mlle Yates. Il fallait qu'elle sache !

Elle cogna sur le plafond.

— Arrêtez ! cria-t-elle. Arrêtez !

— Que faites-vous ? s'exclama Harrison.

— J'ai oublié quelque chose, jeta-t-elle comme la voiture s'immobilisait.

Greta sauta à terre sans attendre que le cocher l'aide à descendre et, ignorant les cris de Harrison, elle courut aussi vite qu'elle put, ses chaussures minces s'enfonçant dans les ornières que les roues avaient creusées dans la gadoue. La capuche de sa cape glissa de sa tête. Elle ne prit pas le temps de la remettre en place et courut de plus belle pour atteindre la cour du château avant que les lourds battants du portail se referment, et que Llanmair et son prince sortent de sa vie à jamais.

Debout devant la fenêtre, Rhodrick regardait la voiture s'éloigner.

— C'est mieux comme ça, marmonna-t-il. Oui, c'est beaucoup mieux.

Il allait se détourner – voir disparaître cette voiture était plus qu'il ne pouvait en supporter – lorsqu'il la vit s'arrêter brutalement.

La portière s'ouvrit, Greta en déboula et reprit de justesse son équilibre. Rassemblant le bas de sa cape d'une main, elle se mit à courir sans attendre lord Harrison qui sautait à son tour dans la neige fondue. Greta courait aussi vite que le permettait le terrain boueux. Sa capuche retomba sur son dos, sans qu'elle s'en soucie. Elle franchit le portail et, comme elle approchait du château, elle disparut de sa vue.

Le cœur battant, Rhodrick se pétrifia.

Une minute plus tard, l'un des chiens releva la tête et des pas précipités se firent entendre dans le couloir. Et tout à coup elle fut là, le souffle court, les joues rouges. Elle s'appuya des deux mains au chambranle et le regarda avec des yeux grands comme des soucoupes.

— Vous avez oublié quelque chose ?

— Comment l'avez-vous retrouvée ? souffla-t-elle. De grâce ! J'ai besoin de connaître la réponse.

La question le blessa au cœur. Il se détourna.

— C'est une vieille histoire. Inutile de la ressasser.

— Si ! Je me suis trompée sur tout le reste, c'est la seule question que je dois encore élucider.

La remarque le troubla. Il pivota vers elle et constata que ses yeux brillaient.

— Vous vous êtes trompée ?

— Terriblement trompée ! assura-t-elle en ouvrant les bras comme pour lui montrer l'ampleur de ses erreurs.

Le cœur de Rhodrick s'emballa d'un ridicule espoir.

— Je pensais que voir la maison vous aurait suffi.

— Non ! Je n'arrive pas à me débarrasser de cette question : comment l'avez-vous retrouvée ? reprit-elle avec insistance.

Elle serra les mains sur sa poitrine et fit quelques pas en implorant Rhodrick de son regard bleu.

— Je vous en supplie, dites-moi comment vous avez retrouvé Mlle Yates, afin que je puisse regagner Londres avec la certitude que j'ai eu raison de renoncer à ce qui m'est arrivé de plus beau dans la vie !

— Je ne peux pas, Greta, riposta-t-il. Je ne peux pas.

— Mais pourquoi ? Le pire, je l'ai imaginé. Je suis prête à l'entendre.

— Parce que je ne supporterai pas de lire dans vos yeux que vous me croyez fou.

— Comment pourrais-je vous croire fou ? Puisque je vous aime, c'est impossible !

L'aveu le sidéra. Rhodrick comprit que s'il voulait que cette femme soit à lui – ce qu'il désirait éperdument – il devait lui dire la vérité. Et, au point où en étaient les choses, il n'avait plus rien à perdre. Il rassembla son courage :

— Votre mère m'a guidé.

Greta blêmit. Incapable d'émettre un son, elle se laissa tomber dans un fauteuil.

— Ma… ma mère est morte il y a quatorze ans, balbutia-t-elle.

— Oui, je le sais.

Plongeant les mains dans ses cheveux, il chercha comment expliquer cette folie.

— Je ne l'ai même pas vraiment connue. Elle a quitté Kendrick alors que je n'étais qu'un gamin, et ensuite je ne l'ai revue que les deux fois où elle est venue rendre visite à votre oncle.

La main de Greta se porta à sa gorge, là où le pendentif avait reposé.

— C'est une plaisanterie ?

— Non, fit-il en secouant la tête. Mais je le préférerais.

L'expression horrifiée de la jeune femme lui fit mal.

— Écoutez-moi. Écoutez-moi, c'est tout, vous voulez bien ?

L'air abasourdi de Greta fut sa seule réponse.

— Dans ce pays, nombreux sont les gens qui croient à la magie et aux vieilles légendes, mais ce n'est pas mon cas. J'ai toujours pensé que croire aux esprits était le fait de gens incultes.

Greta demeurait pétrifiée. Elle le regardait sans ciller.

— Comme je vous l'ai dit, reprit-il, Morwena Yates était tombée éperdument amoureuse d'Owen Percy. Elle s'accrochait à l'espoir absurde qu'il ferait d'elle une femme honnête. Je le sais, car elle me l'a dit. Bien sûr, j'ai essayé de lui ouvrir les yeux, mais rien de ce que ses parents et moi avons dit n'a pu la convaincre. Et, inévitablement, Percy l'a perdue de réputation. Ensuite, comme je vous l'ai raconté, je l'ai envoyée en Cornouailles pour mettre au monde son enfant loin des commérages et, lorsqu'elle serait remise, travailler comme institutrice. Mais elle est revenue avec le fol espoir de regagner l'affection de Percy et, une nuit, elle a débarqué à Kendrick sans y être invitée… J'avais eu la sottise de louer Kendrick à Percy, précisa-t-il amèrement.

Le silence de Greta était impressionnant. Il attendit une seconde avant d'enchaîner :

— Comment vous raconter la suite ? Vous allez prendre ça pour de la folie pure mais, quand on s'est aperçu que Mlle Yates avait disparu, j'ai su qu'il était arrivé un malheur parce que je l'avais rêvé.

Le bref soupir de Greta lui fit l'effet d'un coup de couteau dans le cœur.

— Armez-vous de courage, ce n'est pas fini… Alice Bronwyn, que j'avais connue enfant et revue ensuite seulement deux fois, m'est apparue en rêve. Elle se tenait à la porte de Kendrick et me faisait signe d'entrer.

Lâchant un petit cri de désarroi, Greta se couvrit le visage des mains.

Voilà, c'était exactement ce qu'il avait craint. En lui disant la vérité, il la perdait, songea Rhodrick qui, ne supportant plus l'expression de Greta, se détourna.

— En suivant… cette apparition – je ne sais pas quel autre mot utiliser – j'ai découvert la chambre où Mlle Yates était enfermée. Et j'ai vu la jeune fille piquer une crise de folie.

Fuyant toujours le regard de Greta, il poursuivit :

— Naturellement, je savais que c'était un rêve.

L'horreur l'envahit de nouveau.

— Une semaine ou deux plus tard, mes craintes furent confirmées quand M. et Mme Yates vinrent m'annoncer que leur fille avait disparu. Je suis allé interroger Percy, mais il a nié. J'ai insisté et suis monté voir la chambre. Elle était telle que vous l'avez vue. C'est alors que Mme Evans, la femme chargée de nourrir Mlle Yates, a avoué que la prisonnière s'était échappée. J'ai tout de suite organisé les recherches. Jour après jour, mes hommes et moi avons exploré les alentours. En vain. Comme vous l'avez dit, il y a des milliers d'hectares.

Il marqua une pause. Ce récit lui était extrêmement pénible et annulait tous ses efforts pour ne plus penser à la tragédie.

— Alors que nous perdions espoir, j'ai fait un autre rêve. Votre mère m'est de nouveau apparue à la porte de Kendrick et elle a murmuré : « Le vieux pont sur le canal. »

Il jeta un bref coup d'œil à Greta. Elle le fixait, l'air très émue. Émue, ou horrifiée ?

— Le lendemain matin, je suis parti à l'aube et j'ai exploré les alentours du vieux pont. Sans succès. Aussi, je me suis dit que je perdais la tête. Mais elle a réapparu la nuit suivante et m'a de nouveau supplié de fouiller les abords de ce maudit pont… Une deuxième journée de recherches n'a pas eu plus de succès. La troisième nuit, votre mère m'a indiqué l'emplacement exact. Elle m'y a même emmené. Et j'ai vu Mlle Yates, gisant au fond du ravin.

Il leva les yeux au plafond. L'image rêvée et l'image réelle se confondaient et le hantaient malgré les années.

— Le lendemain, je me suis rendu directement à l'endroit qu'elle m'avait désigné. Au fond du ravin, j'ai trouvé la pauvre fille. Elle avait dû tomber – ou bien elle s'était jetée. Qui peut le savoir ? En tout cas, elle avait le cou brisé.

Des larmes brillaient dans les yeux de Greta, qui gardait le silence.

— Sans aide, je n'aurais pas pu la retrouver, dit-il. Personne ne l'aurait pu. Ce ravin était trop profond. Le corps était à moitié dévoré et couvert de feuilles. J'ai raconté aux autorités que mes chiens étaient tombés dessus. Personne ne l'a mis en doute. Le hasard, ou la chance.

Il attendit que Greta réagisse, le traite de fou ou de menteur. Mais elle se couvrit le visage des mains et se mit à sangloter.

Rhodrick se sentait malheureux. Elle regrettait sûrement d'avoir abandonné sa virginité à un fou. Il pivota vers la fenêtre et contempla le ciel bleu.

Pourquoi diable s'était-il laissé convaincre de raconter cette aberration ? Le prix à payer était accablant, et la douleur insupportable.

— J'ai fermé Kendrick, déclara-t-il tout en se demandant pourquoi il continuait à parler. À cause du crime affreux qui y avait eu lieu, et à cause du fantôme dont on racontait qu'il hantait ces lieux – bien avant la naissance de votre mère. Cela m'a paru prudent. Et je n'ai plus rêvé de votre mère, jusqu'à ce que vous surgissiez en compagnie de M. Percy.

Il lui jeta un coup d'œil et se sentit dangereusement attendri.

— Cette nuit-là, je l'avoue, j'avais bu plus que de coutume pour endormir la douleur de mon genou – mais quand j'ai vu le porte-bonheur que vous portiez au cou et... vos beaux yeux bleus, la seule couleur que je perçois clairement dans l'univers gris qui m'entoure, je vous ai prise pour elle. Je n'ai fait le rapprochement que lorsque vous m'avez montré le tableau. Je me suis souvenu qu'elle s'était mariée, mais j'avais oublié le nom de Vaughan. C'est un nom courant dans la région. Depuis votre arrivée, j'ai rêvé d'elle trois fois... toujours à la porte de Kendrick et me faisant signe d'entrer.

Greta continuait à sangloter.

— Arrêtez, je vous en prie, gémit-il. Sur qui pleurez-vous ? Sur vous, ou sur le pauvre fou que je suis ?

Elle gardait la même attitude de désespoir, le visage dans les mains, les épaules secouées. Il s'approcha et sortit de sa poche le mouchoir qu'elle avait laissé tomber le premier jour. Il en ôta le porte-bonheur et la bague qu'il avait eu la sottise de lui offrir. Greta se redressa et, les joues ruisselantes, prit son mouchoir.

— De grâce, arrêtez, supplia-t-il. Vos larmes me sont insupportables, car je vous ai aimée, Greta. Je vous ai aimée depuis toujours, bien avant de vous rencontrer. C'est vous que j'attendais, oui, je le sais. Et voilà que j'ai tout anéanti avec mes divagations... Vous avez la réponse que vous êtes revenue chercher, et lord Harrison attend de vous ramener à Londres.

Au lieu de s'enfuir à toutes jambes comme il l'escomptait, Greta se jeta sur lui si soudainement qu'il faillit tomber, et enfouit le visage dans son épaule. Rhodrick essaya de la faire se rasseoir, mais elle se cramponnait désespérément à lui. Aussi, craignant de la toucher, leva-t-il les mains.

— Pourrez-vous jamais me pardonner ? sanglota-t-elle. Je vous en supplie, pardonnez-moi, Rhodrick ! Je vous aime, je vous ai aimé, moi aussi ! Dire que tout ce temps ma mère me menait à vous, ma mère me ramenait chez moi !

Empoignant ses épaules, il l'obligea à le regarder.

— Qu'est-ce que vous dites ?

— Vous n'êtes pas fou ! Je sais que ce que vous dites est vrai, parce que j'ai fait les mêmes rêves ! Elle se tenait à la porte de Kendrick et me faisait signe d'entrer ! Mais les dernières fois, c'est vous qui m'attendiez à l'intérieur !... Vous ne voyez pas ? s'écria-t-elle en agrippant le bras de Rhodrick. Pendant des années, j'ai fait un rêve toujours identique de ma mère. Depuis sa mort, alors que je n'étais qu'une enfant, j'ai rêvé qu'elle se tenait sur le seuil d'une grande maison blanche – une maison dont j'ignorais qu'elle existait réellement, jusqu'à ce que j'aperçoive Kendrick de loin. Je rêvais de Kendrick avant même de savoir qu'un jour, j'irais au pays de Galles ! Ma mère m'a conduite vers vous. Elle m'a offerte à vous !

Les bras autour du cou de Rhodrick, elle fondit de nouveau en larmes.

Le cœur de Rhodrick battait si fort qu'il crut qu'il allait jaillir de sa poitrine.

— Mais comment... ?

— Je ne sais pas ! cria Greta. Et ça m'est égal ! Mais je sais que c'est vrai, je sais qu'elle m'a donnée à vous. Elle a veillé sur moi quand je m'inquiétais de ce que j'allais devenir, elle m'a insufflé l'idée d'aller voir s'il ne me restait pas une parcelle d'héritage quelque part au fin fond du pays de Galles, et elle m'a conduite ici. Chez vous.

Rhodrick prit sa main et la posa sur sa poitrine.

— Vous le sentez ? En trente-huit ans d'existence, c'est la première fois qu'il bat aussi follement. Je n'ai commencé à vivre que lorsque vous êtes arrivée à Llanmair, Greta. Vous ne pouvez pas me quitter. Ce serait me condamner à mort.

Il cueillit le visage de la jeune femme entre ses mains et embrassa son front, son nez, ses lèvres.

— Promettez-moi que vous ne me quitterez jamais.

— Je ne peux vous promettre moins. Je vous aime, Rhodi. Je vous aime plus que tout au monde.

Pour la première fois de sa vie, Rhodrick sentit son cœur battre de bonheur et non plus de fureur, de crainte ou de rage.

Quarante minutes plus tard, Ifan conduisait lord Harrison dans la galerie des portraits où se tenaient le prince et Mlle Fairchild. Les cheveux du prince étaient hirsutes, sa cravate dénouée, et il souriait comme l'idiot du village.

— Mademoiselle Fairchild, dit Harrison d'un ton exaspéré, la voiture nous attend. Veuillez excuser mon insistance. Je voudrais juste savoir si nous partons.

— La voiture ? répéta le prince. Quelle voiture ?... Ah oui... Vous êtes sûrement pressé de partir, monsieur, mais j'espérais que vous pourriez rester jusqu'à ce qu'on m'apporte de Rhayader les papiers nécessaires afin que le vicaire puisse nous unir... Va le chercher, Ifan, s'il te plaît, ainsi que les papiers à remplir... Non, non, laisse tomber. Les papiers, je vais m'en occuper moi-même. Je ne suis pas juge pour rien.

Mlle Fairchild pouffa de rire, et le prince sourit à Harrison.

— Vous resterez, n'est-ce pas, monsieur ?

En trente ans de service, Ifan n'avait pas vu son maître aussi hilare. Un peu troublé, il s'inclina et fit demi-tour. Le rire du prince l'accompagna jusqu'à l'escalier.

Mourant de froid, Mme Bowen et Lulu attendaient toujours Mlle Fairchild dans l'entrée.

— Alors ? s'enquit la gouvernante.

— Eh bien, on peut rapporter sa malle, dit-il.

Les cris de joie des deux femmes lui firent lever les yeux au ciel.

31

À genoux, une dizaine d'épingles entre les dents, Phoebe fixait les derniers plis de la robe qu'elle fabriquait pour Ava, laquelle, très enceinte, n'avait plus rien à se mettre. Elle faillit les avaler quand Lucille fit irruption dans la pièce en brandissant un papier plié.

— Lord Harrison est arrivé !

Phoebe cracha les épingles et retomba sur ses talons.

— Je le jure, Lucille, un de ces jours, vous me ferez avoir une crise d'apoplexie. Greta est avec lui ?

— Comment le saurais-je ? Votre sœur Ava nous a envoyé un mot nous priant de venir, car Harrison est attendu chez Middleton cet après-midi.

— Oh ! Cela veut forcément dire qu'elle est rentrée !

Mais, lorsqu'un peu plus tard, Phoebe arriva chez Ava, hors d'haleine et euphorique, elle n'y trouva que sa sœur qui tournait comme un fauve en cage dans son salon, une main sur un ventre déjà imposant, l'autre plaquée sur les reins.

— Elle est là ? s'enquit Phoebe dont le sourire se fanait déjà.

— Je ne sais pas ! grommela Ava. Je ne comprends pas ce qui retient Harrison. Aussi, j'ai demandé à Middleton d'aller jeter un œil. C'est au moment où je lui disais…

La porte s'ouvrit, et le marquis entra.

— Que m'avez-vous dit, chérie ? questionna-t-il. Ou peut-être faut-il plutôt demander : que ne m'avez-vous pas dit ?

Il pouffa de rire de sa plaisanterie.

— Jared ! cria Ava. Où est-elle ? Elle est rentrée ?

Il lui tendit un message.

— Oh, non ! Encore une lettre ! protesta Ava tandis que Phoebe arrachait la feuille et brisait le cachet.

— Eh bien ? C'est de Greta ? demanda Ava.

— Oui... *Très chères Phoebe et Ava*, lut-elle à haute voix, *je vous annonce la nouvelle la plus extraordinaire de toutes ! Je me trompais complètement sur le compte du prince, et nous allons nous marier !*

— Ô mon Dieu ! s'exclama Phoebe en s'écroulant sur un canapé.

— Quoi ! s'écria Ava en faisant de même à côté de sa sœur. Que dit-elle d'autre ? Donne-la-moi.

Elle tendit une main, sur laquelle Phoebe décocha une petite tape. Le marquis s'approcha de la fenêtre et s'absorba dans la contemplation de son jardin.

— *Lorsque cette lettre vous parviendra, je serai mariée. De grâce, ne soyez pas fâchées. Le prince et moi avons pensé que je ne pouvais décemment pas rester ici un moment de plus sans être mariée, et lord Harrison a approuvé. Si bien que nous n'avions plus le temps de vous inviter au pays de Galles pour la cérémonie. Je sais que vous avez des quantités de questions à me poser, et je répondrai à toutes quand nous viendrons à Londres au printemps. Je serai là pour les couches d'Ava.*

« *Oh, chéries, j'ai hâte que vous fassiez sa connaissance, car c'est l'homme le plus extraordinaire que...*

— C'est de celui qu'elle traitait de bête sauvage, de monstre et d'ogre, qu'elle parle ? jeta Ava.

— Apparemment, dit Phoebe qui reprit sa lecture : *Il est très gentil et très intelligent. Il a beaucoup voyagé et il est très ouvert, au point de tolérer que j'aie des opi-*

nions sur le Parlement. J'espère que vous aimerez mon mari comme je l'aime. Remerciez le marquis pour sa lettre généreuse, et lord Harrison pour s'être lancé sur les routes alors qu'il faisait si mauvais. D'autant plus qu'il a souffert, le pauvre, d'avoir dû prolonger son séjour ici à cause de la neige. Je dois m'arrêter, car nous donnons une grande réception pour Noël et cela représente beaucoup de travail. Affectueusement, G.

— Ô mon Dieu ! s'exclama Ava en arrachant la lettre des mains de Phoebe. Et moi qui avais tellement envie de la présenter à nos invités ce soir. Maintenant, tout va être terriblement ennuyeux. Je ferais mieux d'aller me coucher.

— Oh, je ne crois pas, chérie, répliqua Middleton. Vous avez encore à endurer une réception ennuyeuse.

Ava regarda Phoebe et leva les yeux au ciel avant de s'affaler sur le dossier, une main sur le ventre. Phoebe fit de même, les yeux rivés sur le tapis, en se demandant si elles reverraient jamais Greta.

Ce même après-midi, dans un hôtel très chic de Londres, Greta arrangeait la cravate de Rhodrick.

— Une réception, soupira-t-il. Des heures à papoter et à souhaiter être ailleurs.

— Parlez pour vous, Radnor, grommela lord Harrison. Quant à moi, je n'en peux plus de la solitude et du silence.

La remarque fit sourire Rhodrick.

— Je ne sais pas si nous avons raison de surprendre Ava et Phoebe, dit Greta. Elles peuvent se montrer très désagréables.

— Elles seront enchantées, assura Harrison. Une telle surprise les comblera de bonheur. Mais, si le prince et la princesse veulent bien m'excuser, je crois que ma tâche est terminée. À ce soir.

Rhodrick le raccompagna en le remerciant de son aide. Lorsqu'il revint dans la chambre, Greta était assise devant la coiffeuse. En la regardant attacher ses boucles d'oreilles, il se dit pour la énième fois qu'il était l'homme le plus chanceux du monde. Cette belle femme était son épouse. Il avait l'impression de rêver.

À propos de rêves, depuis leur mariage, ni l'un ni l'autre n'avait rêvé d'Alice Bronwyn. Comme si, après les avoir réunis, elle avait décidé de les laisser à leur bonheur. Mais si Rhodrick ne songeait plus à ce fantôme, il avait pensé à autre chose. Il s'approcha de Greta et posa une main sur son épaule.

Elle lui sourit dans le miroir.

— J'aimerais faire un tour en ville avant d'aller chez vos cousines, dit-il.

— Un tour en ville ?

Elle se retourna à moitié pour lui prendre la main et l'embrasser.

— Ne me dites pas que vous avez peur d'elles ?

— Peur de deux jeunes femmes qui, très certainement, sont comme vous ?

Il se pencha et posa un baiser sur la tête.

— Cette perspective me fait trembler.

Greta éclata de rire et se leva. Elle enlaça son mari, l'embrassa avec tendresse.

— Alors, vous avez raison, un tour en ville vous détendra. Mais ne vous inquiétez pas. Je les empêcherai de vous manger.

Une heure plus tard, Rhodrick demandait au cocher de les emmener à Audley Street, près de Hyde Park.

— Audley Street, répéta Greta en haussant les sourcils. Le quartier le plus chic de la ville. Qu'y a-t-il à voir là-bas ?

Sans répondre, il lui sourit. Une fois la voiture arrivée au début d'Audley Street, il ordonna au cocher de s'arrêter.

— Venez, allons faire quelques pas, dit-il à Greta.

— Mais on nous attend chez Ava.

— Nous y serons bien assez tôt. Venez.

Greta soupira, mais prit sa main pour descendre de voiture. Rhodrick s'immobilisa devant le second hôtel particulier de la rue et regarda la porte à deux battants en haut du perron. Greta l'imita, intriguée.

— Pourquoi nous arrêtons-nous là ? s'enquit-elle. Vous connaissez les gens qui habitent cette maison ?

Un sourire énigmatique sur les lèvres, il lui fit monter le perron.

— Rhodrick ! protesta-t-elle en tentant de se dégager. Il est trop tard pour une visite à l'improviste !

— Il n'est jamais trop tard, répliqua-t-il en soulevant le heurtoir.

Seul le silence lui répondit.

— Vous voyez ? Il n'y a personne, dit Greta en faisant demi-tour.

— Pas si vite, madame.

Il sortit une clef de sa poche et, sous les yeux ahuris de son épouse, l'introduisit dans la serrure et ouvrit la porte.

— Après vous.

Greta passa la tête et constata que le hall d'entrée était désert.

— Je ne comprends pas. Chez qui sommes-nous ?

— Chez vous.

La réponse mit quelque temps à pénétrer le cerveau de Greta qui, jetant un œil par une porte entrebâillée, découvrit un grand salon complètement vide.

— Comment ?

— Dites-moi ce que vous pensez de ceci, lady Radnor. Supposez que vous passiez l'hiver et le printemps à Londres afin de pouvoir danser et éblouir la foule avec votre art de la conversation, puis que vous reveniez profiter des jardins de Llanmair pendant l'été et l'automne.

Elle en resta bouche bée une seconde. Il eut la patience d'attendre qu'elle retrouve la parole.

— Vous parlez sérieusement, Rhodi ? balbutia-t-elle.

— Très sérieusement. Vous devez savoir à présent que je ferais tout pour vous rendre heureuse, y compris endurer l'interminable saison mondaine de Londres.

Poussant un cri de joie, elle se rua dans ses bras et l'embrassa sauvagement.

— Mais comme tous ces tralalas et ces propos vides de sens m'ennuieront horriblement, Harrison a promis de me présenter à son club…

— Je vous aime, déclara-t-elle avant de l'embrasser de nouveau.

— Moi aussi, je vous aime, assura-t-il avec une profonde sincérité. Et il est dramatiquement vrai que je ferais tout pour vous.

— Tout ? s'enquit-elle en glissant la main sous la veste de son mari.

— Que mijotez-vous, madame ? Voyons…

— Il nous reste bien quelques minutes, non ? Vous sembliez moins pressé, tout à l'heure.

Trois quarts d'heure plus tard, Ava broyait du noir dans son grand salon.

— Vous avez l'air déçue, mon amour, remarqua Middleton.

Ava échangea un regard avec Phoebe.

— Ma bonne humeur a été réduite en poussière quand j'ai compris que je ne reverrais pas Greta, si vous voulez le savoir.

— Je crois vraiment qu'elle nous a abandonnées, ajouta Phoebe dont la bonne humeur avait, elle aussi, disparu.

— Mon Dieu, la soirée ne va pas être gaie, marmonna Middleton. Oh, excusez-moi, mesdames, mais je crois que j'entends arriver nos premiers invités.

— Renvoyez-les, Jared. Je ne suis pas en état de recevoir, déclara Ava d'un ton mélodramatique.

Son mari s'absentant, elle expliqua à Phoebe :

— Je voulais qu'il envoie quelqu'un chez les uns et les autres annuler la soirée, mais il a refusé catégoriquement. Il est vraiment odieux, par moments.

— On aurait pu espérer qu'elle serait venue se marier à Londres, dit Phoebe que la remarque de sa sœur ne troublait aucunement, car elle savait combien les deux époux s'aimaient.

Ce qui l'irritait, elle, c'était que Greta l'ait privée de la joie de lui faire sa robe de mariée.

— Se marier au pays de Galles ! Quelle idée saugrenue, vraiment ! ajouta-t-elle.

— Vous n'avez pas lu ma lettre ? demanda l'accusée. J'ai pourtant bien expliqué pourquoi je me mariais là-bas.

Glapissant de surprise, Ava et Phoebe coururent vers la porte, sur le seuil de laquelle se tenait Greta. Les trois jeunes femmes s'étreignirent en riant.

Le marquis de Middleton et le prince de Powys les regardaient avec amusement.

— Soyez le bienvenu dans la famille, dit Middleton.

— Je vous remercie, répondit Rhodrick.

— Je dois cependant vous prévenir que ce comportement exubérant est assez fréquent.

— Vraiment ?

— Oh oui, assura Middleton qui, les mains dans le dos, se balançait d'avant en arrière. Et quand il leur arrive de se disputer, c'est encore plus bruyant.

— Cela semble impossible, marmonna Rhodrick.

Les deux hommes sursautèrent lorsque la tête d'Ava émergea du petit groupe et que ses yeux se fixèrent sur lord Radnor.

— Mais il n'a pas du tout l'air d'un ogre !

Lâchant sa sœur et sa cousine, elle fonça sur lui.

— Attention ! souffla Middleton à l'adresse du nouveau venu.

Rhodrick regardait les trois femmes avancer vers lui d'un pas décidé : Ava, une superbe blonde ; Phoebe, tout aussi blonde et ravissante ; et derrière, sa Greta, brune mais tout aussi belle, et rayonnante de bonheur. Elle lui décocha un clin d'œil.

— Vous êtes un méchant homme, attaqua Phoebe. Dis-le-lui, Ava.

— Oui, vous êtes très méchant, renchérit celle-ci.

— Je vous demande pardon ?

— Vous n'auriez pas pu vous marier à Londres ? Comment avez-vous pu l'épouser sans nous ? protesta Ava.

— Ne lui répondez pas, Rhodrick, intervint Greta. Cela ne ferait qu'attiser sa grogne.

— Oh, zut de flûte ! s'écria Ava qui, n'y tenant plus, se jeta sur Radnor et l'embrassa sur la joue. Quelle joie de faire votre connaissance, monsieur ! Tout être humain capable de supporter Greta plus d'une heure de suite sans être complètement exaspéré est le bienvenu dans cette maison et cette famille, déclara-t-elle avec un sourire chaleureux.

— Je vous remercie.

— Moi, c'est Phoebe, monsieur, dit Phoebe qui commença par une révérence très formelle et acheva par un baiser sur la joue. Merci d'avoir ramené Greta à la maison… enfin, à Londres, car j'imagine que sa maison sera au pays de Galles, maintenant.

— Tout le plaisir est pour moi, répliqua-t-il en souriant à Greta.

— Venez vous asseoir, monsieur, et parlez-nous du pays de Galles, dit Ava en glissant le bras sous le sien.

S'effaçant, Phoebe laissa Ava s'asseoir à côté du prince tandis que Greta – une Greta rayonnante – prenait place en face de son mari. Il était visible qu'elle l'aimait autant qu'Ava aimait le marquis. Et elle était princesse !

Zut, zut, zut, c'était exactement ce qu'avait redouté Phoebe. Elle seule n'était pas mariée et, comme aucun soupirant ne réclamait sa main, elle allait sûrement finir sa vie comme une vieille fille grincheuse, sur qui les gamins du voisinage s'amuseraient à jeter des pierres.

Mais, au moins, elle serait une vieille fille élégante, songea-t-elle pour se consoler, et, baissant les yeux sur sa robe en soie verte, elle contempla son œuvre.

— Phoebe, cesse de t'admirer et viens avec nous, dit Ava. Le prince raconte toutes les choses épouvantables qu'a faites Greta au pays de Galles.

Le prince adressa à Phoebe si amical qu'elle se sentit immédiatement conquise. Oh oui, elle comprenait pourquoi Greta l'avait épousé. Et elle se réjouit de tout cœur pour sa cousine.

— Phoebe ! insista sa sœur.

— Ava, tu es vraiment obligée de commander tout le temps ? protesta Phoebe en rejoignant sa famille.

Découvrez les prochaines nouveautés de nos différentes collections J'ai lu pour elle

AVENTURES
& PASSIONS

Le 2 septembre :

Vint un chevalier **Jude Deveraux (n°6949)**

Depuis des mois, Marian Montgomery rêvait de ce voyage en Angleterre. Quoi de plus propice à une demande en mariage qu'un séjour en amoureux dans des lieux chargés d'histoire ? Cette fois, Robert va lui demander de l'épouser. Mais, rien ne se passe comme prévu. De déceptions en querelles, la romance tourne à l'aigre. Après une ultime altercation, Robert abandonner Marian près d'une petite église datant du XVIe siècle. Soudain, se matérialise à son côté l'homme le plus séduisant et le plus incroyable qui soit : Nicolas Stafford, comte de Thornwyck, injustement condamné à mort en 1564 !

Les Carsington—3. Si parfait...
Loretta Chase (n°9054)

Benedict Carsington, héritier du comte de Hargate, est un fils parfait, un gentleman parfait, un membre du Parlement parfait. Bethsabée, elle, appartient à la branche scandaleuse d'une famille honorable. Veuve, elle élève seule sa fille, Olivia. Lorsque Olivia et Peregrin, le neveu de Benedict, décident de trouver le trésor d'un pirate. Benedict et Bethsabée se lancent à leur recherche.

La ronde des saisons —1. Secrets d'une nuit d'été
Lisa Kleypas (n°9055)

Annabelle désespère de trouver l'homme riche et titré qui aidera sa famille à régler ses difficultés financières. Lors de la « saison » de la dernière chance, elle s'allie avec trois autres jeunes filles qui, comme elle, font tapisserie à chaque bal : elles s'aideront mutuellement à décrocher le mari idéal, quitte à user de ruse et de stratagèmes.
Le tome 1 de La ronde des saisons nous raconte l'histoire d' Annabelle, la plus âgée.

Nouveau ! 2 rendez-vous mensuels aux alentours du 1er et du 15 de chaque mois.

Le 16 septembre :

Un mari féroce ೞ **Julie Garwood (n° 3662)**

Lorsque son mari, le cruel baron Raulf, tombe d'une falaise, Johanna se croit libre. Cependant, pour se protéger du roi, elle doit absolument se marier au plus vite. Son frère lui conseille Gabriel MacBain, chef de clan écossais. La jeune femme, la mort dans l'âme, se résout à épouser ce colosse arrogant. Il est son seul salut. Dans ses bras, Johanna va découvrir le plaisir qu'elle n'a jamais connu. Mais, comme échappée de l'enfer, Raulf réapparaît.

À toi jusqu'à l'aube ೞ **Teresa Medeiros (n° 7856)**

Par amour, Gabriel Fairchild, comte de Sheffield, est parti combattre la flotte napoléonienne. S'il se distingue par son courage durant la bataille de Trafalgar, il y est gravement blessé et perd la vue. Depuis, Gabriel se cloître dans son domaine de Fairchild Park et, loin des regards, plonge dans la dépression.
Lorsque Samantha Wickesham, engagée comme infirmière par la famille de Gabriel, arrive au château, le héros s'est transformé en véritable épave. Mais il en faudrait davantage pour décourager Samantha !

Si vous aimez Aventures & Passions,
laissez-vous tenter par :

Passion intense

Quand l'amour vous plonge dans un monde de sensualité

Le 16 septembre :

Passion cannelle ೞ **Kaye Kimberly Terry (n° 9057)**

Veuf depuis sept ans, Davis Strong est le père d'une petite fille de neuf ans. L'enfant surprend une conversation entre son père et sa tante où elle découvre qu'il n'est pas son vrai père. Son comportement change. Elle devient insolente, turbulente... Désemparé, Davis demande conseil à Candy, directrice du centre de loisirs que fréquente Angelica. Tous deux sont très attirés l'un par l'autre....

Nouveau ! 1 rendez-vous mensuel
aux alentours du 15 de chaque mois.

9023

Composition
CHESTEROC LTD

Achevé d'imprimer en Italie
par GRAFICA VENETA
le 19 juillet 2009.

Dépôt légal juillet 2009.
EAN 9782290010204

ÉDITIONS J'AI LU
87, quai Panhard-et-Levassor, 75013 Paris
Diffusion France et étranger : Flammarion